青少年课外阅读系列丛书　　本丛书编委会◎编

唐·吉诃德

Kewai Yuedu Xilie Congshu

（西班牙）塞万提斯 / 原著

世界图书出版公司
广州·上海·西安·北京

图书在版编目（CIP）数据

唐·吉诃德／《青少年必读丛书》编委会编 . —广州：
广东世界图书出版公司，2009.10（2021.5 重印）
（青少年必读丛书）
ISBN 978 - 7 - 5100 - 1117 - 7

Ⅰ. 唐… Ⅱ. 青… Ⅲ. 长篇小说—西班牙—中世纪—缩
写本 Ⅳ. I551.43

中国版本图书馆 CIP 数据核字（2009）第 170157 号

书　　名	唐·吉诃德
	TANG JIKEDE
编　　者	《青少年必读丛书》编委会
责任编辑	韩海霞
装帧设计	三棵树设计工作组
责任技编	刘上锦　余坤泽
出版发行	世界图书出版有限公司　世界图书出版广东有限公司
地　　址	广州市海珠区新港西路大江冲 25 号
邮　　编	510300
电　　话	020-84451969　84453623
网　　址	http://www.gdst.com.cn
邮　　箱	wpc_gdst@163.com
经　　销	新华书店
印　　刷	唐山富达印务有限公司
开　　本	787mm×1092mm　1/16
印　　张	13
字　　数	160 千字
版　　次	2010 年 7 月第 2 版　2021 年 5 月第 9 次印刷
国际书号	ISBN　978-7-5100-1117-7
定　　价	38.80 元

前 言

Qing shao nian bi du cong shu

　　塞万提斯（1574～1616）　西班牙著名小说家。1569年发表处女诗作。1570年参加步兵团，一年后因伤致残。退役后在归国途中，被海盗掠去，沦为囚徒数年。塞万提斯四次与其他囚犯合谋逃跑，均未成功。每次失败后他总是出来承担责任，拒绝说出自己的同伴，表现出坦荡无畏的气概，就连凶残的阿尔及尔君王也不得不敬他三分。五年后，他被赎回国，但是人们已将他遗忘。一贫如洗的塞万提斯四处奔走，一边找工作一边从事文学创作，笔耕不止，他曾经因不同的原因数次受冤入狱，《唐·吉诃德》的上卷就是在一座监狱中构思的。

　　小说主人公唐·吉诃德是蛰居在拉曼却村的一个穷乡绅，读骑士小说入了迷，决心恢复骑士道，模仿古代的骑士去游历天下，打抱不平。他穿着曾祖留下的一套破烂不堪的盔甲，提着长予，骑上一匹可怜的瘦马，悄悄离家去冒险。他选中邻村一位姑娘做他的理想"夫人"，终身为她服务，立志"冒大险，成大业，立奇功"，帮助被侮辱与被压迫者。他第一次出马不利，被打得"像干尸一样"，横在驴身上被邻居送回。第二次，他说服一个农民桑乔·潘沙做他的侍从，答应有朝一日让他做岛上的总督。结果又干出许多可笑的事。第三次出马，桑乔在公爵的一个镇上当了"总督"，唐·吉诃德迫不及待地要实现他的改革社会理想，结果，主仆二人受尽折磨，险些丧命。

《唐·吉诃德》是一部讽刺灭亡了的骑士制度的长篇小说。它描述了一个看来是荒诞不经的骑士，但它并不仅仅是一部讽刺骑士文学的小说。本小说用现实主义的创作方法塑造了唐·吉诃德和桑乔·潘沙两个不朽的艺术形象，开始了欧洲近代小说着力刻画人物典型的改革。唐·吉诃德是一个带有悲剧色彩人物，是有着人文主义理想的疯子，而桑乔是讲求实际的小私有者的典型，既有改变现状的民主要求，又目光短浅，自私狭隘。可以说，这两个典型，完成了小说艺术上的改革，《唐·吉诃德》也标志着西班牙古典艺术的高峰。

《唐·吉诃德》在美国《生活》杂志"人类有史以来的最佳书"的评选活动中位居榜首，并入选法国《读书》杂志开列的个人理想藏书书目，教育部最新颁布的《普通高中语文课程标准》将其指定为学生必读作品。

目 录

Contents

唐·吉诃德其人

曼却有个地方,地名就不用提了,不久前住着一位贵族。他那类贵族,矛架上有一支长矛,还有一面皮盾、一匹瘦马和一只猎兔狗。锅里牛肉比羊肉多,晚餐常吃凉拌肉丁,星期六吃脂油煎鸡蛋,星期五吃扁豆,星期日加一只野雏鸽,这就用去了他四分之三的收入,其余的钱买了节日穿的黑呢外套、长毛绒袜子和平底鞋,而平时,他总是得意洋洋地穿着上好的棕色粗呢衣。家里有一个四十多岁的女管家,一个不到二十岁的外甥女,还有一个能种地、能采购的小伙子,为他备马、修剪树枝。我们的这位贵族年近五旬,体格健壮,肌肉干瘪,脸庞清瘦,每天起得很早,喜欢打猎。据说他还有一个别名,叫吉哈达或克萨达(各种记载略有不同)。推论起来,应该叫吉哈纳。不过,这对我们的故事并不重要,只要我们谈起他来不失真实就行。

人家说这位贵族一年到头闲的时候居多,闲时常读骑士小说,而且读得爱不释手、津津有味,几乎忘记了习武和理财。他痴心不已,简直走火入魔,居然卖掉了许多田地去买骑士小说。他把所有能弄到的骑士小说都搬回家。不过,所有这些小说,他都觉得不如闻名遐迩的费利西亚诺·德席尔瓦写得好,此人的平铺直叙和繁冗陈述被他视为明珠,特别在读到那些殷勤话和挑逗信时更是如此。许多地方这样写道:"以你无理对我有理之道理,使我自觉理亏,因此我埋怨你漂亮也有道理。"还有:"高空以星星使你的神圣更加神圣,使你受之无愧地接受你受之无愧的伟大称号而受之无愧。"

这些话使得这位可怜的贵族惶惑不已。他夜不能寐,要理解这些即使亚里士多德再生也理解不了的句子，琢磨其意。他对唐贝利亚尼斯打伤了别人而自己也受伤略感不快，可以想象，即使高明的外科医生治好了病，也不免会在脸上和全身留下伤疤累累。然而，他很欣赏书的末尾说故事还没有完结，很多次，他甚至提笔续写。如果不是其他更重要的想法不断打扰他，他肯定会续写，而且会写完的。

他常常和当地的神甫（一位知识渊博的人，毕业于锡古恩萨）争论，谁是最优秀的骑士，是英格兰的帕尔梅林呢，还是高卢的阿马迪斯？可是同村的理发师尼古拉斯师傅却说，谁都比不上太阳神骑士。如果有人能够与之相比，那么，只能是高卢的阿马迪斯的兄弟加劳尔。他具有各方面的条件，不是矫揉造作的骑士，而且不像他兄弟那样爱哭，论勇敢也不比他兄弟差。

总之，他沉湎于书，每天晚上通宵达旦，白天也读得天昏地转。这样，睡得少、读得多，终于思维枯竭，神精失常，满脑袋都是书上虚构的那些东西，都是想入非非的魔术、打斗、战争、挑战、负伤、献殷勤、爱情、暴风雨、胡言乱语等。他确信他在书上读到的所有那些虚构杜撰都是真的。对他来说，世界上只有那些故事才是实事。他说熙德·鲁伊·迪亚斯是一位杰出的骑士，可是与火剑骑士无法相比。火剑骑士反手一击，就把两个巨大的恶魔劈成了两半。他最推崇卡皮奥的贝尔纳多。在龙塞斯瓦列斯，贝尔纳多借助赫拉克勒斯把地神之子安泰举起扼死的方法，杀死了会魔法的罗尔丹。他十分称赞巨人摩根达。其他巨人都傲慢无礼，唯有他文质彬彬。不过，他最赞赏的是蒙塔尔万的雷纳尔多斯，特别是看到故事中说，他走出城堡，逢物便偷，而且还到海外偷了全身金铸的穆罕默德像的时候，更是赞叹不止。为了狠狠地踢一顿叛徒加拉隆，他情愿献出他的女管家，甚至可以再赔上他的外甥女。

实际上，他理性已尽失。他产生了一个世界上所有疯子都不曾有过的怪诞想法，自己倒认为既合适又有必要，既可以提高自己的声望，还可以报效他的国家。他要做个游侠骑士，带着他的甲胄和马走遍世界，八方征险，实施他在小说里看到的游侠骑士所做的一切，赴汤蹈火，报尽天下仇，而后流芳千古。可怜的他已经在想象靠自己双臂的力量，起码得统治特拉彼松达帝国。想到这些，他心中陶然，而且从中体验到了一种奇特的快感，于是他立即将愿望付诸行动。他首先做的就是清洗他的曾祖父留下的甲胄。甲胄长年不用，被遗忘在一个角落里，已经生锈发霉。他把甲胄洗干净，尽可能地拾掇好，可是他发现了一个大毛病，就是没有完整的头盔，只有一个简单的顶盔。不过，他可以设法补救。他用纸壳做了半个头盔接在顶盔上，看起来像个完整的头盔。为了试试头盔是否结实，是否能够抵御刀击，他拔剑刺了两下。结果，刚在一个地方扎了一下，他一星期的成果就毁坏了。看到这么容易就把它弄碎了，他颇感不快。他又做了一个头盔。为了保证头盔不会再次被毁坏，他在里面装了几根铁棍。他对自己的头盔感到满意，不愿意再做试验，就当它是个完美的头盔。

　　然后，他去看马。虽然那马的蹄裂好比一个雷阿尔，毛病比戈内拉那匹皮包骨头的马毛病还多，他还是觉得，无论亚历山大的骏马布塞法洛还是熙德的骏马巴别卡，都不能与之相比。他用了四天时间给马起名。因为（据他自言自语），像他这样有名望、心地善良的骑士的马没有个赫赫大名就太不像话了。他要给马起个名字，让人知道，在他成为游侠之前它的声名，后来又怎么样。主人地位变，马名随之改，这也是合情合理的。得起个鼎鼎显赫、如雷贯耳的名字，才能与他的新品第、新行当相匹配。他造了很多名字，都不行，再补充，又去掉。最后，凭记忆加想象，才选定叫驽马难得。他觉得这个名字高雅、响亮，表示在此之前，它是一匹瘦马，而今却在世界上首屈一指。给马起了个称心如意的名字之后，他又想给自己起个名字。这又想了八天，最后才想起叫唐·吉诃德。前面谈到，这个真实故事的作者认为他肯定叫吉哈达，而不是像别人说的那样叫克萨达。不过，想到勇敢的阿马迪斯不满足于叫阿马迪斯，还要把王国和家乡的名字加上，为故里增光，叫高卢的阿马迪斯，这位优秀的骑士也想把老家的名字加在自己的名字上，就叫曼却的唐·吉诃德。他觉得这样既可以表明自己的籍贯，还可以为故乡带来荣耀。

　　洗净了甲胄，把顶盔做成了头盔，又为马和自己起了名字，他想，就差一个恋人了。没有爱情的游侠骑士就好像一棵树无叶无果，一个躯体没有灵魂。他自语道："假如我倒霉或走运，在什么地方碰到某个巨人，这对游侠骑士是常有的事，我就一下子把他打翻在地或拦腰斩断，或者最终把他战胜，降伏了他。我让他去见一个人难道不好吗？我让他进门跪倒在我漂亮的夫人面前，低声下气地说：'夫人，我是巨人卡拉库利安布罗，是马林德拉尼亚岛的领主。绝代骑士曼却的唐·吉诃德以非凡的技艺将我打败了，并且命令我到您这儿来，听候您的吩咐。'"哦，一想到这段话，我们的优秀骑士多得意呀，尤其是当他找到了他可以赋予恋人芳名的对象时，他更得意了。原来，据说他爱上了附近一位漂亮的农村姑娘。他一直爱着那位姑娘，虽然他明白，那位姑娘从不知道也从未意识到这件事。不过，这丝毫不影响唐·吉诃德的热情，他认为，把这位姑娘作为想象中的恋人是合适的。他要为她起个名字，既不次于自己的名字，又接近公主和贵夫人的名字。她出生在托波索，那就叫"托波索的杜尔西娜娅"吧。

　　他觉得这个名字同他给自己和其他东西起的名字一样悦耳、美妙、有意义。

初离故土

事已就绪，唐·吉诃德迫不及待地要把自己的想法付诸实施。他要铲除暴戾、拨乱反正、制止无理、改进陋习、清理债务，如果现在不做，为时晚矣。在炎热的七月的一天，天还未亮，他没有通知任何人，也没有让任何人看见，全副武装，骑上驽马难得，戴上破头盔，挽着皮盾，手持长矛，从院落的旁门来到了田野上。看到鸿图初展竟如此顺利，他不禁心花怒放。

可是刚到田野上他就想起了一件可怕的事情。这件事情非同小可，差点儿让他放弃了刚刚开始的事业。原来他想到了，自己还未被封为骑士。按照骑士道，他不能也不应该用武器同其他任何一个骑士战斗。即使他已被封为骑士，也只能是个新封的骑士，只能穿白色的甲胄，而且盾牌上不能有标志，标志要靠自己努力去争得才会有。这样一想，他有点犹豫不决了。

不过，疯狂战胜了他的其他意识，他决定像小说里看到的许多人所做的那样，请他碰到的第一个人封自己为新封的骑士。至于白色甲胄，他打算有时间的时候把自己的甲胄擦得比白鼬皮还白。这么一想，他放心了，继续赶路，信马而行。他觉得是一种冒险的力量在催马前行。

这位冒险新秀边走边自语道："有谁会怀疑呢？将来有关我的举世闻名的壮举的真实故事出版时，著书人谈到我如此早又如此这般初征时肯定是这样写：'金红色的阿波罗刚刚把它的金色秀发披散在广袤的地面上，五颜六色的小鸟啼声婉转，甜甜蜜蜜地迎接玫瑰色曙光女神的到来。女神刚刚离开多情丈夫的软床，透过门户和阳台，从曼却的地平线来到世人面前。此时，曼却的著名骑士唐·吉诃德放弃了多年不用的羽毛笔，跨上名马驽马难得，开始行走在古老而又熟悉的蒙铁尔原野上。'"他的确是走在那块田野上。接着，他又自语道："幸运的时代，幸运的世纪，我的功绩将载在这里。它应该被铭刻在青铜器上，雕琢在大理石上，画在木板上，流芳千古。哦，还有你，杰出的智者，这部游侠的故事由你来写。我请求你不要忘记始终处处伴随我的良马驽马难得。"然后，他好像真的在恋爱，又说，"哦，杜尔西娅公主，你拥有我这颗被俘虏了的心！你撵我，斥责我，残酷地令我不得再造访你这位国色天香，已经严重伤害了我。美人儿，请你为想起这颗已经属于你的心而高兴吧，它为了得到你的爱情已饱经了苦楚。"

他又说了一串胡话，而且词句上也尽力模仿书上教他的那套。他自言自语，走得很慢，可是太阳升得很快，而且赤日炎炎。如果他还有点头脑，这点头脑也被烈日照化了。他几乎全天都在走，可是并没有碰到什么值得记述的事情。他感到沮丧。他想马上碰到一个人，以便比试一下自己健臂的力量。傍晚，他的马和他疲惫不堪，饥饿至极，举目四望，看是否能发现一个城堡或牧人的茅屋，暂避一时，以便充饥、方便。他看到离路不远处有个客店，便仿佛看到了一颗星星，一颗不是引他去客店，而是引他去救生之地的福星。他加紧赶路，到达时已是日暮黄昏了。

恰巧门口有两个青年女子，人们称之为风尘女。她们随同几个脚夫去塞维利亚，今晚就投宿在这个客店里。我们这位冒险家所思所见所想象的，似乎都变成了现实，一切都和他在书上看到的一样。客店在他眼里变成了城堡，和书上描写的一样，周围还有四座望楼，望楼尖顶银光闪闪，吊桥、壕沟一应俱全。接近那家在他眼里是城堡的客店时，他勒住驽马难得的缰绳，等待某个侏儒在城堞间吹起号角，通报有骑士来到了城堡。可是迟迟不见动静，驽马难得又急于去马厩，他只好来到客店门口。看到门口两个女子，他宛如看到了两个漂亮的少女或两位可爱的贵夫人在城堡门口消磨时光。

就在这时，一个猪倌从收割后的地里赶回一群猪来。猪倌吹起号角，猪循声围拢过来。这回唐·吉诃德希望的机会到来了，他认为这是侏儒在通报他的光临。他怀着一种奇怪的快乐，来到客店和那两个女人面前。两个女人看到他这副打扮，还手持长矛、皮盾，都惊恐不已，意欲躲进客店。唐·吉诃德估计她们是因为害怕而企图逃避，便掀起纸壳做的护眼罩，态度优雅、声音平缓地对她们说：

"你们不必躲避，也无须害怕任何不轨。有骑士勋章作证，勇士不会对任何人图谋不轨，更何况对两位风范高雅的娇女呢。"

两个女子望着他，用眼睛搜寻他那张被破眼罩遮护着的脸，听到称她们为"娇女"，与她们的身份相距甚远，不禁大笑起来，笑得唐·吉诃德真不好意思，对她们说：

"美女应该举止端庄，为一点小事就大笑更是愚蠢。我这样说不是为了惹你们生气，而是为你们好。"

两个女子听了更是迷惑不解，再看我们这位骑士的模样，愈发笑得厉害，唐·吉诃德却生气了。如果不是这个时候店主走出来，事情就闹大了。店主很胖，所以很和气。看到这个人的反常样子，配备的胫甲、长镫、长矛、皮盾和胸甲也都各式不一，店主并不像两个女子那么开心。可是他害怕那堆家伙，决定还是跟唐·吉诃德客客气气地说话。他说：

"骑士大人，您若是找住处，这里什么都富余，就是缺少一张床。"

唐·吉诃德把客店看成城堡，把店主看成谦恭的城堡长官，回答说：

"卡斯蒂利亚诺大人，我随便用什么东西都行，因为'甲胄是我服饰，战斗乃我休憩……'"

店主听到称他为卡斯蒂利亚诺，以为自己的样子像卡斯蒂利亚人。其实他是安达卢西亚人，是圣卢卡尔海滩那一带的人，论贼性不比那个卡科差，论调皮也不比学生或侍童次。

他答道：

"既然如此，'坚石为您床铺，不寐系您睡眠'。看来您可以下马了，您完全可以在寒舍一年不睡觉，何止一个晚上呢。"

说完，店主来扶唐·吉诃德下马。唐·吉诃德很困难、很吃力地下了马。他已经一整天未进食了。

他吩咐店主悉心照料他的马，因为世界上所有吃草料的动物中数它最好。店主看了看马，觉得它完全不像唐·吉诃德说的那么好，连一半都不及。把马安顿在马厩之后，店主又回来看唐·吉诃德还有什么吩咐。这时两个女子正在帮唐·吉诃德脱甲胄，他们已经言归于好。虽然她们脱掉了唐·吉诃德的护胸、护背，却脱不掉也不知道如何才能脱掉护喉和破头盔，这些都用绿带子系住了，结子解不开，只能剪断带子。可是他无论如何也不同意。于是整个晚上，他一直带着头盔，那副滑稽怪诞的样子就可想而知了。他想，那两个帮他脱甲胄的女子一定是城堡的贵小姐或贵夫人，便也谈吐文雅起来，说：

自古从无骑士，

幸如唐·吉诃德。

纵然来自乡村，

却得佳丽侍奉。

夫人侍候勇士，

公主照料骏骑。

"哦，驽马难得，这是我的马的名字，我的美女们。曼却的唐·吉诃德是我的名字。我本来不想暴露我的名字，直到有一天，我为诸位效劳的事迹会告诉你们我是谁。就因为借助兰萨罗特岛古老民谣来应景，我才让诸位提前知道了我的名字。不过，以后定会有机会听候阁下的吩咐。我的臂膀的力量将证明我为诸位效劳的愿望。"

两位女子不习惯听这种辞令，所以无言以对，只是问他是否想吃点什么。

"随便什么吧，"唐·吉诃德说，"因为我觉得我该吃点东西了。"

恰巧那天是星期五，整个客店里只有几份鱼，那种鱼在卡斯蒂利亚叫腌鳕鱼,在安达卢西亚叫咸鳕鱼,有的地方叫鳕鱼干,有的地方叫小鳕鱼。她们问阁下能不能吃点小鳕鱼,没有别的鱼可吃。

"既然有很多小鳕鱼,"唐·吉诃德说,"你们不如给我来份大鳕鱼,就好比八个雷阿尔的零币和一枚八雷阿尔的钱币,对我来说都一样。更何况小鳕鱼还好呢,就像牛犊比牛好,羊羔比羊好一样。可是,不管怎样,得赶紧拿来,这副甲胄又沉又累人,空肚子已经受不了啦。"

客店门口放了张桌子,那儿凉快。店主给他端来一份腌得不好、烹得极差的咸鱼,还有一块像他的盔甲那样又黑又脏的面包。他吃饭的样子真能当作大笑料。他吃饭时仍戴着头盔,只是把护眼罩掀了起来,因此,如果别人不把食物放到他嘴里,光靠自己的手,他什么东西也吃不到嘴里。于是一位女子给他喂食。但喂水还是不行。多亏店主捅通了一节芦竹,一头放进他嘴里,从另一头把酒灌进去。他耐心地吃喝,只求不要把头盔的带子弄断。这时,一位劁猪人恰巧来到客店。他一到就吹了四五声芦笛,这一下唐·吉诃德更确定他是在一个著名城堡里了,音乐是为他而奏的,还认定小鳕鱼就是大鳕鱼,面包是精白面的,风尘女是贵夫人,店主是城堡长官,由此断定他决心出征完全正确。不过,令他沮丧的是他还没有被封为骑士。他觉得没有骑士称号就不能合法从事任何征险活动。

受封为骑士

他心中不快,迅速吃完了那可怜的晚餐,叫来店主,两人来到马厩里。他跪在店主面前,对他说:

"勇敢的骑士,我得劳您大驾。有件事有利于您,也造福于人类。您若不答应,我就不起来。"

店主看到客人跪倒在脚下,又说了这番话,瞪着眼迷惑不解。店主请他起来,他坚持不起来,店主只好说同意帮忙。

"我知道您宽宏大量,我的大人。"唐·吉诃德说,"是这样,我要劳您大驾而您又慷慨应允的事,就是要您明天封我为骑士。我今晚就在城堡的小教堂守夜,明天,我说过,就可以完成我的夙愿,就可以周游四方,到处征险,为穷人解难了,这是骑士和像我这样的游侠的责任。我生来就渴望这样的业绩。"

店主是个比较狡诈的人,对客人的失常已有所察觉。听完这番话,他对此已确信无疑,为了给当晚增添点笑料,决定顺水推舟,于是对他说,他的愿望和要求很正确,这是像他这样仪表堂堂的杰出骑士的特性。他自己年轻的时候也曾投身于这项光荣事业,周游各地,到处征险,连马拉加的佩切莱斯、里亚兰岛、塞维利亚的孔帕斯、塞哥维亚的阿索格拉、巴伦西亚的奥利韦拉、格拉纳达的龙迪利亚、圣卢卡尔海滩、科尔多瓦的波特罗、托莱多的小客店和其他一些地方都去过,凭着手脚利索,勾引过许多寡妇,糟蹋过几个少女,还欺骗了几个孤儿,干了不少伤天害理的事,几乎在西班牙所有法院都挂了号。最后,他引退在这座城堡里,靠自己和别人的钱过日子,还接待各种各样的游侠骑士。这纯粹是出于对骑士的热爱，同时也希望骑士们分些财产给他，作为对其好心的报酬。

他还说，城堡里没有用以守夜看护甲胄的小教堂。原来的小教堂已经拆了，准备盖新的。不过，如果需要的话，他知道，随便在什么地方都可以守夜。那天晚上，他可以在城堡的院子里守夜，待第二天早晨，有上帝为证，举行适当仪式，他就被封为骑士了，而且是世界上最标准的骑士。

店主问他是否带了钱。唐·吉诃德说身无分文，因为他从未在骑士小说里看到某位游侠骑士还带钱。

店主说，他搞错了。骑士小说里没写带钱是因为作者认为，像带钱和干净的衬衣这类再明白不过的事情就不必写了，可不能因此就认为他们没带钱和衬衣。他肯定，所有游侠骑士（把那么多书都塞得满满当当的）都是腰缠万贯，以防万一。此外，他们还带着衬衣和一个装满创伤药膏的小盒子，因为并不是每次在野外或沙漠发生格斗时受了伤都有人医治的，也没有英明的魔法师朋友乘云托来一位少女或侏儒，送来神水，那水功力之大，骑士只要喝一滴，伤口立刻痊愈，恢复如初。所以，过去的骑士都让侍从带着钱和其他必需品，如纱布、药膏。有的骑士没有侍从（这种情况不多，很少见），他就自己把所有东西都装在几个精巧的褡裢里，挂在马屁股上。褡裢很小，几乎看不见，似乎里面装有其他更重要的东西。如果不是上述情况，带褡裢的方式一般不大为骑士们所接受。所以，店主劝导他（现在他可以像对待教子一般对他讲话，因为他一会儿就要做教父了），以后出门不要忘了带钱和其他备用品，他将会看到带着这些东西是多么有用，至少得这么想。唐·吉诃德答应按照店主的劝导一一照办。店主又让他到客店一侧的大院子里去看护甲胄。唐·吉诃德收拾好全副甲胄，放在一个水井旁的水槽上，然后手持皮盾，拿着长矛，煞有介事地在水槽前巡视。此刻已是垂暮之时。

店主把他如何发疯，要看护甲胄，等待受封为骑士的事都告诉客店里所有的人。大家对他这种奇特的发神经方式感到惊诧，纷纷从远处张望。大家看到他举止安详，忽而来回巡视，忽而靠在长矛上，长时间盯着甲胄。暮色已完全降临，然而皓月当空，犹如白昼，这位新骑士的一举一动大家都看得清清楚楚。这时，一位住宿的脚夫忽然想起要去打水饮马，这就得把唐·吉诃德放在水槽上的甲胄拿下来。唐·吉诃德看到脚夫走来，便高声说道：

"喂，你，大胆的骑士，无论你是谁，要是想来动这位最勇敢可是从未动武的勇士的甲胄，就小心点儿！你要是不想为你的莽撞丢命的话，就别去碰它！"

脚夫并没有从他这番话里觉悟过来（要是觉悟过来就好了，那就可以安全无事），却抓起甲胄的皮带，把甲胄扔得老远。这被唐·吉诃德看见了。他仰望天空，心念（他觉得心里在念）他的情人杜尔西娜娅，说：

"我的心上人，当第一次凌辱降临到这个已经归附你的胸膛的时候，请助我矣！请你在我的第一次战斗中不吝恩泽与保佑！"

说完这些和其他诸如此类的话，他放下皮盾，双手举起长矛，这次对着脚夫的脑袋奋力一击，把脚夫打翻在地。脚夫头破血流，如果再挨第二下，就不用请外科医生了。唐·吉诃德打完后，收拾好甲胄，又像开始那样安详地巡视起来。

过了一会儿，又来了一个脚夫。他并不知道已经发生的事情（那个脚夫还未苏醒），准备打水饮骡子。他刚要挪开甲胄，腾出水槽，唐·吉诃德二话不说，也不请谁保佑，就又拿起皮盾，举起长矛，这次倒是没把第二个脚夫的脑袋打碎，只是打成了三瓣还多——一共四瓣。听到声音，客店里所有的人都赶来了，包括店主在内。看到这种情况，唐·吉诃德又拿起皮盾，扶剑说道：

"哦，美丽的心上人，我这颗脆弱的心灵的勇气和力量！被你征服的骑士正面临巨大的险恶，现在是你回首垂眄的时刻了！"

他似乎由此获得了非凡的力量，即使全世界的脚夫向他进攻，他也不会后退。脚夫的伙伴们从远处用乱石袭击唐·吉诃德，他只能用皮盾尽力抵挡，却不敢离开水槽，怕他的甲胄失去保护。店主大声呼喊那些扔石头的人赶紧住手,因为已经告诉过他们,唐·吉诃德是个疯子,所以,即使他把那些人都杀了,也不会受到制裁的。唐·吉诃德喊的声音更大。他把那些人叫作叛逆,还说城堡长官是个坏骑士,竟然纵容他们这样对待游侠骑士。要是他已经接受了店主授予的骑士称号,决不会轻饶这个背信弃义的臭店主。"至于你们这些卑鄙下流的家伙,我并不理会你们。你们扔吧,来吧,使出你们的全部本事攻击我吧。你们如此愚妄,看着吧,一定会得到报应!"

他的威严震慑了那些攻击他的人,再加上店主的劝阻,那些人不扔石头了。于是,唐·吉诃德也允许他们把受伤的人抬走,然后继续安然地看护甲胄。

店主觉得这位客人的胡闹太不像话,决定趁着还没有再出乱子,尽快授予他那个晦气的骑士称号。店主找到唐·吉诃德,为那些蠢人对他的无礼行为表示歉意,说他自己事先对此事一无所知,而且那些人也由于他们的愚蠢行为受到了惩罚。店主说原来已讲过,城堡里没有小教堂,所以其他的形式也就不必要了。根据自己对授衔仪式所知,最重要的就是击颈击背,而这在田野里也可以进行,更何况他早已达到了看护甲胄的要求。本来,看护两个小时就足够了,而他已经看护了四个小时。

唐·吉诃德信以为真,说他悉听遵命,以便尽快完成仪式。受封以后如果再受到攻击,他不会让城堡里留下活人,除非是长官关照的那些人。出于对长官的尊敬,他将饶那些人一命。这位城堡长官听了这话后不寒而栗。他让人马上找来一本记着他给脚夫多少麦秸和大麦的账簿,让一个男孩拿来一截蜡烛头,再带上那两位女子来到唐·吉诃德面前,命他跪下,然后念手中那本账簿(就好像在虔诚地祷告)。念到一半时,店主抬起手,在唐·吉诃德的颈部一记猛击,然后又用唐·吉诃德的剑在他背上轻轻一拍,嘴里始终念念有词。然后,店主命令一个女子向唐·吉诃德授剑。那个女子做得既利索又谨慎,因为她们必须注意,在举行仪式的整个过程中不至于大笑起来。她们曾目睹新骑士的英勇行为,终于没敢笑出来。授剑后,一位贵族女子说：

"上帝保佑你成为幸运大骑士，在战斗中为你赐福。"

唐·吉诃德问她叫什么，为的是永远记住应该向谁报恩。他想把将来靠自己臂膀的力量获得的荣誉分给她一份。女子非常谦恭地回答说，她叫托洛莎，是托莱多一位修鞋匠的女儿，住在桑丘·别纳亚的那些小铺附近。还说无论在什么地方，她都愿意待候他，把他奉为主人。唐·吉诃德说，出于爱，他赐予她"唐"称，从那以后她就叫唐娜托洛莎。她答应了。另一名女子为他套上马刺，唐·吉诃德又把同授剑女子说的那套话对她说了一遍。问她姓名，她说叫莫利内拉，父亲是安特凯拉一位有威望的磨坊主。她也请求唐·吉诃德赐予她"唐"称，叫唐娜莫利内拉，以后会为他效劳尽力。仪式以前所未有的快速结束之后，唐·吉诃德迫不及待地要飞马出去征险。备好驽马难得后，他骑上马，拥抱店主，感谢店主恩赐他骑士称号，说了些莫名其妙的话，无法转述。店主看到他已出客店门，便用同样华丽却又简单得多的话语回答他，也没向他索要住宿费，就让他欢天喜地地走了。

初次的遭遇

唐·吉诃德离开客店时，天已渐亮。他有了骑士称号，满心欢喜，得意洋洋，兴高采烈，差点把马的肚皮给乐破了。他忽然想到店主曾劝导他要带好必要的物品，特别是钱和衬衣，就决定回家把这些东西置办齐，再找一个侍从。他打算找邻居的一个农民。那农民虽穷，还有孩子，可是作骑士的侍从特别合适。这么一想，他就掉转了驽马难得的头。马似乎也知恋家，立刻蹄下生风一般地跑起来。

没走多远，他就似乎听到右侧的密林中传来微弱的声音，像是有人在呻吟。于是他说：

"感谢苍天如此迅速赐给我机会，让我尽自己的职责，实现夙愿，旗开得胜。这声音一定是某个贫穷男人或女人在寻求我的照顾和帮助呢。"

他掉转缰绳，催马循声而去，刚进森林，就看见一棵圣栎树上拴着一匹母马，另一棵树上捆着一个大约十五岁的孩子，上身裸露，声音就是从他嘴里发出来的。原来是一个健壮的农夫正在用腰带抽打这个孩子，每打一下还训斥一声，说：

"少说话，多长眼。"

那孩子再三说：

"我再也不敢了，主人。我向上帝起誓，我再也不敢了。我保证以后多加小心，照看好羊群。"

看到这情景，唐·吉诃德不禁怒吼道：

"无理的骑士，你真不像话，竟与一个不能自卫的人战斗。骑上你的马,拿起你的矛(拴母马的那棵树上正靠着一支长矛),我要让你知道,你这样做不过是个胆小鬼。"

农夫猛然看见这个全身披挂的人在他面前挥舞长矛,顿时吓得魂不附体,只好客客气气地回答:

"骑士大人,我正在惩罚的这个孩子是我的佣人,负责照看我在这一带的羊群。可是他太粗心了,每天丢一只羊。我要惩罚这个冒失鬼、无赖。他说我这么做是因为我是个吝啬鬼,想借此赖掉我欠他的工钱。我向上帝,向我的灵魂发誓,他撒谎!"

"卑鄙的乡巴佬,竟敢在我面前说谎!"唐·吉诃德说,"上有太阳作证,我要把你用长矛一下刺穿。你马上付他工钱,否则,有主宰我们的上帝作证,我现在就把你结果掉。你马上把他放开。"

农夫低下了头,一言不发地为孩子解开了绳子。唐·吉诃德问那个孩子,主人欠他多少钱。孩子说一共欠了九个月的工钱,每个月七个雷阿尔。唐·吉诃德算了一下,一共六十三个雷阿尔。他告诉农夫,如果不想丢命的话,就立刻掏钱。惊恐的农夫说,生死关头绝无假话,凭他发的誓(他其实没有发过誓),并没有那么多钱,因为还得扣除他给佣人三双鞋的钱和佣人生病时两次输血花的一个雷阿尔。

"即便如此,"唐·吉诃德说,"鞋钱和输血的钱也被你无缘无故地抽打他抵消了。就算他把你给他买的鞋穿破了,可是你也把他的皮打破了;就算他生病时医生为他输了血,他没病时你却把他打出了血。这样说来,他就不欠你钱了。"

"骑士大人,问题是我没带钱。让安德瑞斯跟我到家去,我如数照付。"

"跟他去?"孩子说,"没门儿!不,大人,我不去。等到剩下我一个人的时候,他准会像对圣巴多罗美那样扒了我的皮。"

"不会的,"唐·吉诃德说,"只要我命令他听我的,他就得以骑士规则的名义向我发誓,我才放他走。他保证会付给你工钱。"

"大人,"孩子说,"您是这么说,可我的主人不是骑士,也没有接受过任何骑士称号。他是老财胡安·阿尔杜多,是金塔纳尔的邻居。"

"这无关紧要，"唐·吉诃德说，"阿尔杜多家族里也有骑士，更何况要以事观人嘛。"

"是的，"安德瑞斯说，"可是我这位主人赖了我的血汗钱，该如何以其事观其人呢？"

"我不会赖帐，安德瑞斯兄弟。"农夫说，"请跟我来，我以世界上所有骑士的称号发誓，按照我刚才说的付给你全部工钱，而且还会多些。"

"多些就不必了，"唐·吉诃德说，"你只要如数照付，我就满意了。你发誓就得做到，否则，我也同样发誓会再去找你，惩罚你。即使你比蜥蜴藏得还好，我也一定要找到你。如果你想知道是谁在命令你，好让你更加切实地履行诺言，那么我告诉你，我是曼却的英勇骑士唐·吉诃德，专爱打抱不平。再见吧，不要忘记你答应过和发过誓的事情，否则，你就要受到应有的惩罚。"

说完，唐·吉诃德双腿夹了一下驽马难得，很快就跑远了。农夫看着他跑出森林，已经无影无踪了，便转向佣人安德瑞斯，对他说：

"过来，孩子，我想把欠你的钱全部还清，就像那位专爱打抱不平的骑士命令的那样。"

"这我敢肯定，"安德瑞斯说，"你得执行那位优秀骑士的命令。他是位勇敢而又善良的判官，应该活千岁。如果你不付我工钱，他就会回来，按照他说的那样惩罚你。"

"我也敢肯定。"农夫说，"不过，我太爱你了，所以我想多欠你一点儿，好多多还你钱。"说着农夫抓住孩子的胳膊，又把孩子捆在圣栎树上，狠狠鞭打孩子，差点把他打死。

"现在，安德瑞斯大人，你去叫那位专爱打抱不平的人吧，看他怎样打这个不平吧，尽管我觉得，要打抱不平，他年纪还不算老。我真想剥了你的皮，你最怕我剥你的皮。"

不过，农夫最后还是放开了孩子，让孩子去找那位判官来执行他的判决。安德瑞斯有些沮丧，临走发誓要去找曼却的英勇骑士唐·吉诃德，把刚才的事情一五一十地告诉他，让农夫受到加倍的惩罚。

虽然嘴上这么说，孩子还是哭着走的，而农夫却在那里笑。英勇的唐·吉诃德就是如此打抱不平的，而且他自己还得意至极，觉得自己在骑士生涯中已经有了一个极其顺利和高尚的开端，对自己非常满意，一面往村里走一面轻声说道：

"你真是世界上最幸运的人，托波索美丽绝伦的杜尔西娅娅！你有幸拥有英勇著名的骑士唐·吉诃德在你面前俯首听命。众所周知，他昨天得到了骑士称号，今天又讨伐了最无耻、最残忍的罪恶行径。今天，那个残忍的敌人无缘无故地鞭打那个瘦弱的孩子，他从那个敌人手里夺下了鞭子。"

这时他来到了一个十字路口，忽然想起游侠骑士常在交叉路口考虑该走哪条路。于是他也装模作样地站了一会儿，最后才考虑成熟了。他放开了驽马难得的缰绳，任它选择。马凭着它的第一感觉，朝着有马群的方向走。走了大约两英里，唐·吉诃德看到一大群人，后来才知道，是托莱多的商人去穆尔西亚买丝织品。有六个人打着阳伞，四个佣人骑着马，还有三个骡夫步行。刚从远处发现他们，唐·吉诃德就想到又遇上了新的冒险行动。他尽力模仿书上的情节，只要有可能，他就模仿。他觉得又有了一次机会。于是他风度翩翩，威风凛凛地在马上坐定，握紧长矛，把皮盾放在胸前，停在路当中，等待那些游侠骑士到来。他觉得那些人就是游侠骑士。待那些人走到跟他可以互相看得见、听得着的距离时，他傲慢地打了个手势，提高声音，说道：

"如果你们这些人不承认世界上没有谁比曼却的女皇、托波索的杜尔西娅娅更漂亮，就休想过去。"

听到这番话，商人们都停了下来。看到说话人的奇怪样子，再听他那番话，商人们立刻意识到这是个疯子。不过他们不慌不忙，还想看看他这番话的下文。其中一个人爱开玩笑却又很谨慎，对他说：

"骑士大人，我们不知道谁是您说的那位美丽夫人，让我们见见她吧。如果她真像您说的那么漂亮，我们诚心诚意地自愿接受您的要求。"

"你们见到了她,才能承认这样一个明显的事实吗?"唐·吉诃德说,"不管你们是否见过她,重要的是你们得相信、承认、肯定、发誓并坚持说她是最漂亮的。否则,你们这些高傲自大的人就得同我兵戎相见。现在,你们或者按照骑士规则一个个来,或者按照你们的习惯和陋习一起上,我都在这里等着你们。我相信正义在我这一边。"

"骑士大人,"那个商人说,"我以在场所有王子的名义请求您,让我们承认我们前所未见、前所未闻的事情,实在于心不安,而且,这会严重伤害阿尔卡利亚和埃斯特雷马杜拉的那些女皇和王后们。烦请您让我们看看那位夫人的画像吧,哪怕它只像麦粒一般微小。这样一了百了,我们满意了、放心了,您也高兴了、满足了。我们渴望瞻仰她的芳容。即使她在画像上是个独眼,另一只眼流朱砂和硫磺石,为了让您高兴,我们也会按照您的意愿夸奖她。"

"无耻的恶棍,"唐·吉诃德怒气冲天地说,"她眼里流出的不是你说的那些东西,而是珍贵的琥珀和麝香。她也不是独眼或驼背,而且身子比瓜达拉马的纱锭还直。你们亵渎我如此美丽的夫人,该受到惩罚。"

说罢,他抓起长矛向刚才说那些话的人刺去。他愤怒至极,要不是幸好驽马难得失蹄跌倒在路上,那位大胆的商人就遭殃了。驽马难得一倒地,它的主人也摔得滚了很远。他想站起来,可是长矛、皮盾、马刺、头盔和沉重的盔甲碍手碍脚,就是站不起来。他挣扎了一番还是站不起来,嘴里仍在说:

"别跑,胆小鬼,卑贱的人,你们等着。我站不起来,这不怨我,是马的错。"

其中一个骡夫,也许人不太好,见他倒在地上还如此狂妄,忍不住要把他痛打一顿。那骡夫走过去,抓住长矛,撅成几截,拿起一截抽打唐·吉诃德。虽然唐·吉诃德身着甲胄,可还是被打得遍体鳞伤,商人们直喊骡夫别打得那么厉害,赶快放了他。可骡夫已经怒不可遏,直打到怒气全消才住手。然后,骡夫捡起其余几截断矛,扔在唐·吉诃德身上。唐·吉诃德虽然见到乱棍如雨般打在他身上,却仍然不住嘴地吓天吓地,吓唬那些他认为是坏蛋的人。骡夫打累了,商人一行又继续赶路,一路上一直谈论这个被打的可怜虫。唐·吉诃德看到只剩自己一人了,又试图站起来。可是他身体无恙时都站不起来,现在被打得遍体鳞伤,又怎能站起来呢?他暗自解脱,认为这是游侠骑士必遭之祸,而且全是马的错。他浑身灼痛,自己根本站不起来。

看到自己动弹不得,唐·吉诃德想起了自己的老办法——回想小说中的某一情节。他又疯疯癫癫地想起巴尔迪维诺在山上被卡尔·洛托打伤后遇到曼图亚侯爵的故事。这个故事孩子们知道,青年人知道,老年人更是大加赞赏,深信不疑,就像笃信穆罕默德的故事一样。唐·吉诃德觉得这个情节与自己的处境极其相似,便作悲痛欲绝状,在地上打滚,嘴里还气息奄奄地说着据说是那位受伤的绿林好汉当时说的话:

你在哪里,我的夫人?

难道对我毫不怜悯?

夫人也许真的不知,还是

虚情假意,早已变心?

然后,他又继续念小说里的歌谣,一直念到那句韵文:

哦,显贵的曼图亚侯爵,

我的舅父,长辈大人!

刚念到这句,当地的一位农夫,他的邻居,正巧送麦子到磨坊经过此地。农夫看到地上躺着一个人,就过去问他是谁,哪儿不舒服,何以如此伤心地呻吟。唐·吉诃德认定这人就是他的舅父曼图亚侯爵,所以什么也不回答,只是继续念叨歌谣,诉说自己的不幸,还有什么皇子和他夫人偷情等等,全是按照歌谣的内容说的。听了这番疯话,农夫惊讶不已。农夫掀开唐·吉诃德的护眼罩,护眼罩已经被打碎了,拂去他脸上的灰尘,认出了他,说:

"吉哈纳大人(在他尚未失去理性,由安分的贵族变成游侠骑士之前,大概是这样称呼他的),谁把您弄成这个样子?"

可是不管农夫问什么，唐·吉诃德只是继续说他的歌谣。这位好心人只好脱掉唐·吉诃德的护胸护背，看看是否有伤，结果并没有发现血迹和伤痕。农夫把他从地上使劲扶了起来，又觉得还是自己的驴稳当，就把他扶到自己的驴上，费力可真不少，然后又收拾好甲胄，连同断矛一起捆在驽马难得的背上，牵着马和驴的缰绳回村，路上仍一直琢磨唐·吉诃德那些胡言乱语的意思。唐·吉诃德也不好受，遍体鳞伤的身躯在驴上摇摇晃晃，不时仰天长叹，于是农夫又问他哪儿难受。看来魔鬼又适时给他的记忆带来了故事，否则他怎么会在这个时候忘了巴尔多维诺斯，却想起了摩尔人阿温达赖斯被安特凯拉的要塞司令罗德里戈·德纳瓦埃斯捉住，送往要塞辖区的事呢。因此，农夫再问他感觉怎样时，他就用阿温达赖斯回答罗德里戈·德纳瓦埃斯的话回答农夫。这些话是他从豪尔赫·德蒙特马约尔的故事《迪亚娜》里读到的。农夫听他这么胡说八道，简直跟见了鬼似的，便明白了自己的邻居神经已经不正常，于是加紧往回赶，以免让唐·吉诃德的滔滔不绝搅得心烦意乱。最后，唐·吉诃德说：

"您应该知道，唐罗德里戈·德纳瓦埃斯大人，我刚才说的美人哈丽法就是当今托波索的美人杜尔西娜娅。我已经为她、正在为她并且将继续为她创造世界上绝无仅有的最辉煌的骑士业绩。"

农夫回答说：

"大人您看看，请恕罪，我不是唐罗德里戈·德纳瓦埃斯，也不是曼图亚侯爵。我是您的邻居佩德罗·阿隆索。您既不是巴尔多维诺斯，也不是阿温达赖斯，而是光荣的贵族吉哈纳大人。"

"我知道我是谁，"唐·吉诃德说，"我知道我不仅可以是我刚才说过的那些人，而且还可以当法兰西十二廷臣，甚至当世界九大俊杰。他们的业绩无论从总体看还是以个别论，都比不上我。"

他们边说边走，回到村庄时天已渐黑。不过，农夫还得等天色完全黑下来，以免人们看到这位遍体鳞伤的贵族骑着这匹劣马。农夫觉得到时候了才进村，来到唐·吉诃德家。唐·吉诃德的家里熙熙攘攘，其中有村里的神甫和理发师，他们都是唐·吉诃德的好朋友。

女管家正高声对他们说：

"佩罗·佩雷斯神甫（这是神甫的名字），您估计我的主人遇到了什么麻烦？他已经两天没露面了，马也没了，皮盾、长矛和甲胄都不见了。真倒霉！现在我才明白，事情本该如此，就像有生必有死的道理一样。那些可恨的骑士小说他读起来没完，结果把人读傻了。现在我想起来了，以前我经常听他自言自语地说，要去做游侠骑士，到各地去冒险。这些小说是教人学撒旦和巴巴拉的，这不，全曼却最精明的人也完了。"

他的外甥女也这么说，而且还说：

"您知道吗，尼古拉斯师傅（这是理发师的名字），有很多次，我舅舅连续两天两夜读那些晦气的勾魂小说，看完后，把书一扔，拿着剑对墙乱刺，刺累了，就说自己已经杀死了四个高塔般的巨人，累出的汗是搏斗中受伤流的血。然后，他喝一大罐凉水，才安静下来，还说那水是他的朋友大魔法师埃斯费贤人送给他的圣水。不过，都怪我，没有告诉您我舅舅这些疯疯癫癫的事，趁他还没变成现在这个样子之前管管他，把那些邪书都烧了。他的很多书都应该像对异教邪说那样一把火烧掉。"

"我也这样认为，"神甫说，"明天一定要公审那些书，并且处以火刑，以免让那些读了这种书的人像我的善良的朋友一样做出那些事。"

这些话全被农夫和唐·吉诃德听到了。农夫这才明白唐·吉诃德得的是什么病。于是他大声说：

"请你们给巴尔多维诺斯大人和曼图亚侯爵大人开门，他伤得很重；还有摩尔人阿温达赖斯大人，他把安特凯拉的要塞司令，那位勇敢的罗德里戈·德纳瓦埃斯给抓来了。"

农夫这么一喊，大家都跑了出来，有些人认出这是他们的朋友，两个女人也认出了她们的主人和舅舅。唐·吉诃德还骑在驴上，下不来，大家只好跑过去抱住他。他说：

"你们听着，我受了重伤，这全怪我的马。你们把我送到床上去。如果可能的话，叫乌甘达女巫来治治我的伤吧。"

"您看，真不幸，"女管家说，"我的心灵告诉我，我主人的一条腿跛了。您正好上床去，不用找什么乌疙瘩了，我们知道怎么给你治。那些该上百次诅咒的骑士小说把您害成了这个样子。"

人们把他抬到床上检查伤口，可是一个伤口也没找到。他说，他的伤全是在他的坐骑驽马难得跌倒时摔的。当时他正同十名世界罕见的胆大妄为的巨人搏斗。

"好啊，好啊，"神甫说，"这回还有巨人！我向十字架发誓，明天天黑之前我要把他们都烧死。"大家向唐·吉诃德提了很多问题，可是他一个问题也不愿回答，只是要求给他吃的，让他睡觉，现在这最重要。于是，神甫详细地询问农夫是如何找到唐·吉诃德的。农夫把碰到唐·吉诃德时他的丑态，以及带他来时半路上说的那些疯话都介绍了一遍。这回神甫听了愈发想找一天做他想做的那件事了。第二天，神甫叫上他的朋友尼古拉斯理发师，一同来到唐·吉诃德家。

整理书房

唐·吉诃德还在睡觉。神甫向唐·吉诃德的外甥女要那个存放着罪孽书籍的房间的钥匙，他的外甥女欣然拿出了钥匙。大家进了房间，女管家也跟着进去了。他们看到有一百多册装帧精美的大书和一些小书。看到这些书，女管家赶紧跑出房间，然后拿回一碗圣水和一把刷子，说：

"拿着，神甫大人，请你把圣水洒在这个房间里，别留下这些书中的任何一个魔鬼，它会让我们中邪的。我们对它们的惩罚就是把它们清除出人世。"

女管家考虑得如此简单，神甫不禁笑了，他让理发师把那些书一本一本地递给他，看看都是什么书，也许有些书不必处以火刑。

"不，"外甥女说，"一本都不要宽恕，都是害人的书。最好把它们都从窗户扔到院子里，做一堆烧掉。要不然就把它们弄到畜栏去，在那儿烧，免得烟呛人。"

女管家也这么说，兴许，让那些无辜者去死是她们的共同愿望。不过神甫不同意，他起码要先看看那些书的名字。理发师递到他手里的第一本书是《高卢的阿马迪斯四卷集》。神甫说：

"简直不可思议，据我所知，这本书是在西班牙印刷的第一部骑士小说，其他小说都是步它的后尘。我觉得，对这样一部传播如此恶毒的宗派教义的书，我们应该火烧无赦。"

"不，大人，"理发师说，"据我所知，此类书中，数这本写得最好。它在艺术上无与伦比，应该赦免。"

"说得对，"神甫说，"所以现在先放它一条生路。咱们再来看旁边的那一本吧。"

理发师说："这本是《埃斯普兰迪安的功绩》，此人是高卢的阿马迪斯的嫡亲儿子。"

"实际上，"神甫说，"父亲的功绩无助于儿子。拿着，管家夫人，打开窗户，把它扔到畜栏去。咱们要烧一堆书呢，就用它垫底吧。"

女管家非常高兴地把书扔了，《埃斯普兰迪安的功绩》被扔进了畜栏，耐心地等候烈火焚身。

"下一部。"神甫说。

"这本是《希腊的阿马迪斯》。"理发师说，"我觉得这边的书都是阿马迪斯家族的。"

"那就都扔到畜栏去。"神甫说，"什么平蒂基内斯特拉女王、达里内尔牧人以及他的牧歌，还有作者的种种丑恶悖谬，统统烧掉。即便是养育了我的父亲打扮成游侠骑士的模样，也要连同这些东西一起烧掉。"

"我也这样认为。"理发师说。

"我也是。"外甥女说。

"是这样，"女管家说，"来吧，让它们都到畜栏去。"

大家都往外搬书，书很多，女管家干脆不用楼梯了，直接把书从窗口扔下去。

"那本大家伙是什么？"神甫问。

理发师回答说："是《劳拉的唐奥利万》。"

"这本书的作者就是写《芳菲园》的那个人。我也不知道这两本书里究竟哪一本真话多，或者最好说，哪一本书说假话少。我只知道这本胡言乱语、目空一切的书也应该扔到畜栏去。"

"下一本是《伊尔卡尼亚的弗洛里斯马尔特》。"理发师说。

"怎么，还有弗洛里斯马尔特大人？"神甫说，"虽然他身世诡怪，经历奇特，可是文笔生硬枯涩。把它和另外那本书都扔到畜栏去，管家夫人。"

"很荣幸,我的大人。"女管家高高兴兴地去执行委派给她的事情。

"这本是《普拉蒂尔骑士》。"理发师说。

"那是本古书,"神甫说,"我没发现它有什么可以获得宽恕的内容。别费话,也一起扔出去。"

然后,神甫又打开一本书,书名叫《十字架骑士》。

"此书名字神圣,可以宽恕它的无知。不过常言道:'十字架后有魔鬼。'烧了它!"

理发师又拿起另一本书,说:

"这是《骑士宝鉴》。"

"我知道这部大作,"神甫说,"写的是雷纳尔多斯·德蒙塔尔万和他的伙伴,个个比卡科还能偷。还有十二廷臣和真正的历史学家图尔平。说实话,我准备判它个终身流放,因为他们一部分是著名的马泰奥·博亚尔多的杜撰,接着又由基督教诗人卢多维科·阿里奥斯托来添枝加叶。如果我在这儿碰到他,他竟对我讲他母语之外的其他语言,我就对他不客气;他要是讲自己的语言,我就把他奉若上宾。"

"我倒有本意大利文的,"理发师说,"不过我看不懂。"

"你不懂更好,"神甫说,"这回咱们就宽恕卡皮坦先生吧,他并没有把这本书带到西班牙来,翻成西班牙文。那会失掉作品很多原意,所有想翻译诗的人都如此。尽管他们小心备至,技巧娴熟,也绝不可能达到原文的水平。依我说,实际上,把这本书和你们找到的其他谈论法兰西这类事情的书,都扔到枯井里存着,待商量好怎样处理再说。不过,那本《贝纳尔多·德尔卡皮奥》和另一本叫《龙塞斯巴列斯》的例外。只要这两本书到了我手里,就得交给女管家,再扔到火里,绝不放过。"

理发师觉得这样做很对,完全正确,觉得神甫是一位善良的基督教徒,热爱真理,对世上之事绝不乱说,所以他完全赞同。再翻开一本书,是《奥利瓦的帕尔梅林》,旁边还有一本《英格兰的帕尔梅林》。神甫看到书便说:

"把那本《奥利瓦》撕碎烧掉,连灰烬也别剩。那本《英格兰》留下，当作稀世珍宝保存起来，再给它做个盒子，就像亚历山大从大流士那儿缴获的战利品盒子一样。亚历山大用那个盒子装诗人荷马的著作。这部书，老兄，以两点见长。其一是本身写得非常好，其二是作者身为葡萄牙的一位思维敏捷的国王，所以颇有影响。米拉瓜尔达城堡里的种种惊险，精彩至极，引人入胜。这部书的语言文雅明快，贴切易懂，非常得体。所以我说，尼古拉斯师傅，这部书和《高卢的阿马迪斯》应该免遭火焚，其他书就不必再审看了，统统烧掉，您看怎样？"

"不行，老兄，"理发师说，"我这本是名著《唐贝利亚尼斯》。"

神甫持异议："对第二、三、四部需要加点大黄，去去它的旺肝火。所有关于法马城堡的内容和其他严重的不实之处也得去掉，再补以外来语。修改之后，再视情况决定是宽恕还是审判它。现在，老兄，你先把它放在你家，不过别让任何人阅读它。"

"我愿意。"理发师说。他不想再劳神看那些骑士小说了，就吩咐女管家把所有大本书都敛起来，扔到畜栏去。

女管家不傻也不聋，而且她烧书之心胜于织布之心，不管那是多宽多薄的布。听了理发师的话，她一下子抓起八本书，从窗口扔出去。因为拿得太多，有一本掉在理发师脚旁。理发师想看看是谁写的书，一看原来是《著名白人骑士蒂兰特传》。

"上帝保佑！"神甫大喊一声，说道，"白人骑士蒂兰特竟在这里！递给我，老兄，我似乎在这本书里找到了欢乐的宝库，娱乐的源泉。这里有勇敢的骑士基列莱松·德蒙塔尔万和他的兄弟托马斯·德蒙塔尔万以及丰塞卡骑士，有同疯狗战斗的英雄蒂兰特，有刻薄的少女普拉塞尔·德米比达，谈情说爱、招摇撞骗的寡妇雷波萨达，还有爱上了侍从伊波利托的女皇。说句实话，老兄，论文笔，它堪称世界最佳。书里的骑士也吃饭，睡在床上，死在床上，临死前也立遗嘱，还有其他事情。这些都是其他此类书所缺少的。尽管如此，作者故意编造这些乱七八糟的故事，还是应该罚他终生做划船苦役。你把它拿回家去看看，就知道我对你说的这些都是千真万确的了。"

"是这样，"理发师说，"不过，剩下的这些小书怎么办呢？"

神甫说:"这些书不会是骑士小说,大概是诗集。"说着他打开一本,是豪尔赫·德蒙特马约尔的《迪亚娜》,就说恐怕其他的也都是这类书。"这些书不必像其他书那样都烧掉,它不像骑士小说那样害人或者将要害人,都是些供消遣的书,不会坑害其他人。"

外甥女说:"哦,大人,您完全可以下令像对其他书一样把这些书都烧掉。否则过不了多久,我舅舅治好骑士病后,读这些书,又会心血来潮地想当牧人,游历森林和草原,边唱边伴奏,或者更糟糕,想当诗人,那病就没法治了,而且还传染呢。"

"小姐说得对,"神甫说,"最好提前解除这种不幸和危险。咱们就先从蒙特马约尔的《迪亚娜》下手吧。我觉得书可以不烧,不过,所有关于仙姑费丽西亚和魔水的内容以及大部分长诗都得删掉,适当保留散文,这样它仍然不失为此类小说中的一流作品。"

"接着这本又是《迪丽娜》,题为《萨拉曼卡人续集》,"理发师说,"另一本也叫《迪亚娜》,作者是吉尔·波罗。"

"萨拉曼卡人的那本,让它跟着那些该扔到畜栏去的书一起去充数吧。"神甫说,"吉尔·波罗的那本要当作阿波罗的作品保存起来。咱们得快点,老兄,时间不早了。"

"这本书,"理发师说着打开了另一本书,"是撒丁岛人安东尼奥·德洛弗拉索写的《爱运女神十书》。"

"我凭我的教职发誓,"神甫说,"自从有了阿波罗、缪斯和诗人以来,从没有任何著作像这部书这样既有趣又荒诞。由此说来,它也是所有这类书中最优秀绝世之作。没读过这部书,就等于没有读过任何有趣的东西。给我吧,老兄,这比给我一件佛罗伦萨呢绒教士服还珍贵呢。"

神甫极其高兴地把书放在一旁。理发师又继续说道:"后面这几本是《伊比利亚牧人》、《草地仙女》和《情嫉醒悟》。"

神甫说:"没别的,把它们都交给女管家。别问我为什么,否则就说个没完了。"

"下面这本是《菲利达牧人》。"

"那不是牧人，"神甫说，"而是个谨小慎微的大臣。把它当成珍品收藏起来。"

"这部大书名为《诗库举要》。"理发师说。

神甫说："诗不多，所以很珍贵，不过要从这部书的精华里剔除糟粕。这个作者是我的朋友。看在他还写过一些如史诗一般高尚的著作份上，就把这本书留下吧。"

"这本是《洛佩斯·马尔多纳多诗歌集》。"理发师接着说。

"这本书的作者也是我的好朋友。他的诗一经他口，就倾倒听者。他朗诵的声调十分和婉，很迷人。就是田园诗长了些，不过好东西不怕长。把它和挑出来的那几本放在一起。旁边那本是什么？"

"是米格尔·德·塞万提斯的《加拉特亚》。"理发师说。

"这个塞万提斯是我多年的至交。我知道他最有体会的不是诗，而是不幸。他的书有所创新，有所启示，却不做结论。不过，得等等第二部，他说过要续写的。也许修改以后，现在反对他的那些人能够谅解他。现在，你先把这本书锁在你家。"

"我很高兴，老兄。"理发师说，"这儿有三本放在一起了。它们是唐阿隆索·德阿尔西利亚的《阿拉乌加人》、科尔多瓦的陪审员胡安·鲁福的《澳大利亚人》和巴伦西亚诗人克里斯托瓦尔·德比鲁埃斯的《蒙塞拉特》。"

"这三本书，"神甫说，"是西班牙语里最优秀的史诗，可以同意大利最著名的史诗媲美，把它作为西班牙诗歌最珍贵的诗歌遗产保存起来。"

神甫已没心思再看其他书，想把剩下的所有书都烧掉。可这时理发师又打开了一本，是《天使的眼泪》。

"如果把这本书烧了，我倒要流眼泪呢。"神甫说，"这个作者是西班牙乃至全世界最著名的诗人之一。他曾翻译过奥维德的几个神话故事，译得非常通顺。"

二次出征

这时，忽听唐·吉诃德咆哮起来：

"来吧，来吧，勇敢的骑士们，是显示你们勇敢臂膀的力量的时候了，现在是宫廷骑士得势。"

人们都循吵闹声赶去，其他书就没有再继续检查，估计《卡罗莱亚》《西班牙的狮子》和路易斯·德阿维拉的《皇帝旧事》顷刻之间已化为灰烬。这几本大概都藏在剩下的那堆书里，神甫倘若看到这几本书，也许不会让它们遭受这样严厉的处罚。

大家赶到时，唐·吉诃德已经起床了，正继续大喊大叫，到处乱扎乱刺，那个精神劲儿，一点儿也不像刚睡醒的样子。大家抱住他，硬把他按在床上。他安静了一会儿，又开始对神甫说：

"特平大主教大人，我们这些号称十二廷臣的人竟让这些宫廷骑士在这场战斗中大获全胜，真是奇耻大辱。前三天，我们这些征险骑士还连战连捷呢。"

"您安静点儿，老兄。"神甫说，"上帝会保佑我们时来运转的。'失之今日，得于明天'，您现在需要注意身体。我觉得您大概太累了，要不就是受了重伤。"

唐·吉诃德说："没有受伤，不过浑身仿佛散了架，这倒是真的。那个婊子养的罗尔丹用圣栎木棍差点把我打散架。他完全是出于嫉妒，就因为我是他斗勇的敌手。待我能从床上起来时，不管他有多少魔法，我都要报仇，否则我就不叫雷纳尔多斯·德蒙塔尔万。现在，先给我弄点吃的，我知道这对我最合适。报仇的事就留给我吧。"

吃的拿来了,他又睡着了。他疯成这样,使大家目瞪口呆。

那天晚上,女管家把畜栏里和家里所有的书都烧了。那些本应留作永久资料的书,命运和懒惰的检察官并没有放过它们,也烧掉了。这就应验了那句俗语:"正常为罪恶受过"。

神甫和理发师拯救朋友的一个办法,就是把唐·吉诃德那间书房砌上砖堵死,让他伤好后找不到那些书(说不定会病除根断),说魔法师把书房和里面所有的东西都带走了。他们说做就做。两天后,唐·吉诃德起床了。他做的第一件事就是去看他的书。可是他找不到原来放书的房间,就逐间搜寻,走到原来是门的地方,用手摸了摸,四处张望,默默无语。过了好一阵,他问女管家书房在什么地方。女管家很清楚该怎样回答,对他说:

"您找什么房,什么东西?这里没有书也没有房,都让魔鬼带走了。"

"不是魔鬼,"外甥女说,"是位魔法师。您走后的一个晚上,魔法师腾云而来。他从蛇背上下来,走进房间。我也不知道他在里面干什么。不一会儿,他从房顶飞出,房间里全是烟。待我们想起过去看看他究竟干了什么,已经是书、房皆空了。我和管家记得十分清楚,那个老东西临走时大声说,他和那些书籍以及房间的主人有私仇,对那间房子的处置随后就可见分晓。他还说他是圣贤穆尼亚通。"

"大概说的是弗雷斯通。"唐·吉诃德说。

女管家说:"我也不知道是说弗雷斯通还是弗里通,只知道最后一个字是'通'。"

"是啊,"唐·吉诃德说,"那是一个狡猾的魔法师,我的大敌,对我嫉恨如仇。他先天有灵,预知过一段时间后,会有他手下的一个骑士来同我展开恶战。我定会取胜,他却无可奈何,所以他要对我竭尽破坏之能事。我断定,苍天安排好的事,他很难违拗和逃脱。"

"这还用问吗?"外甥女说,"可是舅舅,谁让您去管那些事?在家里老老实实呆着,别到处去管闲事难道不好吗?况且弄不好的话,'毛未剪成反被剪'呢。"

"你搞错了,外甥女,"唐·吉诃德说,"谁想剪我的毛,不等他碰到我一根头发梢,我早已把他的毛全都剃光拔掉了。"

两个女人怕再勾起唐·吉诃德的火气,不再言语。这样,唐·吉诃德在家安安静静地住了十五天,没有再想出外疯跑的迹象。在这期间,他成天向两个老朋友神甫和理发师作有趣的讲述。他说世界上最需要的就是游侠骑士,而且他对游侠骑士的崛起责无旁贷。神甫有时表示反对,有时不得不让步。如果不采取这种方法,就无法和唐·吉诃德谈下去。

这时候,唐·吉诃德又去游说相邻的一位农夫。那农夫是个好人(如果这个称号可以送给穷人的话),就是缺少头脑。唐·吉诃德对农夫又说又劝又许愿,总之,那个可怜的农夫决定跟他出走,去做他的侍从。唐·吉诃德为了让农夫心甘情愿地跟他走,说也许会在某次历险之后,转眼之间得到一个岛屿,那就让农夫做岛屿的总督。如此这番许愿之后,桑丘·潘沙,也就是那个农夫,决定离开自己的老婆和孩子,充当邻居的侍从。

唐·吉诃德然后下令筹款。有的东西卖了,有的东西典当了,反正都廉价出手,终于筹集了一笔钱。他戴上从朋友那儿借的护胸,勉强扣上破头盔,把他打算上路的日期和时辰通知了侍从桑丘,让桑丘收拾好必需品,特别嘱咐别忘了带个褡裢。桑丘说,定会带上,同时,他还有头驴很不错,也想带上,因为他还不习惯走远路。关于驴的问题,唐·吉诃德考虑了一下,回想是否有某位游侠骑士带着骑驴的侍从,结论是前所未有。尽管如此,他还是同意了桑丘带上驴,并打算等到以后有机会,碰上一个无礼骑士,就夺其马,给桑丘换个体面的坐骑。唐·吉诃德按照那店主对他说的,带上了衬衣和其他可能带的东西。一切就绪之后,一个夜晚,桑丘没有向老婆和孩子告别,唐·吉诃德也没有向女管家和外甥女辞行,就离开了村庄,没有被任何人发现。他们连夜赶路,待到天亮时断定,即使人们找他们也找不到了。

桑丘带着褡裢和酒囊,骑在驴上神态威严,渴望现在就成为主人承诺的岛屿总督。唐·吉诃德碰巧又到了蒙铁尔原野上,也就是他

初征失利的地方。这次不像上次那么难受了,正值清晨,太阳斜射在他身上,并没有让他感到疲惫。

这时,桑丘对他的主人说:

"游侠骑士大人,您别忘了您许诺的那个岛屿。无论岛有多大,我都能管理。"

唐·吉诃德回答说:

"你应该知道,桑丘朋友,古时候游侠骑士征服岛屿或王国之后,就封他的侍从做那儿的总督。这是很流行的做法,我决不会破坏这个好习惯,而且我要做得比他们还好。有些时候,也许更多的时候,他们都要等到侍从老了,不愿意再白天受累、晚上吃苦地侍奉他们了,才给侍从封个不大不小的村镇或县区的伯爵,最多是个侯爵。只要你我都活着,我完全可以在六天之内征服一个王国,再加上几个附庸国,你正好可以做一个附庸国的国王。对此你别太当回事。有些前所未闻、连想也不敢想的事情往往会在骑士身上发生。我给你的会比我承诺给你的还多,这很容易做到。"

桑丘说:"那么,我就可以在您说的某次奇迹中当上国王,我老婆安娜·古铁雷斯至少是王后,我的儿子也成王子了。"

"难道还有谁对此怀疑吗?"唐·吉诃德说。

"我就怀疑,"桑丘说,"对于我来说,即使上帝让王国似雨点一般从天而降,也不会有一个正好落在玛丽·古铁雷斯头上。您知道,大人,王后也算不上什么,当女伯爵最好。这得靠上帝相助。"

"那你就向上帝乞求吧,"唐·吉诃德说,"他会给你一个最合适的位置。不过你别太自卑。你至少得做个总督才行。"

"我不做总督,大人。"桑丘说,"我愿意跟随尊贵的主人。所有的职位,只要对我合适,我又承担得起,您都会给我的。"

与风车战斗

这时他们发现了田野里的三十四架风车。

唐·吉诃德一看见风车就对侍从说：

"命运的安排比我们希望的还好。你看那儿，桑丘·潘沙朋友，就有三十多个放肆的巨人。我想同他们战斗，要他们所有人的性命。有了战利品，我们就可以发财了。这是正义的战斗。从地球表面清除这些坏种是对上帝的一大贡献。"

"什么巨人？"桑丘·潘沙问。

"就是你看见的那些长臂家伙，有的臂长足有两西里呢。"唐·吉诃德说。

"您看，"桑丘说，"那些不是巨人，是风车。那些像长臂的东西是风车翼，靠风转动，能够推动石磨。"

唐·吉诃德说："在征险方面你还是外行。他们是巨人。如果你害怕了，就靠边站，我去同他们展开殊死的搏斗。"

说完他便催马向前。侍从桑丘大声喊着告诉他，他进攻的肯定是风车，不是巨人。可他全然不理会，已经听不见侍从桑丘的喊叫，认定那就是巨人，到了风车跟前也没看清那是什么东西，只是高声喊道："不要逃跑，你们这些胆小的恶棍！向你们进攻的只是骑士孤身一人。"这时起了点风，大风车翼开始转动，唐·吉诃德见状便说："即使你们的手比布里亚柔斯的手还多，也逃脱不了我的惩罚。"

他又虔诚地请他的杜尔西娅夫人保佑他，请她在这个关键时刻帮助他。说完他戴好护胸，攥紧长矛，飞马上前，冲向前面的第一个风车。长矛刺中了风车翼，可疾风吹动风车翼，把长矛折断成几截，把马和骑士重重地摔倒在田野上。桑丘催驴飞奔而来救护他，只见唐·吉诃德已动弹不得。是马把他摔成了这个样子。

"上帝保佑！"桑丘说，"我不是告诉您了吗，看看您在干什么？那是风车，除非谁脑袋里也有了风车，否则怎么能不承认那是风车呢？"

"住嘴，桑丘朋友！"唐·吉诃德说，"战斗这种事情，比其他东西更为变化无常。我愈想愈认为，是那个偷了我的书房和书的贤人弗雷斯通把这些巨人变成了风车，以剥夺我战胜他而赢得的荣誉。他对我敌意颇深。不过到最后，他的恶毒手腕终究敌不过我的正义之剑。"

"让上帝尽力而为吧。"桑丘·潘沙说。

桑丘扶唐·吉诃德站起来，重新上马。那匹马已经东倒西歪了。他们谈论着刚才的险遇，继续向拉皮塞隘口方向赶路。唐·吉诃德说那儿旅客多，可能会遇到各种各样的凶险。他最难过的是长矛没有了。他对侍从说：

"我记得在小说里看到过，一位叫迭戈·佩雷斯·德巴尔加斯的西班牙骑士，在一次战斗中折断了剑。他从圣栎树上砍下了一根大树枝。那天他用这根树枝做了很多事情，打倒了许多摩尔人，落了个绰号马丘卡。从那天起，他以及他的后代就叫巴尔加斯和马丘卡。我说这些是因为假如碰到一棵圣栎树或栎树，我就想折一根大树枝，要和我想象的那根一样好。我要用它做一番事业。你真幸运，能看到并证明这些几乎令人难以相信的事情。"

"靠上帝恩赐吧，"桑丘说，"我相信您说的话。不过请您坐直点，现在身子都歪到一边去了，大概是摔痛了。"

"是的，"唐·吉诃德说，"我没哼哼，是因为游侠骑士不能因为受伤而呻吟，即使肠子流出来也不能叫唤。"

"既然这样，我就没什么说的了。"桑丘说，"不过只有上帝知道，我倒是希望您既然痛就别忍着。反正我有点儿痛就得哼哼，除非规定游侠骑士的侍从也不能叫唤。"

看到侍从如此单纯，唐·吉诃德忍不住笑了。唐·吉诃德对他说，不论他愿意不愿意，他可以随时任意哼哼，反正直到此时，他还没读到过认为这违反骑士规则的说法。桑丘说该是吃饭的时候了。他的主人却说还没必要，而桑丘想吃也可以吃。既然得到了准许，桑丘就在驴背上坐好，从褡裢里拿出吃的，远远地跟在主人后面边走边吃，还不时拿起酒囊津津有味地呷一口，那个样子，就是马拉加最有福气的酒店老板见了也会嫉妒。桑丘呷着酒，早把主人对他许的诺言忘得一干二净了，觉得这样到处征险并不怎么累，挺轻松的。

最后，他们在几棵树之间的空地上度过了那个夜晚。唐·吉诃德还折了一根干树枝，把断矛上的铁矛头安上去，权当长矛。唐·吉诃德彻夜未眠。他要模拟书中描写的样子，想念杜尔西娜娅。书里的那些骑士常常在荒林中几夜不睡觉，以想念夫人作为排遣。桑丘可不是这样。他酒足饭饱，一觉睡到天亮。阳光照耀在他脸上，小鸟欢欣鸣啭，新的一天到来了。要不是主人叫醒他，他还不起来呢。起来后，他摸了一下酒囊，发现比前一天晚上瘪了些，不禁一阵心痛，他知道没有办法马上补充这个酒囊。唐·吉诃德还是不想吃东西，就像前面说的，他要靠美好的回忆为生。他们又踏上了通往拉皮塞隘口的路程。大约三点钟，他们看见了隘口。

唐·吉诃德一看见隘口就说："桑丘·潘沙兄弟，我们会在这里深深卷入被称为冒险的事业。不过你要注意，即使你看见我遇到了世界上最严重的险情，只要冒犯我的人不是恶棍和下等人，你就不要用你的剑来保护我。如果是恶棍和下等人，你可以帮助我。但如果是骑士，你就不能来帮助我。这是骑士规则所不允许的，除非你已经被封为骑士。"

"是的，大人，"桑丘说，"我完全听从您的吩咐，尤其是我本人生性平和，不愿招惹是非。可是说真的，要是该我自卫了，我可不管那些规则，因为不管是神的规则还是世俗的规则，都允许对企图侵犯自己的人实行自卫。"

"我也没说不是这样，"唐·吉诃德说，"不过，在帮助我进攻骑士这点上，你还是得约束自己的冲动天性。"

桑丘说："我会像记着礼拜日一样记着这点，照此行事。"

他们正说着话，路上出现了两个圣贝尼托教会的教士，骑着两匹骆驼一般大的骡子，戴着风镜，打着阳伞。后面跟着一辆车，车旁边有四五个骑马的人和两个步行的骡夫相随。后来才知道，车上是位比斯开贵夫人，要去塞维利亚，她的丈夫正在那儿，准备赴西印度群岛荣任官职。教士虽然同那一行人走的是同一条路，但并不是那位夫人的随行人员。唐·吉诃德一发现他们，便对桑丘说：

"如果我没有弄错的话，这大概就是前所未有的奇遇了。那些黑乎乎的东西可能是——不，肯定是几个魔法师，他们劫持了车上的公主。我必须全力铲除这种罪恶行为。"

"这比风车的事还糟糕，"桑丘说，"您小心，大人，那是圣贝尼托教会的教士，那辆车肯定是某位过路客人的。您小心，我跟您说，您看看您在干什么吧，千万别让魔鬼搞昏了头。"

唐·吉诃德说："我对你说过，桑丘，关于征险的事情你知道得不多。我说的是真的，你马上就会看到。"说完，他冲上去，迎着两个教士站到路中间。待估计他们能听到自己的声音时，唐·吉诃德高声喊道：

"你们这些罪恶的魔鬼，把你们劫持的公主立刻放掉，否则，你们马上就会为你们的罪恶行径而受到正义的惩罚。"

两个教士勒住缰绳，被唐·吉诃德的装束和话弄得莫名其妙，说："骑士大人，我们不是罪恶的魔鬼，而是圣贝尼托教会的两个教士。我们赶自己的路，不知道这辆车上是不是有被劫持的公主。"

"花言巧语对我不起作用。我认识你们这些卑鄙的家伙。"唐·吉诃德说。

不等两人回答，唐·吉诃德便催马提矛冲向走在前面的教士。他怒气冲冲，凶猛至极，要不是那个教士自己滚落下马，唐·吉诃德准会把他刺下马，那就严重了，即使不死，也得重伤。第二个教士看到自己的同伴这个样子，便夹紧那匹快骡的肚子，朝田野疾风般遁去。

桑丘·潘沙看到教士落地，便立刻下驴，跑到他身边，开始剥他的衣服。这时,教士的两个伙计赶来,问他为什么要扒教士的衣服。桑丘说,作为主人唐·吉诃德打胜这一仗的战利品、这衣服理所当然属于他。两个伙计不懂得竟有这等荒唐事,也不明白什么战利品、打仗之类的事情,看到唐·吉诃德正在同车上的人说话,便冲上去,把桑丘打倒在地,把他的头发和胡子都拔光了,还猛踢一顿,打得他躺在地上,不见气息,晕了过去。

那教士又惊又怕,面无血色,不敢滞留片刻,赶紧翻身上骡,催骡向逃跑的教士方向跑去。那个教士正远远地观望,看这场意外的遭遇如何收场。两个教士不愿等到最后结局,便继续赶路,一路上还划着十字,仿佛身后有什么魔鬼跟着似的。

上面说过,唐·吉诃德正在和车上的夫人说话。他说:

"尊贵的夫人,您可以任意行动了。现在,劫持您的匪徒已经被我有力的臂膀打得威风扫地。您不必打听解救您的人的名字,您知道,我是曼却的唐·吉诃德,一位游侠骑士和冒险家,托波索美丽无比的杜尔西娜娅的追随者。作为您从我这里所得好处的报答,我只希望您能够到托波索去,替我拜见那位夫人,告诉她我为解救您所做的一切。"唐·吉诃德的这番话被一个跟车的侍从听到了。他也是比斯开人,看到唐·吉诃德无意放车前行,而是说让他们回到托波索去,就走到唐·吉诃德面前,抓住唐·吉诃德的长矛,用蹩脚的西班牙语和更蹩脚的比斯开语说道:

"滚开,骑士,真讨厌。我向创造我的上帝发誓,如果你还不让车走,你就是自取灭亡!"唐·吉诃德听得十分清楚。他十分平静地回答:"但愿你是骑士,正因为你不是骑士,我才没有对你如此放肆无礼予以惩罚,臭东西!"

比斯开人说:"我不是骑士?我向上帝发誓,就像你这个基督教徒向上帝撒谎一样!如果你投矛拔剑,你就会看到'水把猫冲走有多快'!陆地上的比斯开人,在海上是英雄,面对魔鬼也是英雄!而你呢,只会胡说八道,还会干什么?"

"阿格拉赫说,看剑!"唐·吉诃德说。

　　唐·吉诃德把长矛扔在地上，拔出剑，端着护胸盾，向比斯开人冲去，一心要把他置于死地。比斯开人一看唐·吉诃德这架势，想下骡应战。真要打，那租来的破骡子靠不住。可是已经晚了，他只好抽剑迎战，又顺手从车内抽出一个坐垫当盾牌。两人对打起来，仿佛是两个不共戴天的仇敌。其余的人让他们别打了，可是他们不听。那个比斯开人还结结巴巴地说，如果不让他们交战，他就要把女主人和所有干扰他的人都杀掉。车上的夫人被眼前的景象吓得惊魂失魄，目瞪口呆。她让车夫把车赶远些，遥遥观看这场激战。比斯开人从护胸盾牌上侧向唐·吉诃德的胳膊砍了一剑。要不是唐·吉诃德有所防备，早就被齐腰劈成两半了。

　　唐·吉诃德觉得肩上受到了重重的一击，便大叫一声："哦，我的宝贝夫人，绝世佳丽杜尔西娜娅，请您来帮助您的骑士吧！为了报答您的恩宠，他现在正挺身迎战。"说完，他握紧剑，拿好护胸盾，马上向比斯开人进攻，决意一剑见高低。比斯开人看到唐·吉诃德这么凶猛地冲来，决定以勇对勇。可那骡子已疲惫不堪，并且也不习惯这类事情，依然寸步不移。比斯开人无可奈何，只好用坐垫挡住自己的身体。

　　前面说过，唐·吉诃德举剑向那狡猾的比斯开人冲去，决意把他劈成两半。比斯开人也同样举着剑，用坐垫挡护着自己，迎战唐·吉诃德。观战的人都心惊胆战，提心吊胆，唯恐这番激战惹出什么事来，威胁到自己。车上的夫人和其他女仆不停地向西班牙所有神像和寺院祈祷，乞求上帝把比斯开人和她们从巨大的危险中解救出来。

　　可最糟糕的是，这个故事的作者讲到此时戛然而止，推诿说，除了谈过的内容之外，没有找到更多有关唐·吉诃德事迹的材料。而这部著作的第二位作者实在不愿意相信这部奇书会被人遗忘，不愿意相信曼却的文人会如此冷漠，没有在他们的资料或写字台里保留一些有关这位著名骑士的文献。这样一想，他就对找到有关这个平淡故事的最后结局有信心了。天助也，他居然找到了。

恶战结束

前面我们谈到，英勇的比斯开人和著名的曼却人都高举利剑奋力向对方劈去。要是真劈着了，两人都会从头到脚被劈成两半，变成两个裂开的石榴。可是这个有趣的故事在关键时刻却戛然而止，作者也没有交代下文。

我十分沮丧。阅读伊始吊起的胃口现在变成了难觅其余的惆怅。我意识到其余部分对这个有趣的故事十分重要。我觉得不可能也不应该，竟没有某位贤人负责把这位优秀骑士前所未闻的业绩记录下来。人们说，所有游侠骑士的历险经历他们都了解，因为每个游侠骑士都理所当然地有一两个贤人负责记录他的行动，而且还描绘他的每一个微小的思想变化和细节琐事，不管它们有多么隐秘。所以，如此优秀的骑士不应该如此不幸，更何况连普拉蒂尔和其他诸如此类的骑士都不乏贤人为他们写传呢。我不相信如此动人的故事会支离破碎，残缺不全。这只能归咎于可恶的时间，它吞噬了所有的一切，也隐匿或湮没了这个故事。

可是又一想，我觉得既然他的藏书里有《情嫉醒悟》与《草地仙女和牧人》之类的现代书，那么，有关他的故事也应该是现代的。即使没有写成文字，也应该留在他的村庄及其周围居民的记忆里。这样一想，我更加坐立不安，更想了解我们西班牙这位著名的唐·吉诃德的真正生活和奇迹了。他是曼却骑士的精英。在当今灾难深重的年代里，他率先投身于游侠事业，除暴安良，帮助寡妇，保护少女。那些黄花女子跃马扬鞭，翻山越岭，若不是遭到强盗、手持利斧和头戴头盔的村夫或某个巨人强暴，即使活到八十岁也不会在外面宿夜，进入坟墓时仍守身如玉。由于种种原因，我们英勇的唐·吉诃德应当不断被传诵，我为寻求这个动人故事的结尾所付出的努力也应该得到承认。这个故事要是认真读，得用两个小时。我完全清楚，如果苍天、机遇和命运不助我一臂之力，世界上就不会有这部消遣之作。故事的其余部分是这样被发现的：

有一天，我在托莱多的阿尔卡纳碰到一个小孩，他正在向个丝绸商兜售几个笔记本和一些旧纸。我爱看书，连街上扔的碎纸也要看看。被这种嗜好驱使，我拿过一个笔记本翻看，上面的字是阿拉伯文。我虽然能认出来，可是看不懂，于是就四处寻找，想找个懂阿尔哈米亚文的摩尔人，结果没费什么力就找到了。倘若找其他更复杂、更古老语言的翻译，也能找到。总之，我凑巧找到了一个翻译。我告诉他我的想法。他把书本拿在手里，从中间翻开，读了一点儿就笑开了。我问他笑什么。他说笑书的边白上加的一个注释。我让他告诉我那上面说了什么，他边笑边说：

"我说了，边白上这样写着：故事里常常提到的托波索的杜尔西娜娅，据说是曼却所有妇女中腌猪肉的最佳能手。"

我一听说托波索的杜尔西娜娅，先是一惊，然后才想起来，那几个笔记本里一定有唐·吉诃德的故事。于是，我就催他把笔记本的开头部分念给我听。他当即把阿拉伯文翻译成西班牙文，说是"曼却人唐·吉诃德的故事，阿拉伯历史学家锡德·哈迈德·贝嫩赫利著"。

我付出了极大的努力来掩饰我听到这个书名时的喜悦。我只花了半个雷阿尔，就把那孩子的所有纸张和笔记本从丝绸商那儿截了过来。如果那孩子再仔细点儿，发现我需要这些东西，完全可以再讨价还价，卖到六个雷阿尔以上。我随即和那个摩尔人来到一个大教堂的回廊里，让他把笔记本里所有关于唐·吉诃德的内容原原本本地翻译成西班牙文，要多少钱都可以给他。他只要两阿罗瓦葡萄干和两法内加小麦，并答应尽快又好又准地翻译过来。我为了我们合作得更顺利，而且也不愿意让这样珍贵的发现离开我，就把他带到我家。他用了一个半月多一点儿的时间，就把整个故事都翻译过来了，其内容如下：

第一个笔记本里有一幅唐·吉诃德同比斯开人战斗的插图，画得非常逼真，完全就是故事里讲述的那个架势。两个人都举着剑，一个戴着头盔，另一个抱着坐垫。比斯开人的骡子也画得栩栩如生，一看就知道是头租来的骡子。比斯开人脚下还注着"唐桑丘·德阿斯佩蒂亚"，这无疑是他的名字。驽马难得脚下注着"唐·吉诃德"。驽马难得画得简直绝了，又长又细，弱不禁风，弯腰拱背，病入膏肓，使驽马难得这个名字的特性一览无遗。旁边是桑丘·潘沙，牵着驴，脚下注明的是桑丘·桑卡斯。按照图上的画法，他是个大肚子，矮身材，长腿，大概因此才叫他潘沙和桑卡斯吧。故事里有时候也是用这两个名字称呼他的。

还有一些琐闻，不过都无关紧要，并不影响故事的真实性。所有琐闻都是真实的。

如果有人对它的真实性持异议，那无非因为作者是阿拉伯人。说谎是那个民族的特性之一。既然他们跟我们嫌隙颇深，故事里面真话只少不多也是可以理解的。我就是这样认为的。本来可以对这位优秀骑士浓笔醮墨地大加赞扬的地方，作者却故意闭口不谈。这种做法很可恶，想法也可恶。历史学家应当力求准确真实，不能掺杂自己的感情，更不能凭自己的情趣、恐惧、仇恨和喜好去歪曲事实。历史造就了真理，它要经受时间的考验。它记述了各种行为，是往昔的见证，是当今的圭臬，是未来的预示。我知道在这部传讯里可以找到一切需要的情节。如果它有所缺憾的话，我觉得那全是作者的毛病，而不是题材本身的过失。总之，按照译文，以下是第二部分的开头。

两位愤怒的勇士高举利剑，只是利剑仿佛直指天空，直指深渊，这就是他们的勇气和风采。首先出击者是悻然的比斯开人。这一剑有力凶猛，要不是劈偏了，完全可以把比斯开人桀骜的对手干掉，我们的骑士及其征险生涯也就结束了。然而幸运的是，还有更重要的事情有待这位骑士去完成，所以利剑劈偏，只是把他左半边的甲胄、大半个头盔和半只耳朵由左肩劈下,七零八落地散在地上,使骑士十分难堪。

上帝助我! 现在谁能恰当地描述这位曼却人看到自己这副样子时怒火攻心的样子呢? 闲话免谈,只说他重新翻身上马,双手持剑,气势汹汹地刺向比斯开人,正中坐垫和比斯开人的脑袋。比斯开人的脑袋可没戴头盔,结果如山压顶,鼻、嘴和耳朵开始流血,要不是他抱着骡子的脖子,早就栽下来了。不过,比斯开人的脚已经脱离了马镫,手后来也松开了。骡子被突如其来的攻击吓坏了,沿着田野狂奔起来,几个跳跃就把主人摔到了地上。

唐·吉诃德极其沉着地看着,看到比斯开人落马,便纵马悠然走到比斯开人面前,用剑尖指着他的眼睛,令他投降,否则,就要把他的脑袋割下来。比斯开人已经惊魂失魄,竟然一句话也说不出来。唐·吉诃德正在气头上,幸亏车上那几位一直在惊恐地观战的夫人来到唐·吉诃德面前,衰求他大发慈悲,饶恕她们的侍从。唐·吉诃德极其骄矜地说:

"是的,美丽的夫人们,我十分愿意遵命,不过有个条件,就是这位骑士得答应去托波索,以我的名义去拜见至尊的唐娜杜尔西娜娅,由她打发这位骑士去做她愿意做的任何事情。"

惊恐万状的夫人们其实并没有弄清唐·吉诃德要求的是什么,也没问谁是杜尔西娜娅,就答应让她们的侍人按照他的吩咐去办。

"我相信你们的话,就不再惩罚他了。他本来是不该轻饶的。"

有趣的对话

桑丘·潘沙被教士的伙计打了一顿，这时也站了起来。他一直关注着主人唐·吉诃德的战斗，心里祈求上帝保佑主人胜利，能够夺取某个小岛，让他如约当个总督。因此，他看到战斗结束，主人准备翻身上马时，便抓住马蹬，不等主人上马便跑在主人面前，抓住主人的手吻了一下，说：

"我的唐·吉诃德大人，请您把在这场激战中赢得的小岛赐予我吧。不管它有多大，我自认为有能力像世界上其他管理小岛的人一样，管理好这个岛。"

唐·吉诃德答道：

"听着，桑丘兄弟，这次征险以及其它此类征险并不是争岛之险，只是路遇之战。这种战斗只能落个头破或耳缺。别着急，以后还会遇到征险，那时候你不仅可以当总督，而且可以做更大的官。"

桑丘感激万分，他再次吻唐·吉诃德的手和护马甲，扶唐·吉诃德上驽马难得，自己也骑上驴，没同车上的夫人告辞或再说点什么，就快步跟在主人后面，走进旁边的一片树林。桑丘紧催他的驴追赶，可是驽马难得走得很快，眼看他已落在后面，只好拉开嗓门，让主人等等他。唐·吉诃德勒住驽马难得的缰绳，等这位疲惫不堪的侍从赶上来。桑丘刚一赶上，就说：

"大人，我觉得咱们最好先到某个教堂去暂避一时。刚才同您战斗的那个人受了伤，很快就会向圣友团报告，追捕咱们。若是把咱们抓住了，要逃出来就不那么简单了。"

唐·吉诃德说:"住嘴!游侠骑士可以杀人累累,哪儿有被抓起来的!你见到过或读到过吗?"

"我对杀人罪一无所知,"桑丘说,"也从来没对任何人做过这种事。别的我不管,我只知道圣友团专管野外争斗的事。"

"别担心,朋友,"唐·吉诃德说,"即使你落在迦勒底人手里,我也会把你救出来,更别说圣友团了。不过你说实话,你看世界上是否还有比我英勇的骑士?在你读过的传记里,是否有人比我更能攻善守、巧制强敌?"

桑丘答道:"实际上,我既不会念,也不会写,从没读过任何传记。不过我敢打赌,比您更神勇的主人,我这一辈子从没服侍过。愿上帝保佑,您这种神勇别在我刚才说的那个地方受挫。我要请求您的是给自己治伤。您那只耳朵流了很多血。我的褡裢里有纱布,还有些白药膏。"

"这些都不需要,"唐·吉诃德说,"要是我早想到做一瓶菲耶拉布拉斯圣水,只需一滴,便可以即刻痊愈。"

"那是什么圣瓶、什么圣水呀?"桑丘问。

唐·吉诃德说:"那种圣水的配方我还记得。有了那种圣水就舍身无所惧,受伤不致亡了。我把圣水做好了就交给你。你要是看到我在战斗中被拦腰斩断(这种事常有),就在血还未凝固之前,把我轻巧落地的上半身非常仔细地安放在鞍子上另外那半截身子上,要注意安放得完好如初。然后,你再喂我两口我刚才说的那种圣水,你就会看到,我依然完好无恙。"

"如果有那种圣水,"桑丘说,"我从现在起就放弃原来当海岛总督的要求。作为对我诸多周到服侍的回报,我不要别的,只求您把那种圣水的配方告诉我。我估计无论在什么地方,一盎司圣水都可以卖两个雷阿尔以上。有了它,我就可以过一辈子体面舒服的日子了。不过我想知道,要做那种圣水是不是得花很多钱?"

"用不了三个雷阿尔就可以做三阿孙勃雷的圣水。"唐·吉诃德说。

"都怨我,"桑丘说,"那么您还等什么,为什么不现在就做圣水,并且教我做呢？"

"住嘴，朋友，"唐·吉诃德说，"我想教给你更大的秘诀，让你得到更多的利益。现在咱们先治伤。我这只耳朵疼得很厉害。"

桑丘从褡裢里拿出了纱布和药膏。可是，唐·吉诃德一看到自己的头盔破了，又走火入魔了。他一手按剑，仰望天空，说道：

"我要向万物的创造者和四大《福音》巨著发誓，在向那个对我无礼的家伙报仇之前，我要过曼图亚侯爵那样的生活。他为了给他的侄子巴尔多维诺斯报仇，食不近桌，眠不近妻，还有其它一些情况，我想不起来了，不过我都发誓要一一照做。"

桑丘闻言说道："您看，唐·吉诃德大人，如果那个骑士按照您的吩咐去拜见了托波索的杜尔西娅娅夫人，他的事也就算完了。只要他不再做别的坏事，就不该再受惩罚。"

"你说得千真万确，"唐·吉诃德说，"我取消要向他报仇的盟誓。不过我还要发誓，在从某个骑士那里抢到一个与此头盔一模一样的头盔之前，我还要过我刚才说的那种生活。桑丘，你不要以为我只是心血来潮，我是在效仿先人。我的头盔和曼布里诺的头盔完全一样，萨克里潘特为此可付出了巨大的代价。"

"这种誓言您还是让魔鬼去说吧，我的大人，"桑丘说，"这样既伤身体又伤神。不信，您现在就告诉我，假如我们很多天都碰不到一个身披甲胄、头戴头盔的人怎么办？您难道真的为了实现自己的誓言而给自己找种种麻烦，例如和衣睡觉，露宿风餐，还有那位曼图亚老侯爵发誓要做的那些乱七八糟的事情？您看看，这路上根本没有披甲胄的人，全是些脚夫车夫。他们不仅不戴头盔，也许一辈子都没听说过头盔呢。"

"你错了，"唐·吉诃德说，"用不了两个小时，咱们在这个路口就可以看到，披挂甲胄的人比去阿尔布拉卡追求安吉丽嘉的人还多。"

"好吧，但愿如此，"桑丘说，"求上帝让我们走运。现在应该出大代价赢得这个岛屿，然后我就是死也闭眼了。"

"我对你说过，桑丘，你别担心。要是没有岛屿，一定会有丹麦王国或索夫拉迪萨王国在恭候你,而且还是在陆地上,你应该高兴。咱们先不谈这个,你先看看褡裢里是否有什么食物,吃完好去找个城堡过夜,做我说的那种圣水。说实话,我的耳朵疼得很厉害。"

"我这儿有一个葱头、一点儿干酪和几块硬面包,"桑丘说,"不过这不是您这种勇敢骑士吃的东西。"

"你怎么这样想!"唐·吉诃德说,"你要知道,桑丘,一个月不吃东西是游侠骑士的骄傲。即使吃,也是有什么吃什么。你若是像我一样读很多书,就知道这确有其事。不过,虽然这种书很多,却并不意味着游侠骑士除了偶尔吃一些奢侈的宴会之外,整日节食。我们可以想象,他们不能不吃东西,不能没有其他一些本能的需要,因为他们也是和我们一样的人。而且你也该知道,他们一生中大部分时间周游于野林荒郊,又没有厨师,所以他们的日常食物就是粗茶淡饭,就像你给我的那些食物一样。所以,桑丘朋友,你别担心,我愿意要这种东西。你也不要别出心裁,惹游侠骑士生气。"

"对不起,"桑丘说,"我刚才说过,我既不会读,也不会写,根本不懂骑士的规矩。

从现在起,我负责为您这位骑士提供各种干果作食品。我不是骑士,所以就给自己准备些飞禽或其他更有营养的东西。"

唐·吉诃德说:"桑丘,我不是说骑士只能吃你说的那些果子,而是说他们最通常的食物是那些东西和一些野草。他们能辨别那些野草,我也能。"

桑丘说:"能够辨别那些野草可有用呢。我想,说不定哪天就用得上。"

桑丘把带的东西拿了出来,两人和和气气地吃起来。不过,他们又急于找到一个过夜的地方,便草草吃完了那些冷干粮,骑上马连忙赶路,要在天黑之前赶到村落。可是他们只看到几间牧羊人的茅屋,于是决定在那儿过夜。桑丘为没能赶到村落而沮丧,可唐·吉诃德却很愿意露宿。每当遇到这种情况时,他都认为这是锻炼其骑士精神的好机会。

牧羊人的故事

唐·吉诃德受到几个牧羊人的热情接待。桑丘将就着安顿好驽马难得和他的驴，闻到锅里炖羊肉散发出的香味就折了回来。他想看看羊肉熟了没有，巴不得马上就端下锅来吃肉。这时，牧羊人把锅从火上端了下来，在地上铺了几张羊皮，迅速摆上一张旧桌子，非常客气地请两人共同进餐。茅屋里的六个牧羊人围坐在羊皮四周。他们首先以粗俗的礼仪请唐·吉诃德坐在一个倒置的木桶上。唐·吉诃德坐下后，桑丘站在旁边用角杯斟酒。唐·吉诃德看到桑丘站着，就对他说：

"桑丘，为了让你看到游侠骑士的殊荣，看到任何人只要与骑士稍有联系，马上就会得到世人的赞扬和尊重，我要你坐在我身边，陪伴我这位好人，与我同餐共饮，不分你我，尽管我是你的主人，也是你的大人。所谓游侠骑士，可以用一句谈论爱情的话来说，就是'万事皆同'。"

"不胜荣幸！"桑丘说，"不过我可以告诉您，只要有得吃，我自己一人站着吃和陪着皇帝吃一样好，甚至比陪着皇帝吃更好。而且说实话，您应该知道，我自己在角落里可以不必装模作样，拘于礼仪，即使吃面包葱头，也比在餐桌上吃吐绶鸡强，在餐桌上我得强装斯文，细嚼慢咽，还得不时揩嘴，想打喷嚏、咳嗽或做其他事都不行。因此，我的大人，您想把游侠骑士亲随的荣誉授予我，可我是您的侍从，已经是您的亲随了，所以我请您把这荣誉换成其他更实用的东西。这些荣誉，即使我领情接受下来，也永远用不上啊。"

"尽管如此,你还是得坐下,'卑微之人,上帝举荐'。"

唐·吉诃德拉着桑丘的胳膊,让他坐在自己身旁。几位牧羊人对侍从和游侠骑士之间的调侃不知所云,只是边吃边默默地注视着客人彬彬有礼而又津津有味地把拳头大小的羊肉块吞进肚里。羊肉吃完后,主人又在羊皮上摆了很多褐色橡子和半块奶酪,那奶酪硬得像泥灰块。斟酒频频,觥筹交错,很快就把面前摆着的两只酒囊喝空了一个。唐·吉诃德饭饱酒足,抓起一把橡子,端详一番,开始高谈阔论:

"古人云,幸福的世纪和年代为黄金年代,这并不是因为在我们这个铁器时代非常珍贵的黄金到那个时候便唾手可得。人们称之为黄金年代,是因为生活在那个时代的人没有你我之概念。在那个神圣的年代,一切皆共有。任何人要得到基本食物,只需举手之劳,便可以从茂盛的圣栎树上得到香甜的果实。源源不断的清泉与河流提供了甘美澄澈的饮水。勤劳机智的蜜蜂在石缝树洞里建立了它们的国家,把丰收的甜蜜果实无私地奉献给大家。茁壮的栓皮槠树落落大方地褪去它宽展轻巧的树皮,在朴质的木桩上盖成了房屋,为人们抵御酷暑严寒。

"那时候,人们安身立命,情同手足,和睦融洽,笨重的弯头犁还没敢打开我们仁慈的大地母亲的脏腑,而她却心甘情愿地用富庶辽阔的胸膛所拥有的一切来喂养和愉悦那些拥有她的儿女们。真的,那时候,纯真的靓女松散着头发,越山谷,过山丘,除了把该遮羞的部位遮住之外,并没有什么其他服饰。那点遮饰同现在的服饰不一样。现在多用蒂罗紫和五彩纷呈的丝绸,而那个时候只是将牛蒡的几片绿叶和常春藤编在一起而已,但却同现在的嫔妃们穿着新颖艳丽的服装一样显得庄重奢华。那时表达爱情的方式也很简朴,只要直抒心怀,从不绞尽脑汁去胡吹乱捧。欺诈和邪恶还未同真实和正义混杂在一起。正义自有它的天地,任何私欲贪心都不敢干扰冒犯它。而现在,这些东西竟敢蔑视、干扰和诋毁正义。那时候在法官的意识里,还没有枉法断案的观念,因为没有什么事什么人需要被宣判。我刚才说过,童女们可以只身到处行走,无需害怕恶棍歹徒伤害她们。如果她们失身,那也是心甘情愿的。

"而现在呢,在我们这可恶的时代里,就是再建一座克里特迷宫,也不会让任何一个女孩子感到安全。可恶的欲火使情爱的瘟疫通过缝隙和空气渗透进去,任何幽居处所对她们都无济于事。时间流逝,邪恶渐增。游侠骑士的出现可以使少女得到保护,使寡妇受到帮助,孤儿和穷人也能得到救济。

"牧羊兄弟们,我就是这类游侠骑士。对于你们给予我和我的侍从的热情款待,我表示感谢。人人都理所当然地有义务帮助游侠骑士,可我知道你们并不了解这种义务,却能如此款待我,因此我才对你们诚挚地表示感谢。"

唐·吉诃德的这番议论完全可以谅解,因为牧羊人的橡子使他想起了黄金时代,他忽然心血来潮,便对牧羊人慷慨陈词。牧羊人一言不发,怔怔地听着。桑丘则默默地吃着橡子,还不时到第二个酒囊那儿去一下。那个酒囊挂在一棵栓皮槠树上,这样酒可以更凉些。唐·吉诃德说话的时间比吃饭用的时间还多。晚饭结束后,一个牧羊人说:

"游侠骑士大人,为了进一步证实您所说的我们招待您的真情,我们想请我们的一个伙伴唱唱歌,让您放松一下,高兴高兴。我们这个伙伴一会儿就来。他是个十分聪明而又多情的小伙子,并且能认字写字。他是三弦牧琴演奏手,演奏得妙极了。"

牧羊人刚说到这儿,耳边就传来了三弦牧琴的乐曲声。那个小伙子也随之出现。他最多二十二岁,面目清秀。牧羊人们问他是否吃了饭,他说吃过了。刚才推荐他的那个人对他说:

"安东尼奥,你赏脸唱一点儿,就可以为我们带来欢乐,也让我们这位贵客看看,在这深山老林里也有懂音乐的人。我们已经对他介绍了你的才干,希望你露一手,证明我们说的是真话。你请坐,唱唱你那教士叔叔为你作的爱情歌谣吧,这歌谣在村镇上挺受欢迎的。"

"不胜荣幸。"小伙子说。

小伙子没有再推辞,坐在一截圣栎树干上,弹着三弦牧琴,很动情地唱起来:

纵使你嘴上不说,

娇眸顾盼情默默。

我心明白,奥拉利亚,

你在倾慕我。

我知你痴心相印,

笃信你钟情于我。

仰慕春思尽表露,

幸福美满无失落。

……

牧羊人唱完了,唐·吉诃德请求牧羊人再唱点什么。可桑丘想去睡觉,不愿意再听歌了。

他对主人说:

"您该去过夜的地方休息了。这几位好人劳累了一天,晚上不能再唱了。"

"我明白了,桑丘,"唐·吉诃德说,"你刚才去拿酒囊喝了酒,现在需要的是睡觉而不是音乐。"

"感谢上帝,大家都唱得不错。"桑丘说。

"这我不否认,"唐·吉诃德说,"你找地方休息吧。干我这种差事,似乎最好是守夜,而不是睡觉。不过,不管怎样,桑丘,你最好先看看我的耳朵,它疼得太厉害了。"

桑丘照办了。一个牧羊人看到唐·吉诃德的伤,对他说不必着急,自己有个办法,可以使他很快康复。牧羊人拿来几片迷迭香叶子,这种东西当地很多。牧羊人把叶子嚼碎,加上一点儿盐,敷在唐·吉诃德的耳朵上,包扎好,说用不着别的药了。唐·吉诃德的耳朵果然好了。

牧羊人讲的故事

这时，又来了一个从村里送粮食来的小伙子。他说："伙计们，你们知道村里的事吗？"

"我们怎么会知道。"一个牧羊人说。

"你们知道吗？"小伙子说，"那个有名的学士牧人克里索斯托莫今天早晨死了。人们私下说，他是因为爱上了财主吉列尔莫的女儿玛赛娜而死的。那个小妖精常扮成牧羊姑娘在旷野里走动。"

"你是说为了玛赛娜？"有人问。

"就是她，"小伙子说，"好在他已立下遗嘱，要把他像摩尔人那样埋在野外，还得是在栓皮槠树旁边的石头脚下。据传，他说过那是他第一次看到玛赛娜的地方。他还要求了其他事情，镇上的牧师们说不能照办，也不应该照办，估计是些邪恶的事情。可他的老朋友安布罗西奥跟他一样是个学士，也是牧人，却要全都按照他的吩咐办，村上对此议论纷纷。据说，最后还是得按照克里索斯托莫和他那几个牧人朋友的意志办。明天，他们要到我刚才说的那个地方大张旗鼓地安葬。

这事我可得看看，即使明天赶不回去，我也得去。"

"我们也去，"那群牧羊人说，"现在咱们抓阄吧，看明天谁留下来看羊。"

"说得对，佩德罗，"一个牧羊人说，"不过别抓阄了，我留下来看羊。倒不是我心眼好或者不想去看，我这只脚那天被树杈扎了一下，走不得路。"

"那我们得谢谢你。"佩德罗说。

唐·吉诃德请求佩德罗告诉他，死者是什么人，那个牧羊姑娘又是什么人。佩德罗回答说，据他所知，死者是山那边一个地方的富豪子弟，在萨拉曼卡读了很多年书，据说学成回乡时已是博学多才、满腹经纶。听说他最了解的是星星的学问，还有太阳和月亮在天上的事。他能准确地告诉我们什么时候太阳失、月亮失。

"那叫日蚀、月蚀，朋友，是那两个发光天体被遮住了。"唐·吉诃德说。

佩德罗不在意这些，接着说：

"他还能算出哪年是'丰年'，哪年是'黄年'。"

"你大概是说荒年吧，朋友。"唐·吉诃德说。

"荒年或黄年，"佩德罗说，"就是那意思。据说他父亲和那些听他话的朋友们都发了财。那些人都听他的。他常告诉那些人：'今年该种大麦，不要种小麦；或今年种鹰嘴豆，不能种大麦；来年油料大丰收，以后三年油料无收。'"

"那叫占星学。"唐·吉诃德说。

"我不知道叫什么，"佩德罗说，"不过我知道，这些东西他都懂，而且懂得比这还多。简单地说，他从萨拉曼卡回来没几个月，有一天，突然脱下了他上学时穿的长服，换上牧人的衣服，还拿着牧杖，披上了羊皮袄。他那个叫安布罗西奥的好朋友，原来和他是同学，也同他一起打扮成牧人的样子。我还忘了说，那个死去的克里索斯托莫还是个编民谣的能手哩。他编的关于耶稣诞生的村夫谣和圣诞节的剧目，由我们村里的小伙子们演出后，大家都说好极了。所以，村里人看到两个学生忽然穿上了牧人的衣服，都很惊讶，猜不透他们为什么要莫名其妙地换上这身打扮。那个时候，克里索斯托莫的父亲已经死了。他继承了大量财产，有动产和不动产，有数量不少的大大小小牲畜，有大量的钱，他全继承了，这确实是他应得的。他与人相处得很好，很随和，好人都喜欢他，他还有一副慈善的面孔。后来人们才明白，他扮成牧人就是为了在野外追求那个牧羊姑娘玛赛娜。可怜的克里索斯托莫早已爱上了她。现在我想告诉你，你也该知道这个姑娘是谁了。也许，或者根本不用也许，你这辈子也不会听说这样的事情，即使你活得比萨尔纳还长。"

"应该说萨拉。"唐·吉诃德说。他简直忍受不了牧羊人说话如此颠三倒四。

"萨尔纳活得就够长了。"佩德罗说，"大人，要是我一边说您一边给我挑错，咱们恐怕一年也讲不完。"

"请原谅，朋友，"唐·吉诃德说，"因为萨尔纳和萨拉的区别太大了，所以我才说。不过你说得很对，萨尔纳比萨拉活得长。你接着讲，我再也不给你挑错了。"

"我说，亲爱的大人，"牧羊人说，"在我们村里有个农夫，比克里索斯托莫的父亲还阔气，他叫吉列尔莫。上帝不仅赐予他大量财产，还赐给他一个女儿。孩子的母亲在生产时死了。她是我们这一带最好的女人。我现在似乎还能看到她那张脸，一边有个太阳，一边有个月亮。她善于理财，而且还是穷人的朋友。所以，我觉得她正在另一个世界里与上帝同在。她的丈夫吉列尔莫为失去这样的好妻子而悲痛得死了，把女儿玛赛娜，那个有钱的姑娘，留给了她的一个当神甫的叔叔。她叔叔就在我们村任职。"

"小女孩越长越漂亮，让我们想起她的母亲。她的母亲也很美，可是人们觉得她比母亲更美。她长到十四五岁的时候，凡是见到她的人无不称赞上帝把她培育得如此漂亮。还有更多的人爱上了她，整天魂不守舍。她的叔叔对她看管得很严。尽管如此，她的美貌，还有巨富，不仅名扬我们村，而且传到了方圆数十里之外很多富人家那儿。他们请求、乞求并纠缠她叔叔，要娶她为妻。她叔叔呢，确实是个好基督徒，后来看她到了结婚的年龄，也愿意让她嫁人，可是一定要事先征得她的同意，倒不是因为他照看着玛赛娜的财产，想图点便宜，故意拖延她的婚期。村里不少人也的确是这么说的，都称赞他是位好神甫。我应该告诉你，游侠大人，在这种小地方，人们什么都说，什么都议论。你想想，我也这么想，一个神甫能够让他的教民们都说他好,特别是在村里,那么他一定是个特别好的神甫。"

"是这样,"唐·吉诃德说,"你再接着讲。这事很有意思,而你呢,有意思的佩德罗,讲得也很有趣。"

"大人觉得有趣就行了,这对我很重要。你知道,后来她叔叔向她介绍了一个个求婚小伙子的情况,让她任意挑选一个。可她只是回答说还不想结婚,说觉得自己还小,还不能够承担起家庭的担子。这些话听起来很对,她叔叔也就不再坚持了,想等她年龄再大些,能够自己选择伴侣再说。她叔叔常说,他说得很对,做父母的不应该让儿女们违心地结婚。

"可是谁也没想到,有一天,娇贵的玛赛娜成了牧羊姑娘。她叔叔和村里所有人都劝她别这样,可是她不听,和村里其他牧羊女一起去了野外。这回她亮了相,她的美貌让人看见了。我也说不清有多少小伙子、贵族和农夫都换上了克里索斯托莫那样的衣服,到野外追求她。其中一个,我刚才说过,就是我们那位死者。人们说,他对玛赛娜不是爱,而是崇拜。你不要以为玛赛娜在那种自由自在的、很少约束或根本没有约束的日子里,可能放松对自己品行的要求,相反,她对保持自己的名誉十分注意,不给所有讨好她、追求她的人一点儿如愿的希望,所以那些人也无法向别人夸口。她并不回避和牧羊人做伴、谈话,对他们既有礼貌又友好。可一旦发现其中任何一个人有企图,哪怕是最正经、最神圣的求婚,她就立刻把那人甩掉。她这种脾气给人的伤害太大了,就好比她给人们带来了瘟疫。她漂亮可爱,吸引了那些想向她献殷勤并得到她青睐的人的心,可是她的蔑视和指责却又让那些人绝望。他们不知道该如何对玛赛娜讲,只能说她狠心、忘恩负义及其他诸如此类的话。这些话完全反映了玛赛娜的性格。

"如果你在这里呆一天,大人,你就会看到,在田野里,回荡着那些绝望者的叹息。离这儿不太远有个地方,长着几十棵山毛榉树,光滑的树皮上无不刻写着玛赛娜的名字。在某个名字上端,还刻着一个王冠,似乎她的追求者在说,玛赛娜正戴着它,世上所有美女中只有她当之无愧。

"这儿有个牧人在叹息,那儿有个牧人在抱怨;那边是情歌,这边是哀歌。有的人在圣栎树或大石头脚下彻夜不眠,任思绪遨游,直到第二天早晨太阳升起;有的人在夏天炽热的中午躺在灼人的沙土上,不停地叹息,向仁慈的老天诉说心中的哀怨。这个、那个、那边、这边,玛赛娜轻轻松松地得胜了。我们所有认识她的人都在等待她的高傲何时休止,看谁有福气能驯服她这种可怕的脾气,享受到她的极度美丽。我讲的这些都是确凿的事实,我也可以理解那个小伙子说的克里索斯托莫为何而死了。所以,我劝你,大人,明天去参加他的葬礼,应该去看看,克里索斯托莫有很多朋友,而且埋葬他的地方离这儿只有半西里远。"

"我会考虑的,"唐·吉诃德说,"感谢你给我讲了这样一个有趣的故事。"

"噢,"牧羊人说,"有关玛赛娜那些情人的事,我知道的还不足一半呢。不过,明天也许咱们能在野外碰到个把牧人给我们讲讲。现在,你还是到屋里睡觉吧,夜露对你的伤口不好。你的伤口上了药,不用怕,不会有什么事的。"

桑丘·潘沙已经在诅咒这个滔滔不绝的牧羊人了,现在他也请求主人到佩德罗的茅屋里去睡觉。

唐·吉诃德进了茅屋,不过整夜都在模仿玛赛娜情人的样子思念杜尔西娜娅。桑丘·潘沙在驽马难得和他的驴之间睡觉。他睡觉不像个失意的情人,倒像个被踢得浑身是伤的人。

牧羊女的故事

　　曙光刚刚从东方露头，五六个牧羊人便起了床。他们又叫醒了唐·吉诃德，问他是否准备去看克里索斯托莫的隆重葬礼，如果去，他们陪他一起去。唐·吉诃德也没有别的事，便起来叫桑丘马上套马备鞍。

　　桑丘麻利地备好马，大家一起上了路。走了不远，穿过一条小路时，他们看到迎面来了六个牧羊人，都穿着黑皮袄，头上戴着用柏枝和苦夹竹桃枝扎成的冠，手里还拿着一根冬青木棍。同他们一起还有两个骑马的英俊男子，行装齐备，旁边是三个徒步的仆人。碰到一起时，大家都彬彬有礼地相互问候，一打听才知道都是去参加葬礼的。于是大家一起赶路。这时，一个骑马的人对他的伙伴说：

　　"比瓦尔多大人，咱们宁可晚点走，也要去看看这场隆重的葬礼，我觉得这样做得很对。按照这些牧人的讲法，无论那个死去的牧人还是那个害死人的牧羊姑娘，都是新鲜事。这番葬礼一定很引人注目。"

　　"我也这样认为，"比瓦尔多说，"我觉得别说是晚走一天，就是晚走四天，也应该去看看。"

　　唐·吉诃德问他们听说了什么有关玛赛娜和克里索斯托莫的情况。

　　一个人说，那天早晨，他们遇到了这几个牧人，看到牧人们穿着丧服，就问其缘由。有个牧人告诉他们，一个叫玛赛娜的牧羊姑娘如何漂亮，很多人对她爱慕倾倒，还有克里索斯托莫之死，几个牧人就是去参加他的葬礼等等。总之，把佩德罗对唐吉德讲的事情又叙述了一遍。此事谈完又转了话题。那个叫比瓦尔多的人问唐·吉诃德，在这块如此和平的土地上行走为何这般装束。唐·吉诃德答道：

"我从事的职业不允许我有其他装束。安逸、享受和休养是为那些怯懦的朝臣们准备的，而辛劳、忧虑和武器则是为世界上那些被称为游侠骑士的人创造的。我就是个游侠骑士，虽然很惭愧，我只是个微不足道的游侠骑士。"

一听这话，大家就知道他精神不正常。为了看看他到底不正常到什么程度，比瓦尔多又问他，游侠骑士是什么意思。

"诸位没有读过英国的编年史和历史吗？"唐·吉诃德说，"里面谈到了亚瑟王，我们罗马语系西班牙语称之为亚图斯国王的著名业绩。人们广泛传说，英国那个国王并没有死，而是被魔法变成了一只乌鸦。随着时间的推移，他还会恢复他的王国和王位，重新统治他的王国。从那时起到现在，没有一个英国人打死过一只乌鸦，这难道还不能证明这一点吗？在这位优秀国王当政时期，建立了著名的圆桌骑士党，而且也确实发生了兰萨罗特·德尔拉戈同西内夫拉女王的恋情。那是由很正派的女管家金塔尼奥娜牵线联系的，由此产生了那桩世人皆知的罗曼史，而且在我们西班牙广为传唱：

自古从无骑士，

幸如兰萨罗特。

只身来自英国，

却得佳丽眷顾。

歌谣把他们的坚定爱情叙述得娓娓动听。就从那时开始，骑士道开始逐步发展起来，一直扩展到世界各地。其中有以其英勇行为著称的高卢的阿马迪斯以及他的子子孙孙，直到第五代；有伊卡尔尼亚的猛将费利克斯马尔特；应该得到最高赞誉的白骑士蒂兰特，还有希腊的骑士、天下无敌的贝利亚尼斯，似乎现在我们还可以看到他，听到他说话，与他沟通。诸位大人，这就是游侠骑士，而我说的就是侠游骑士道。就像我说过的那样，我虽然也是罪人，可我从事的就是我刚才说的那些骑士所从事的职业。因此，我才来到这人烟稀少的偏远地区征险，以高昂的热情将我的臂膀和我本人投入到命运交给我的这个危险事业中，扶弱济贫。"

听了这番话，那几个旅客终于明白了，唐·吉诃德已经精神失常，是个疯子，不由得感到一阵惊讶，就像其他人每次遇到疯子时一样。那个比瓦尔多生性机敏，又很活跃，听说离山上的安葬地点还有一段路，为了解闷，便想让唐·吉诃德继续胡言乱语，于是他说：

"游侠骑士大人，我觉得您从事了世界上最孤寂的职业。依我看，即使卡尔特苦修会的僧侣也不会这么孤寂。"

"很可能一样孤寂，"唐·吉诃德说，"不过，它却是世界上不可缺少的职业，我对此深信不疑。说实话，士兵执行的不过是长官发布给他的命令。我是说，僧侣们与世无争，只求老天保佑人世太平。可我们战士和骑士是在实现他们向老天祈求的事情，用我们的臂膀的力量和刀剑的锋刃去保护它，不过不是在室内，而是在野外，迎着夏天难以忍受的烈日和冬天的冰霜。我们是上帝在人间的使者，是他在人间主持正义的助手。"

"凡是战斗和与战斗有关的事情，都必须付出汗水、苦力和劳动才能实现。所以从事这个职业的人必然要比那些平平安安祈求上帝扶弱济贫的人要付出更多的气力。我并不是说，也从未想过，要求游侠骑士的生活条件同那些隐居的宗教信徒们一样好。我只是想说，根据我遭受的经历，游侠骑士必然更勤劳、更辛苦，常常忍饥受渴，衣衫褴褛，蓬头垢面。毫无疑问，游侠骑士一生要经历许多艰难险阻。如果有的人靠自己臂膀的力量当上了皇帝，那么他也一定付出了不少血汗。不过，即使他们爬到了那么高的地位，如果没有魔法师和贤人帮助，他们也会壮志难酬，希望落空。"

"我也这么认为，"那旅客说，"不过我认为游侠骑士有一点很不好，那就是每当从事一项巨大的冒险行动，很有可能失去性命的时候，他们从不想起祈求上帝保佑，而是祈求他们的夫人保佑，而且十分虔诚，仿佛她们就是上帝。我觉得这有点像异教的做法。"

"大人，"唐·吉诃德说，"这也是不得已的事情，否则游侠骑士的情况就更糟了。这在游侠骑士道已经成了惯例，就是每当游侠骑士准备进行大的战斗时，都要有夫人在前，让她眼睛朝后，目光柔情似水，仿佛恳求她在可能的关键时刻保佑自己。即使没人听见，嘴里也必须嘟哝几句话，请求她真心实意地保护自己。这种例子在历史上举不胜举。不要因此就以为他们不祈求上帝保佑了。在战斗中只要有时间、有地方，他们也会祈求上帝保佑的。"

"即使这样，"那旅客说，"我还是有一点不明白，那就是有很多次我从书上读到，两个游侠骑士没说几句话就动了火，各自掉转马头，奔跑一阵，然后什么也不说，掉过头来往回冲，边跑边祈求他们的夫人保佑，结果碰到一起后，一个被对方扎了个穿心透，掉下马去；另一个要不是抓住了马鬃，也得掉下马来。我不知道，那个死去的骑士在这么短暂的战斗里怎么可能有时间祈求上帝保佑。倒不如把在奔跑中祈求夫人保佑的那些话用于基督徒应尽的本分呢。而且我觉得，也不见得所有游侠骑士都有夫人呀，并不是所有人都谈恋爱嘛。"

"这不可能，"唐·吉诃德说，"我说骑士不可能没有夫人，因为他们恋爱是很自然的事情，就像天上有星星一样。历史上还从来没有出现过没有爱情生活的骑士呢。如果骑士没有爱情生活，那么他一定是个杂牌货。他进入游侠骑士的城堡时，就不是从大门进去，而是从墙头进去，像个盗贼似的。"

"尽管如此，"旅客说，"我觉得，如果我没有记错的话，我曾经在书里读到过，高卢的英勇的阿马迪斯的兄弟加劳尔从来都不向某个夫人祈求保佑，而且也并没有因此受到歧视。他是位有名的勇武骑士。"

唐·吉诃德答道：

"大人，'一只燕子不算夏'。而且据我所知，这位骑士私下是很多情的，并且喜爱所有他觉得漂亮的女人。这也是人之常情，谁都管不了。不过一句话，很清楚，他的意中人只有一个，而且他经常极其秘密地祈求她保佑，因为他自诩是个秘密骑士。"

"如果所有游侠骑士真的都得恋爱，"旅客说，"那么，您既然干这行，也肯定是如此了。如果您不像加劳尔那样自诩是秘密骑士，我以我们这一行人以及我个人的名义恳求您，把您夫人的名字、祖籍、身份及美貌告诉我们吧。她一定会为大家都知道她受到一位像您这样的骑士尊宠而感到荣幸。"

唐·吉诃德深深叹了口气，说：

"我还不能肯定我那位可爱的冤家是否愿意让别人知道我尊宠她。既然你如此谦恭地问我，我只能说她的名字叫杜尔西娜娅，祖籍托波索，那是曼却的一个地方。她的身份至少是一位公主，她是我的女王、女主人。她美貌超群，所有诗人赞美他们的意中人的种种难以想象的美貌特征，都在她身上体现出来：头发是金色的，前额如极乐净土，眉如彩虹，眼似太阳，玫瑰色的面颊，珊瑚色的嘴唇，珍珠般的牙齿，雪白的脖颈，大理石色的胸脯，象牙色的双手，白皙若雪，至于那隐秘部分，依我看，只能赞叹，不可比喻。"

"我们还想知道她的门第、血统和家世。"比瓦尔多说。唐·吉诃德答道："她既不属于古代罗马的库尔西奥、加约、埃西皮翁家族，也不属于现代罗马的科洛纳、乌西诺家族，更别提巴伦西亚的雷韦利亚、比利亚诺瓦家族了；她不是阿拉贡的乌雷亚、福塞斯、古雷亚家族，也不是葡萄牙的阿伦卡斯特罗、帕拉斯、梅内塞斯家族；她属于曼却的托波索家族，虽然门第有点新，但说不定会在未来几个世纪里发家，成为豪门望族。如果不具备塞维诺从前为奥兰多兵器战利品写的那个条件，就不要对此持异议吧。他写的那个条件就是：

不敌奥兰多，

莫动此处兵戈。"

"虽然我出自拉雷多的卡乔平家族，"旅客说，"不敢同曼却的托波索家族相提并论，可是说老实话，这个姓氏我至今还从未听说过呢。"

"怎么会没有听说过呢！"唐·吉诃德说。

其他人边走边仔细听这两个人的对话，就连牧羊人也听得出来，唐·吉诃德已经深中疯魔。只有桑丘·潘沙认为唐·吉诃德说的都是实情，因为他知道唐·吉诃德是谁，而且生来就认识唐·吉诃德。他有点怀疑的是那位美丽的杜尔西娜娅。虽然他就住在托波索附近，却从未听说过这个名字和这位公主。

他们正说着话，就看到两座高山之间的山谷里下来了大约二十个牧人，个个穿着黑羊皮袄，头上戴着花环，后来才看清有的是用紫杉枝做的，有的是用柏树枝做的。其中六个人抬着一个棺材，上面盖满了花环和树枝。一个牧羊人看到了，说：

"来的那几个人抬的是克里索斯托莫的遗体，那个山脚就是克里索斯托莫吩咐埋葬他的地方。"

他们立刻跑过去，正好看到那几个人把棺材放到地上，其中四个人拿着尖嘴镐，正在一块坚石旁挖坑。

彼此问候之后，唐·吉诃德以及和他一起来的几个人就去看那个棺材。棺材里一具尸体身着牧人服，上面盖满了鲜花。死者约三十岁。人虽然死了，却仍能看出，他活着的时候，面孔很漂亮，身体也很匀称。在棺材里，尸体周围摆着几本书，有的打开，有的合着，还有很多手稿。旁观的人、挖坟的人以及所有其他人都沉默不语。后来，才有一个抬棺材来的人对另一个人说：

"安布罗西奥，你既然要完全按照克里索斯托莫的遗嘱办，那么你看看，这是不是他指定的那个地方？"

"是的，"安布罗西奥回答，"我那不幸的朋友曾几次在这儿向我讲述他的伤心史。他说就是在这儿第一次向她倾诉衷肠，最后一次也是在这儿，玛赛娜拒绝了他，并且蔑视他。因此，他才悲惨地结束了自己可怜的生命。在这里，为了纪念如此多的不幸，他希望人们把他安置在永久的忘却中。"

他又转向唐·吉诃德和几位旅客说：

"各位大人，在你们用怜悯的目光注视的这个身体里，寄寓过一个上苍曾赋予无限天赋的灵魂。这是克里索斯托莫的身体。他聪颖过人，温文尔雅，慷慨大度，友遍四方，尊贵无上；他深沉而不狂妄，随和而不卑贱，总之，他的优秀品德堪称世界第一，而他的不幸也举世无双。他想爱，却受到厌弃；他崇拜，却遭到睥睨；他向母兽恳求，他与顽石缠绵，他逐风奔跑，他在孤独中咆哮，他向负心人传情，换来的却是生命中途的一具尸体。一个牧羊姑娘结束了他的生命，而他曾想让那牧羊姑娘在人们的记忆中永存。你们看到的这些手稿完全可以证明这一切。他曾嘱咐我，埋葬了他的尸体之后，就把这些手稿付之一炬。"

"你若是如此对待这些手稿，"比瓦尔多说，"那就比手稿的主人对待它们的做法还冷酷。如果死者对你的吩咐超出了人之常情，就不应该按照他的吩咐办。奥古斯都大帝如果同意执行曼图亚诗圣的遗嘱，那就不对了。所以，安布罗西奥大人，他是伤心至极才如此吩咐的。你既然把你的朋友安葬在此，不愿意让他的手稿被人遗忘，那就最好不要草率地照办。你还是把这些手稿保留起来，让人们永远记得玛赛娜的冷酷吧，把它作为例证，避免活着的人们今后重蹈覆辙。我和在场的诸位已经了解了你这位痴情而又绝望的朋友的故事，了解了你们的友谊、他的死因以及他结束自己生命时留下的遗嘱。从这个可悲的故事里，可以了解到玛赛娜的残酷、克里索斯托莫的痴心、你们之间友谊的真诚以及在爱情的迷途上执迷不悟的人的结局。昨天晚上，我们听说了克里索斯托莫之死，还有要在这个地方安葬他的消息。出于好奇和怜悯，我们商定绕路到此观看这件让我们惋惜的事情。"

"出于我们要对这一悲剧尽力作出补偿的愿望，我们请求你，至少我以个人的名义恳求你，精明的安布罗西奥，不要烧掉这些手稿，让我带走一部分吧。"

不等安布罗西奥同意，他就顺手拿起了一些手稿。安布罗西奥见此说道："出于礼貌，我同意您留下您拿到的那些手稿，可是剩下的那些，您别想不让我烧掉。"

比瓦尔多急于看手稿里说了什么，就翻开一页，看到上面的标题是《绝望的歌》。

安布罗西奥听到这个标题后说："这是那个不幸者写下的最后一份手稿，大人，你从上面可以看到，他的悲伤达到了什么程度。请你念一下吧，让大家都听听。坟墓还没有挖好，你有充分的时间。"

"我很愿意念。"比瓦尔多说。

其他在场的人也想听，就围成了一圈。比瓦尔多字句清楚地朗读起来。

牧人学士的葬礼

狠心的姑娘，你为何信口雌黄。

你心如铁石，面若冰霜。

我要负痛呼号，

或许能慰藉我苦闷的胸膛！

……

长长的诗篇打动了参加葬礼的人，他们都觉得不错，尽管念诗的人说，他觉得这与他听说的有关玛赛娜的情况不符。他听说玛赛娜正派善良，可克里索斯托莫却在诗里说什么情欲、猜疑、分离，这有损于玛赛娜的良好声誉。安布罗西奥最了解朋友内心的思想，说：

"大人，我一讲你就会明白，这位不幸的人写这首诗的时候已经与玛赛娜分手了。他是故意离开玛赛娜的，想看看自己能不能忘掉她。这位失恋的人对所有事情都烦躁，都恐惧，所以杜撰出那些情欲、猜疑等等，而且都当真了。玛赛娜的善良名声依然如故。她冷酷、有点傲慢、看不起人，不过这些都不会对她造成什么不良影响。"

"这倒是真的。"比瓦尔多说。

比瓦尔多正要从那些准备烧掉的手稿里再抽出一份来朗读，他眼前忽然出现了一个令他眼花缭乱的仙女，原来是牧羊姑娘玛赛娜出现在墓旁那块石头的上方。她真漂亮，比传说的还漂亮。原来没见过她的人看得张口结舌，原来经常见到她的人也目瞪口呆。可是安布罗西奥一看到她，就显得大为不快，说：

"恶毒的山妖，你是来看被你凶残地害死的人伤口流血，还是来为你的罪恶行径洋洋自得？你是要像暴戾的尼禄那样俯瞰你的罗马在焚烧，还是来高傲地践踏这位不幸者的尸体，就像塔奎尼乌斯的忤逆女儿对他的父亲那样？你快说，你究竟想干什么？我最了解克里索斯托莫，他生前对你百依百顺。因此，即使他死了，我也要叫所有自称是他朋友的人都按照你的意志办。"

"噢，安布罗西奥，我并不是为你说的那些事情而来。"玛赛娜说，"我是来说明，大家把克里索斯托莫的痛苦及死亡归咎于我是多么不合理。我请所有在场的人都听我说。这不需要很多时间，也不用很多话，就可以说清楚。你们说，我天生很漂亮，你们都喜欢我，既然你们喜欢我，我就得喜欢你们。上帝给我的智慧告诉我，所有美丽的东西都可爱，可是没有告诉我，如果一个人因为漂亮而被别人喜欢，他也就得喜欢别人。常常是喜欢漂亮的人自己很丑，而且是讨厌的。所以，说'我爱你美丽，你也应爱我，即使我很丑'，就不对了。

"而且，就算两个人都很漂亮，也不一定就两厢情愿。并不是所有漂亮的人都招人喜欢。有的美丽只悦目，却并不赏心。如果看见漂亮的人就喜欢，就动心，就会意乱情迷，无所适从。因为漂亮的人比比皆是，那么他的倾慕也就无止境了。我听说，真正的爱不是单方面的，而且应该是自觉自愿的。既然如此，我也这样认为，你们怎么能要求我，因为你们说爱我，我就得违心地爱你们呢？如果不是这样，你们说，假如我生来很丑，却抱怨你们不爱我，这合理吗？你们再想想，我的美貌并不是我挑选的，而是上帝赐予我的，我并没有要求或选择这种美貌。这就好比毒蛇有毒不能怪它一样，这是它的天性，因此能毒死人。我也不该因为漂亮就受到谴责。一个正派女人的美貌好比一束独立的火焰或者一把利剑，如果不靠近它，它既不会烧人，也不会伤人。名誉和品行是灵魂的装饰品，没有它们，再漂亮的身体也不算美。贞洁既然是美化人身体和灵魂的一种道德，那么，为什么因为漂亮而被爱的人就得迎合某些人去失掉贞洁呢？而那些人仅仅因为自己愿意就要千方百计地企图占有她？

　　"我生来是自由人。为了生活得自在些,我选择了僻静的乡村。山上的大树是我的伙伴,清澈的泉水是我的镜子,我向大树倾诉我的思想,在泉水里观看我的美貌。我是孤身单剑。对于以貌取我的人,我直言相劝。至于说幻想造成了希望,无论是克里索斯托莫还是其他人,我都没有让他们存一点幻想。完全可以说,不是我的冷酷,而是他们的痴心害死了他们。如果有人说他们的要求是善良的,我就得答应,那么我告诉你们,当他在你们现在挖坟的这个地方向我表露他的善良愿望时,我就已经对他讲明了,我的愿望是一辈子单身,让大地享受我的美貌躯体。既然我讲得这样明白了,他还执迷不悟,逆风行舟,怎么能不迷途翻船呢?

　　"我若是敷衍他,就算我虚伪;我若是迎合他,就违背了我的初衷。他明知不行却迷途不返;没人厌弃他,他却心灰意冷。你们说,现在把他的悲剧归罪于我,这像话吗?如果是我骗了他,他还有理由可怨;如果我答应了他又不履行诺言,他也有理由绝望;如果我勾引他,他信以为真,那还说得过去;如果我迎合了他,他也可以高兴;可是,我并没有欺骗他、答应他、勾引他、迎合他,这就不能说我冷酷,不能说我害死了他。直至现在,老天也没有让我爱上谁,要想让我任人挑选更是徒劳。

　　"但愿我这番表白使每个向我求爱的人都有所鉴戒,知道从今天起如果有人为我而死,那他并不是殉情而死。因为我对谁也不爱,对任何人也不会给予热情。此外,回绝他也不应该算作蔑视。说我是妖魔鬼怪的人,就当我是妖魔鬼怪吧,别理我;说我无情义的人,不必向我献殷勤;说我翻脸不认人就别理我;说我冷酷就别追求我。我这个妖魔鬼怪,我这个负义、冷酷而翻脸不认人的女子,无论如何也不会去找你们,向你们献殷勤,套近乎,追你们的。是克里索斯托莫的焦虑和奢望害死了他,为什么你们一定要把罪责推卸到我这个品行端庄的人身上呢?我洁身自好,与树为伍,可那些让我在男人们面前保持清白的人,为什么又一定要让我失节呢?你们都知道,我有自己的财产,不觊觎别人的东西;我生性开朗,不喜欢这个人,也不会去追求其他人；我不嘲弄这个人或拿那个人开心。同村里的牧羊姑娘们聊聊天，看护好羊群，已经使我心满意足了。我的愿望只限于这山上。如果超出了这些山，那就是为了欣赏美丽的天空，灵魂也随之走向冥府。"

讲完这番话，她不想再听别人说什么，就转身走进附近山上的密林深处去了。所有在场的人都被她的机敏和美貌惊呆了。有的人仿佛被她秀丽的目光撩拨得还想去追她，丝毫没有领会玛赛娜刚才那番表白的意思。唐·吉诃德见此情景，觉得是他发扬骑士精神帮助弱女的时候了。他手握剑柄高声说道：

"任何人，无论他是什么身份和等级，如果敢去追赶美丽的玛赛娜，就别怪我发脾气了。她已经以明确充分的理由说明，她对克里索斯托莫之死只负很少责任或根本就没有责任。她没有理会任何人的请求。她应该受到的不是追求，而是世界上所有善良人的尊敬和爱戴，证明她是世界上唯一有高尚愿望的人。"

也许是大家被唐·吉诃德吓住了，也许是因为安布罗西奥要求大家把该对死者做的事情都做完，反正没有一个牧羊人去追赶玛赛娜。坟坑挖好了，克里索斯托莫的手稿也烧完了，大家把他的遗体放进坑里，还流了不少眼泪。大家用一块大石头把坟封好。墓碑还没有刻好。

安布罗西奥说，他打算刻上这样的墓志铭：

这里躺着一位情人，
他的身体已经僵硬。
他本是一个牧羊人，
因为失恋而殉情。
他死于一位
负心美人的冷酷之手，
她的孤傲
更加剧了他爱情的痛苦。

然后，大家在坟上撒了些花束，向死者的朋友安布罗西奥表示了自己的哀痛,便纷纷告辞了。比瓦尔多和伙伴们告辞后,唐·吉诃德也向牧羊人和旅客们道别。几位旅客邀请唐·吉诃德随他们去塞维利亚,说那地方征险最合适,每条街、每个角落都会险象环生。唐·吉诃德对他们的邀请和热情表示感谢,说他一时还不想去,也不应该去塞维利亚,他还要把山里的恶贼扫除干净,这山上恶贼遍野,臭名昭著。旅客们见唐·吉诃德决心已定,便不再坚持。他们再次同唐·吉诃德道别,继续赶路。路上不乏话题,有玛赛娜和克里索斯托莫的故事,也有疯子唐·吉诃德的故事。唐·吉诃德想去寻找牧羊姑娘玛赛娜,尽力为她效劳。

阁楼幽会

唐·吉诃德带着桑丘追踪着玛赛娜钻进了一片小树林，他们寻找了两个多钟头，也不见玛赛娜的踪影。时至中午，碰到一块绿油油的草地，两人便下了牲口，随它们在草地上啃草。接着拿出褡裢袋里的干粮，不拘主仆之礼，亲亲热热吃了一餐。

正准备好好休息一下，不想命运多舛，桑丘忘了拴马缰，平时一贯温顺的驽马难得，被不远处几匹小母马搞得神魂颠倒，未得主人许可，就撒腿奔了过去，想向马姑娘诉说衷肠，玩耍一番。谁知这群马姑娘正吃在兴头上，回敬了这位不速之客一顿蹄子和牙齿。一眨眼驽马难得便肚带迸断、鞍子落地，身上赤条条一丝不挂。马姑娘的主人，一群搬运工见了这匹欲行非礼的公马，拿了木棍赶来，一顿狠揍，驽马难得遍体鳞伤，瘫倒在地。

唐·吉诃德和桑丘见此情景，气喘吁吁地赶过去，唐·吉诃德决定要给驽马难得报仇，对桑丘说道："依我看，桑丘，我的朋友，这些人不是骑士，而是流氓无赖。我这么说的意思是，你完全可以帮我替驽马难得报仇，不能让它白白地在咱们眼皮底下受辱。"桑丘有些害怕，答道："那群搬运工有20多人，而我们只有两个人，而且说不定还只能算是一个半呢。"

唐·吉诃德说："我一个人就顶得上100个！"说着，拔剑向那群搬运工冲去，桑丘见状，也壮着胆跟了上去。一阵混战，唐·吉诃德的武艺再高强，也敌不过20多个壮汉飞舞的棍棒，他和桑丘倒在了驽马难得的脚边。由此可以看出愤怒了的粗人手中的棍棒的力量。

看到两人都失去知觉,搬运工便把货物装上牲口,撇下那两个体无完肤、半死不活的冒失鬼便逃之夭夭了。

桑丘先醒了过来,见主人躺在一旁,有气无力地说:

"先生,先生啊!"

唐·吉诃德回过一丝气来,答道:"桑丘老弟,你要干什么?"

桑丘说:"您手边要是有那大力士的药水,我真想喝两口,那东西既然能疗伤,大概骨头断了也能治。"

唐·吉诃德说:"哎!真倒霉,要是有就好了,不过,桑丘,我以游侠骑士的名义发誓,如果命运没另作安排,不出两天,我一定把这种药水配制出来。否则,就是我这双手太没用了。"

主仆两人就这样躺在地上有气无力地说着话。天快黑了,总不能永远这样躺下去,于是桑丘喊了30声"哎唷",叹了30口气,先挣扎着爬了起来。毛驴算走运,离得远远的逍遥了一天。他摇摇晃晃牵来毛驴,把主人放在驴背上,再把驽马难得扶了起来,系在驴后,摸索着往大路走去。走了一里多路,上了一条大道,道旁还有个客店。

唐·吉诃德硬说是一座堡垒,桑丘坚持那是客店,两人争论不已。走到门口,桑丘不再跟主人争执,领着主人走进了大门。

客店老板见唐·吉诃德横卧在驴背上,就问这人害了什么病,桑丘告诉店主,是从山上栽下来,肋上受伤了。老板娘生性厚道,她忙张罗着为唐·吉诃德治疗,还喊来年轻漂亮的闺女和女佣来帮忙。

这个女佣大扁脸、粗脖子、塌鼻子,一只眼看不见,另一只眼看不清,背还有点儿驼。但是,娇好的身材可以弥补其他缺欠。她帮唐·吉诃德在顶楼铺了一张破陋的床。桑丘铺开了一张席子,睡在旁边。这里堆满草料,原先就住着个骡夫,床铺和唐·吉诃德的相去不远,但要比唐·吉诃德的结实、松软。唐·吉诃德躺在这张破床上,店主妇和她女儿替他从头到脚敷上药膏,女佣在旁边举着油灯。女人们一边忙着,一边谈论着他的伤势,桑丘告诉她们,唐·吉诃德是冒险骑士,是天下最勇敢最出众的。唐·吉诃德则硬撑着在床上坐起来,握着店主妇的手,说道:

"请您相信，美丽的夫人，我在您这座堡垒里留宿，可算是您的荣幸。像我这样的人，不便自称自赞，因为老话说得好，'自称自赞，适得其反'。我只跟您说，您的照料，我铭刻在心，一辈子感激。在下祈请苍天，不要让爱神将在下拘役于她的律令和此刻在下默念着的那冰雪美人的眼神里，而是让眼前这位美丽淑女的明眸主宰在下的意志。"

三个女人听得莫名其妙，被这位游侠骑士的陈词弄得糊里糊涂，觉得这个人真有些与众不同。她们只好拿客店里常用的客套话答谢一番，让他躺下了。

却说这位女佣与原来住在这里的骡夫早有隐情，这天她又与骡夫相约，当晚等主人一家睡着后，便来到楼上幽会。

再说那个骡夫晚上早早地给牲口喂过第二遍草料，回去之后就躺在床上，等女佣快快到来。这时，客店里已寂无人声，一片漆黑，只有挂在大门上方的一盏灯笼闪着微弱的光。桑丘和唐·吉诃德两人都敷过了膏药，躺在自己床上，想睡，但疼得睡不着。

在这寂静无声的黑夜，读过许多游侠骑士小说的唐·吉诃德禁不住想入非非起来：自己躺在一个有名的堡垒里，堡垒长官的小姐（实际是店主的女儿）爱上了自己，她瞒着父母，晚上要来与他约会。他暗暗拿定主意，决不做自己的心上人杜尔西娅的负心汉……

正当唐·吉诃德在那儿胡思乱想的时候，女佣摸上楼与骡夫幽会来了。她穿一件衬衣，光着脚，粗布头巾裹住头发，轻手轻脚的。唐·吉诃德正想到动情处，一下子就感觉到了女佣人进门的气息。虽说他遍体鳞伤，居然不顾身上的膏药和伤痛从床上一下坐了起来。他伸开双臂，迎接他的梦中情人。而女佣正屏住呼吸，伸着双手摸索她的骡夫，可是恰巧碰到了唐·吉诃德的手腕。唐·吉诃德一把抓住了她的手腕，而女佣却不敢声张，被按坐在床上。唐·吉诃德只觉得怀抱着的是一尊美丽之神。他紧紧地搂着她，含情低语道：

"尊贵而漂亮的小姐，您对在下展露天颜，恩重如山，我但愿能不辜负您的恩情……不过，我已经对举世无双的杜尔西娅小姐效忠，她是我心中惟一的意中人，不然，您这片深情，本骑士并非冥顽以至错失小姐您慨然惠赐之良机。"

女佣焦急万分,直冒冷汗,听不懂也不想听唐·吉诃德的胡言乱语。而满腹邪念的骡夫对邻床发生的情况一清二楚,他挨近唐·吉诃德站定,但瞧他那套怪话如何收场。当他发现女佣想脱身,唐·吉诃德却不放时,气不打一处来,便举起胳膊冲着自作多情的骑士那尖尖的下巴狠狠地给了一拳,唐·吉诃德顿时满口鲜血直流。骡夫觉得还不解气,一步跳上床,用跑马步踩住唐·吉诃德的肋骨,那床本来就既不结实又不稳当,经不住骡夫这么折腾,轰地一声塌了下去。

店主也给闹醒了,他点上灯,上楼查看。吓得女佣一骨碌钻进了桑丘的被窝。桑丘睡得正熟,突然一团东西压在身上,以为是鬼,挥拳就打,女佣受不了,也就顾不得体面对打起来。骡夫见状丢下唐·吉诃德来救女佣。店主上得楼来,也想教训女佣,于是四人车轮大战,乱成一团,店主的那盏灯也被打灭了。这时,一个值夜的巡警走过客店,听到打闹声,就摸黑进了屋,喊道:"大家住手!"

他进屋后,首先碰到的是被打得昏死了过去、仰面躺在烂铺板上的唐·吉诃德。巡警一边伸手去摸他的下巴一边不住声地喊着"尊重王法"。可是,他觉得揪住的人并不动弹,就以为他死了,并断定屋里的其他人就是杀他的凶手,所以忙高声叫道:"关上门,都不要走,这里杀人了!"

这一叫不要紧,吓坏了正在大打出手的人们,一个个停住了手作鸟兽散。店主溜回自己的房间,骡夫退回到自己的床铺,女佣逃回自己的破屋,只有倒霉的唐·吉诃德和桑丘还待在原处,动弹不得。巡警撒开唐·吉诃德的胡子,跑出去取火,打算找到疑犯。

大力士神油

半个时辰过去了，唐·吉诃德醒了过来，他用与前一天挨过棍子之后同样的腔调有气无力地喊着桑丘的名字，神秘地说：

"桑丘朋友，你没有睡着吧，我瞧这堡垒一定被魔法笼罩着。你如果发誓保密，我就告诉你我碰到的奇人妙事。"

桑丘也早醒了，浑身正疼得不能动弹，听了唐·吉诃德的话，没好气地说：

"我发誓保密。我最恨把东西藏着掖着，闷着发霉。您不过世，我就只字不提，不过，但愿上帝保佑能让我明天就说出去。

唐·吉诃德说："凭你对我的情分和尊敬，我干脆讲吧。刚才美貌的堡垒长官的女儿跑来看我，那风采无与伦比。该怎么跟你说她的姿容仪表呢？该怎么跟你说她的机敏智慧呢？该怎么跟你说她的那些我因为必须对自己的意中人托波索的杜尔西娜娅保持忠诚而只好不碰不提的隐秘呢？我只想告诉你，我这么大的艳福，也许惹了老天爷的嫉妒心，不知从哪儿伸来一只大手，那手连着一个无比高大的巨人的胳膊，然后朝我的下巴揍了一拳，接着又毒打一顿，比昨天挨的打还重，所以嘛，据我推测，那位佳人的秀色，一定是由某个有魔力的人在为自己独享而把持着，决不是为我准备的。"

桑丘听了说："你挨揍了却搂到了一个绝世美人，我呢，除了挨了一顿一辈子也没挨过的毒打，什么也没有。"

"原来你也挨打了！"

"那还有假吗？不是说过了吗，尽管我不是骑士。"桑丘说，"真倒了祖宗十八代的霉!"

"朋友,不要怨烦,我现在就来做珍贵的治伤油,一眨眼就能消除病痛。"

正说着,巡警点着盏灯回来了,一见屋里没有死尸,两个大活人在说话,呆住了。他见唐·吉诃德躺在那里动弹不得,就问道:

"老哥,你怎么了?"

唐·吉诃德说:"你对游侠骑士讲话,要讲些礼貌,蠢东西!这个地方的人难道都这么跟游侠骑士讲话吗?"

巡警不想这个狼狈的倒霉蛋讲起话来居然盛气凌人,火就不打一处来,于是举起手上灌满了油的油灯朝唐·吉诃德的脑袋一下子猛砸下去,然后丢掉油灯,趁黑三脚两步溜出了屋子。

桑丘丧气地说:"先生,用不着怀疑了,看来我们没有魔法的守护,只有挨拳头、吃油灯的份。"

唐·吉诃德说:"是啊,桑丘,你要是爬得起身来,就替我找些配制治伤油的酒、盐、油和迷迭香。说真的,我觉得这会儿就急着需要,被刚才那个鬼给我砸出来的伤口好像在流血。"

桑丘强忍着浑身剧烈的疼痛挣扎着爬了起来,到外面问店主要了些唐·吉诃德要的伤药原料,其实唐·吉诃德头上只鼓起两个大包,但并没有流血,他以为流血,其实是被整个事件吓出来的满头大汗。他把桑丘要来的药材和在一起,熬了好久,直到他认为好了的时候为止。然后装在店主给他们的一个铁皮油罐中,并对这个罐子念了80遍经,画了100多个十字,心目中的神油才算制成。煎锅里还剩了一些药,为了试试药力,唐·吉诃德便喝了一碗,才喝下就觉得恶心难忍,把肚里的东西吐得一干二净,浑身大汗淋漓。忙让人给盖上两层被,一觉睡了3个多钟头,醒来之后,疼痛大减,顿觉无比轻松。他自以为是大力士神油起了作用,心想,以后再危险的冲锋陷阵他都不怕了。

桑丘也以为东家的康复是个奇迹,便把锅里剩下的药一口气灌到肚里。灌进肚子里的药汤绝对不比他的主子少,不过,问题是可怜的桑丘,他的胃比主人的结实,没有马上吐出来,但恶心、肚疼、难受得连连咒骂治伤油。唐·吉诃德瞧他痛不欲生的样子,就说:"你这么难受,准是因为你没有封授骑士。"

药性终于大发作了,桑丘上吐下泻,一次次昏厥,幸好每次都挣脱了死神的缰绳。事后,他只觉得浑身瘫软,站也站不起来。可是唐·吉诃德已精神抖擞,又想立刻出门去寻奇冒险了:外面有那么多人需要他扶助,再在这倒霉的城堡呆下去对不起这个世界呀!况且现在有了治伤油,还有什么好怕的呢?在这种愿望的驱动下,他急不可待地把牲口套好,还帮桑丘穿好衣服,扶上驴子,自己拣起客店角落里的一柄短枪,骑上驽马难得。刚要出店门,店主不让他走,他要唐·吉诃德付清昨晚的各项花费。可唐·吉诃德说,游侠骑士住客店,从来不付钱,没有哪本书上讲到需要他们付钱。可店主就是不放行。

唐·吉诃德恼怒了:"你是个蠢货,是个坏老板!"说着他踢动驽马难得,挺着长枪,冲出了店门,没人敢上前阻拦,他一口气跑出了几里地,竟没顾得上看看桑丘是否跟在后面。

桑丘这次可是倒霉背运了,被客店主人拦在了店内。但他学着主人说话,就是不给一文钱。几个住店的好管闲事的工匠、小贩天生没有正行,心地不坏,但喜欢促狭、嬉闹。他们仿佛不约而同地凑到了桑丘的跟前,将他拖下了毛驴。其中一个进到屋里从客房的床上抓起一条床毯,他们把桑丘推倒在毯子上,向天空高高抛起,然后接住,像狂欢节耍狗一样。桑丘没命地叫喊,那好似杀猪的喊叫声一直传到了唐·吉诃德耳朵里。唐·吉诃德听清是桑丘的叫声,忙策马跑回客店,但进不了店门。那伙人在桑丘的苦叫声、央求声中玩得精疲力竭,才停下手来,把他扶上驴。女佣心软,给他倒了碗凉水,桑丘却要了些酒,喝完就踢动驴子兴冲冲地冲出了大门。他很得意,尽管像往常一样让脊梁骨吃了些苦头,但毕竟没花一文钱出了门,其实店主已扣下了他的褡裢抵账,他急急忙忙的,所以没有察觉。店主一看到他出了大门就想把店门关起来,可是戏弄过桑丘的家伙们不干,那可是些即使唐·吉诃德真的是圆桌骑士也不会皱皱眉头的角色。

群羊大战

蔫头耷脑、半死不活的桑丘赶上他主人的时候，已经精疲力竭，连吆喝毛驴的力气都没有了。唐·吉诃德见了就说恶作剧的那些家伙是魔鬼，要为他报仇。桑丘却认为那些人并不是什么鬼怪，复仇也不是那么容易，已临近秋收季节，最好还是回村料理田地。

主仆二人一边走，一边说着话，忽见大路上一大团浓重的尘土滚滚而来，唐·吉诃德对桑丘说：

"桑丘老弟，今天我要交好运了！我将大显身手，以后任何时候都将更加充分地显示出自己的威力，今天我要创造出将会载入万世流芳的光辉史册的业绩。你瞧，在前面的尘土后面，由数不清的民族组成了浩浩荡荡的一支大军，正向这里进发。"

桑丘看到尘土高高扬起，信以为真，猜测说："怕有两支军队呢！"

唐·吉诃德一看，心花怒放，他断定是两支军队到平原上交战来了。

"先生，那咱们怎么办呢？"桑丘不无担心地问。

"怎么办？扶弱锄强啊！"

"可是我把这头毛驴寄放在什么地方？骑毛驴打仗，恐怕从来没有这个规矩。"

"说的是。你就随它去吧，走失了也没关系，打了胜仗，就能到手好多马匹，驽马难得说不定也要换掉。"

他们走上一个小山岗，以便看清敌情。其实他看见的尘土是道路两边被赶着的两大群羊掀起来的，由于尘土如云，遮住了羊群。

可是,那些看不见而且并不存在的东西,唐·吉诃德凭着他的想像却看得一清二楚。他嘴里念念有词,报出一连串军队及将军的名字,连他们的盔甲和盾牌的颜色、兵器上的徽章都报得明明白白,甚至还看到一位骑士骑的是一匹花条儿的斑马,脚跟上套着马刺。这样,唐·吉诃德滔滔不绝、顺顺溜溜地将各支军队所属的民族特色都说了出来。

桑丘眼睛瞪得大大的,东瞧西看也没有看到他主人指名道姓的骑士和将军。他提出了疑问,可唐·吉诃德反驳他说:"你没听见啸啸马嘶、悠悠角声、咚咚鼓响吗?"

桑丘说:"我只听见公羊母羊的叫声,其他什么也没听到。"

可唐·吉诃德不以为然,他认为桑丘因为害怕而感觉错乱。他让桑丘躲到一边去,他要单枪匹马与之一决胜负。他踢动坐骑,挺着长枪,像道闪电,直冲下山坡。桑丘大声喊叫,让他主人回头,不然就要冲到羊群里去了。唐·吉诃德哪里肯听,他瞬间冲进了羊群,举枪乱刺。看羊的牧羊人想喝住他,但毫无作用,就解下弹弓,用拳头大的石子向他弹去,一颗打中他肋上,打断了两根肋骨。唐·吉诃德断定自己受了重伤,忙取出伤药罐子,大口喝起来。还没喝足,又一颗石头打来,恰好打在油罐上,油罐破碎,连带磕掉了他嘴里三四只板牙,连带伤了两根手指。可怜的骑士终于支持不住,栽下马来。牧羊人以为他被打死了,忙集合羊群,把几只被唐·吉诃德打死的羊扛在肩上,竟有七只之多,急急忙忙地连头都没回就走了。

在这期间,桑丘一直站在山包上看着唐·吉诃德发疯胡闹,急得抓耳挠腮,直怪命运让自己在错误的时间和错误的地点结识了那么一个人。看到唐·吉诃德倒在地上,牧羊人也已经走了,桑丘赶紧过来,想给主人包扎伤口,才发现褡裢不见了,心里打定主意撇下主人回老家,宁可不要工钱,海岛总督落空也顾不得了。

唐·吉诃德知道桑丘丢了褡裢,倒没有什么懊恼,只是想吃东西。他觉得嘴痛得厉害,叫桑丘摸摸嘴里缺了几颗牙。结果除了下边有两颗半牙,上边则光光的一颗也没有。唐·吉诃德听了不禁伤心起来,他说,没有牙齿,就好像磨坊里没有磨盘,一颗牙齿比一颗金刚石还宝贵。他又让桑丘骑着毛驴在前面带路,找一个住宿的地方。一路上,桑丘用闲谈来让主人忘掉些疼痛。

天已经黑了,他们还没有住上店,肚子又饿得要命。忽然前面的路上出现了一簇光亮,好像一团流动的星星,迎面而来。桑丘心惊胆战,唐·吉诃德也有点儿不自在,一个勒马,一个扯驴,都站定了留心察看。光团渐渐逼近,唐·吉诃德头发都竖了起来,主仆二人闪到大路边,继续认真地琢磨着那移动着的火光到底会是什么。他们看清有许多穿白衣服的人,骑着骡马,拿着明晃晃的火把,后面还抬着一副盖着黑布的担架,六个骑牲口的人穿着丧服护送。

唐·吉诃德以为担架上的人是个骑士,受了重伤,专等他唐·吉诃德代为报仇的。他坐稳身子,挺着长枪站在路当中,气宇轩昂地朝着渐近的火把高声叫道:

"骑士们!站住!你们打哪里来,往哪里去,担架上抬的什么人?看样子,你们不是伤害了别人,就是受了人家的伤害,从实报来。我或者惩罚你们的罪行,或者为你们伸张正义!"

那伙人并不理睬唐·吉诃德,其中一人骑着骡子直往前跑,说有急事,没工夫回答。

唐·吉诃德大怒,上前一把把那人揪翻在地。其他人见状,破口大骂。唐·吉诃德挺着长枪,左突右冲,那些穿白衣的本来就胆小怕事,手无寸铁,他们还以为碰到地狱魔鬼来抢尸体,所以一下子就溃不成军,纷纷擎着火把吓得抱头鼠窜,败退而去。

桑丘十分佩服主人的勇气,他看到一个燃烧的火把旁边躺着个受伤的人,就跟着主人跑了过去。倒在地上的人见唐·吉诃德用枪指着他,申辩说:

"我已经彻底投降了,请不要杀我,我是个神职人员,如果阁下是位相信基督的绅士,那就求您不要杀我,杀我是亵渎神明,因为我是神甫,已经有了教职。我们护送担架上的尸体回乡。现在我已经断了一条腿,终身受害,够倒霉的了……"

　　唐·吉诃德听了忙喊桑丘过来，可是，桑丘倒是不急，因为他正在忙着从一匹骡子背上卸吃的东西，他把自己的外套当成了口袋，碰上什么拿什么，能装多少装多少，直到把那口袋装满再放到自己的驴背上之后才跑过来帮助主人把教士从骡子身下拉出来，扶他上骡，拣了个火把给他，让他找同伙去了。怕教士喊人来报复，桑丘劝主人赶快离开。他们在两座小山中间走了一段路，来到一个宽敞幽静的山谷，卸下牲口，拿出缴来的食物，饱餐了一顿。

砑布机与铜脸盆

吃饱了肚子，口又渴起来，可夜里怎么找水呢？他们在草地上往前摸索了一小段路，忽然听到水声，像瀑布撞击岩石的声响。两个人欣喜若狂，立刻停了下来，正想辨别水来的方位，又听到一种金属片的碰撞声，有节奏地传了过来。在这阴森可怕的黑夜里，高树环抱之中，轻风吹动着树叶，发出悚人的飒飒响声，那空旷、那场合、那黑暗、那水声、那树叶的簌簌抖动，无不令人毛骨悚然，胆战心惊。犹有甚者，拍击声不停、风吹不止、天色不明，外加不知身在何处，更令人恐惧。然而心中无畏的唐·吉诃德来劲了，他又萌发了干大事、立大功的念头，他让桑丘在原地等待，自己跳上驽马难得，一手挎盾牌，一手拿长枪，交待桑丘说，如果两天回不来，就请桑丘到托波索村走一遭，通知他的绝世佳人杜尔西娜娅。

桑丘听到主人这么一说，痛彻肺腑伤心地哭起来，他苦苦地哀求主人放弃冒险的念头，起码也要等到天亮再说，唐·吉诃德哪里肯听，于是，桑丘决计捣点儿鬼，尽可能地将他留到天亮。所以，他在帮助主人束马肚带的时候，偷偷地用驴子的缰绳拴住驽马难得的两条前腿。

唐·吉诃德如此这般交待一番，便拍拍马屁股一拔。让唐·吉诃德吃惊的是驽马难得没有像往常一样一跃而前，而是在原地跳了两跳，唐·吉诃德不知原委，使劲地踢马，马就是不走，最后跳也不跳了，他无可奈何，只好等天明再上路，桑丘想不到自己的诡计奏了效，忙挨到唐·吉诃德身边，紧紧抱住骑在马上的主人的腿说："先生不要急，我给你讲故事消遣。"其实他是给那有节奏的金属声吓坏了。唐·吉诃德倒认了真，叫他赶快讲。桑丘就讲起了故事：

"一个牧羊人爱上了一个牧羊姑娘，后来魔鬼捣乱，从中挑拨，牧羊人的爱情一下子变成了仇恨，他甚至连见都不愿再见姑娘一眼。他想了个主意，赶着自己的羊群，到葡萄牙国去。而牧羊姑娘爱他却比以前爱得更深，她赤着脚步行，远远跟在牧羊人后面。就在牧羊人急着要甩掉姑娘的时候，一条大河拦在了前面。他四下寻找，找到了一个渔夫，渔夫只有一只小船，小船只容得下一个人和一只羊，渔夫答应把他和300只羊送过河。他先把一只羊渡过去。渔夫摆渡了几只羊，先生可要记清楚了，要是漏掉一只，故事就完了，一句也讲不下去了。我接着讲，虽然对岸都是烂泥，很滑，可是他回来又摆渡一只，又一只，又一只……"

唐·吉诃德听不下去了，说："就算全部过去了，这来来去去，讲一年也摆渡不完。"

桑丘问道："这会儿已经摆渡过去几只羊了？"

唐·吉诃德说："我哪里知道。"

"我早就提醒过了，您得记清楚。现在，天晓得，这个故事如何结束，我已经讲不下去了。"

唐·吉诃德说："哪有这种事，羊的数字就这么要紧？数错一只，故事就讲不下去了？"

"没办法，就是讲不下去了。您一说不知道，底下的事都从我脑子里跑了。底下的事其实很有趣味。"

唐·吉诃德说："故事这种结尾法从来没有过，完就完吧，咱们瞧瞧驽马难得能不能走路。"

他又踢了踢马，马又跳了几下，还停在原处，它的两腿拴得非常牢。

桑丘看东面的天已经泛白，就蹲下去轻轻地解开了马腿上的绳子，马恢复了自由，用蹄子刨着地。唐·吉诃德见马能活动，认为是好兆头，这次冒险一定能取胜。一会儿天已放亮，东面都看得清楚了，唐·吉诃德就果断地拍马出发。桑丘改变了主意，主人这件事没有完，自己决不离开。于是他牵着毛驴，跟在了后面，他们循声前进，可怕的撞击声越来越大,连马的步子也变得迟疑起来,唐·吉诃德安抚着它,一步步地朝不远处的几间房子跑去。桑丘紧跟在后,弓着腰、瞪着眼,从马腿的夹缝里张望。走过一百多步,绕过那几间房子一瞧,才发现搅得他们一夜心神不宁、阴森恐怖的声音,原来是砑布机上六个大槌子交替拍打发出的。

唐·吉诃德见到以后顿时哑口无言、呆若木鸡,脑袋垂在胸前,满面羞愧,桑丘呢,则满脸讥笑,继而又放声大笑,唐·吉诃德不禁恼怒起来,用枪柄拍打了桑丘两下,桑丘讨了个没趣,唐·吉诃德说:

"我承认刚才的事可笑,但是不该当做笑柄,不能指望每个人都料事如神,把一切看得很准。再说主仆之间,骑士和侍从之间都应有个界限,今后咱们要放庄重些,别嬉皮笑脸的。我要发了火,倒霉的总是你。我答应你的赏赐到时自然会来,即使没有,我给你的工资是稳拿的。"

桑丘说:"您说得对,不过,从前的游侠骑士的侍从,工资多高呢?是按天,还是论月?"

唐·吉诃德说:"那时的侍从不拿工资,他们只领赏赐。我在家立了一个遗嘱,在上面提到你,我这是以防万一。"

桑丘说:"您尽管放心,从今以后,我决不再拿您的事开玩笑了,只把您当做东家、主子来称颂。"

唐·吉诃德说:"你要是这样的话,就能在这个世界上立足了。因为,在父母之外,应该把主人当成父母一般敬重。"

这时候天忽然下起小雨来,桑丘想进到砑布机的机房里去躲一躲。可是,因为刚刚出过的洋相而嫉恨砑布机,唐·吉诃德说什么也不肯进那几间房躲雨。他们向右一拐,走上了一条以前没有走过的路。走了一程,唐·吉诃德看见一个人骑着马,头上戴着个闪闪发亮的东西,像是金的。还没等看清楚,他立刻转身对桑丘说:"你瞧见没有?对面来了一位骑士,骑着一匹花点子灰马,头上戴着一只金的头盔。"桑丘道:"您说话得仔细,做事更要三思,不要又是捶打得我们晕头转向的砑布机之类。"

"你这该死的家伙,头盔跟砑布机又有什么相干!"唐·吉诃德最恼火的是有人阻止他冒险。

桑丘认真地说:"我只瞧见一个人骑着一头驴——和我这头驴一样,他头上是戴着个闪亮的东西,像个盆。"

"那就是金头盔呀!你走开,我来对付他,把头盔搞到手。"唐·吉诃德兴奋地喊起来。

其实桑丘看得一点儿不错,那是一个邻村的理发师,来帮一个病人刮胡子,路上碰上下雨,就把洗头的盆顶在头上遮雨。那只盆刚擦过,所以闪闪发亮。唐·吉诃德按照疯狂的骑士道想入非非,把所见的东西全部改变了。等他心目中那倒霉的骑士走近了,他纵马挺枪,举枪便刺。理发师做梦也没想到有这样的厄运,看见怪东西冲过来,只好滚下驴来,朝田野里狂奔,把铜盆丢在了地上。唐·吉诃德得意地让桑丘拣起来,戴在头上。但就是找不到面盔部分。桑丘见了忍不住好笑,但笑了一半又忍住了。他看到了理发师的那头灰驴,便想据为己有。可唐·吉诃德不同意,因为按骑士道的规则,不能夺取败将的马匹。桑丘只好作罢,但提出要换配鞍,唐·吉诃德拿不定主意,想了一会儿也就默许了。

桑丘马上动手,把自己的毛驴打扮一新。然后主仆二人将从那些驮驴背上抢来而还没吃完的食物拿出来当了午餐,接着又从砑布机那儿流过来的溪流中舀出水来喝了一通,不过却没有回过头去朝那源头看上一眼,可见他们对因其而产生的恐惧所怀的憎恶是何等之深。火消气顺之后,他们就跨上坐骑,信马由缰(不定去向才是真正的游侠骑士派头)地踏上征程。驽马难得的意愿代表着主人的心思,也反映了对之亦步亦趋、亲热相伴的毛驴的情愫。就这样,他们重又回到了公路之上,漫无目的地向前走去。

释放罪犯

　　一路上主仆两人谈论着骑士功名、荣华富贵。不知不觉走了很远,唐·吉诃德一抬头忽然看见了 10 多个人被长长的铁链扣着脖子,手上戴着铐子,在不远的地方走着,旁边还有两个骑马的和两个步行的:骑马的备有转轮火枪,步行的带着梭镖和佩剑。

　　桑丘见了告诉唐·吉诃德,这些人是罪犯,被国王强迫着送到海上去划船,服苦役。"强迫?那就不是自愿的,难怪我见这些人是被硬押着走的,这恰好就是我的事,锄强救苦正是我的责任。"

　　桑丘见主人又来劲了,就说道:"您小心一点儿为好,国王是最公道不过的,强迫这些人,是因为他们犯了罪。"

　　这时囚犯们已走近了,唐·吉诃德征得押解人的同意,一一询问囚犯们到底犯了什么罪。第一个罪犯说他爱恋上了别人的衬衣。

　　第二个罪犯是个音乐家,他因屈打成招而获罪。第三个罪犯是因少了主人家 10 个铜板。第四个罪犯是白发垂鬊的老人,旁边的人说他是个皮条客。接下去问的一个囚徒是大学生装束,30 岁上下,面目清秀,一只眼睛有点儿斜视。他与别的囚犯不同的是脚上多了根长长的铁镣。解差说他口才很好,精通拉丁文,但他犯的案,比其他人犯的案加在一起还多,而且胆大狡猾,名叫希内斯,外号"强盗坏子"。唐·吉诃德还想细问,这个希内斯却说:"你这人真烦,你如要问我的历史,我告诉你,我的历史已亲手写下来了,题目就叫《希内斯传》。"唐·吉诃德说:"看来你很有才气。"希内斯说:"也很倒霉,总是背运。"解差在一旁说:"混蛋总走背运。"希内斯说:"解差大人,你说话客气点儿,以后的日子长着呢!"

解差举起棍子就要打,可是被唐·吉诃德拦住了。唐·吉诃德转身向犯人们宣布道:"亲爱的兄弟们,我想求解差先生们行个方便,放了你们,我认为人的天性是自由的,把自由的人当做奴隶未免太残酷了。"说着他又转向解差:"你们答应呢,我自有报酬,如敬酒不吃吃罚酒的话,我这支枪、这把剑就会叫你们听话!"

解差说:"笑话,闹了半天,钻出来了这么个幺蛾子!你要释放国王的囚犯,你有这个权力吗?也不撒泡尿照照自己。请您还是趁早走自己的路吧。""你这个混蛋!"唐·吉诃德骂了一句就举起长枪,直冲上去把说话的这个解差刺伤了。他的几个同伴都被这突如其来的变故吓得惊慌失措,正想组织应战,那些囚犯见有机可乘,就设法挣脱锁住他们的铁链,逃之夭夭。解差们顾此失彼,乱成一团。桑丘这次也有所作为,释放了强盗坏子希内斯。希内斯灵活地跳过来,一把抢过倒在地上的解差手中的火枪,指指、瞄瞄,并不开枪,就已把其他解差吓得无影无踪了。

桑丘有点儿害怕了,因为执法队马上就会出动,追捕逃犯,他劝主人尽早离开这个是非之地。唐·吉诃德于是对正在围着一个解差起哄的犯人宣布,只要他们扛着脖子上解下的锁链到托波索村里向杜尔西娅小姐请安,告诉她今天发生的一切,他们就可各奔前程了。可希内斯带头出来反对,说他们得马上逃命,来不及去向什么小姐请安。

唐·吉诃德勃然大怒,辱骂起希内斯来,希内斯早就看出他脑子不清楚,就向同伙使了个眼色,他们后退了几步,从地上拣起石块就向唐·吉诃德打来。石块雨点般地落下来,打得唐·吉诃德人仰马翻。桑丘躲在驴子后面,躲过了一阵石子。可是囚犯们扑上来,把他的外衣和他主人的袍子抢去,还把主人头上的头盔——理发师的面盆扒下来,使劲地摔在地上,然后一哄而散。

旷野里只剩下了我们的游侠骑士和侍从,驽马难得和驴子。驴子低着脑袋不时扇动一下长长的耳朵像在默默沉思着什么,唐·吉诃德一身伤痕,桑丘只剩下一身衬衣。被受恩者虐待,他们都气得不可开交。唐·吉诃德看到自己落到了这么悲惨的下场,就对桑丘说:"我早听说,对坏人行好事,是把水往海里倒,可是事情已经做了,跌个跟头学个乖。"桑丘说:"早听了我的话,也不至于吃这个大亏,我虽然是个乡下土包子,但小心谨慎的道理倒记得牢牢的。现在您能上马就快上马,不能上,我就扶您上,您跟我走吧。实话告诉您吧,跟执法巡警讲骑士道可就不管用了,在他们眼里,所有的游侠骑士都加在一起也值不了两文钱。跟您说吧,我好像已经听见他们的箭在耳边嗖嗖地飞了。"唐·吉诃德没再说什么,就爬上了驽马难得,跟着骑着毛驴走在前头的桑丘走进了附近的深山,桑丘想在深山里躲几天,以避开巡警的追捕。

当晚,他们到了黑山深处,桑丘决定在那里过夜。他们在树林里的两块大石头中间放下行李,准备休息。命运却又跟这不幸的主仆两人开了个玩笑。希内斯因逃避追捕,也逃到了这个深山野林,这种忘恩负义的家伙从来不会知恩图报,常常会做出让人不该做的事情,燃眉之急总是急于长远的利益。希内斯本来就是个无情无义、心术不正的主儿,所以就动起了偷走桑丘的驴子的念头。他没看上驽马难得,觉得那是个当不能当、卖不能卖的烂货。桑丘睡得正香,希内斯骑上那毛驴,早在天亮之前就已经消失得无影无踪了。

流浪汉

　　太阳出来了，在充满生气的树林里，朝霞为大地增添了喜色，桑丘却因丢了毛驴而悲痛欲绝，失声痛哭，惊醒了唐·吉诃德。"噢，我那家生家养的宝贝呀，孩子们的玩伴，老婆的心肝，邻居的宠物，我的帮手，我的半拉支撑，你每天挣得的26个马拉维迪可是我全家半日的口粮啊！"得知原委，主人便极力苦口婆心地安慰桑丘一番，让他别急，并许诺把家里5匹驴里的3匹拨给他。

　　桑丘这才宽下心来，擦干了眼泪，止住了抽噎，向主人道了谢。他们重新上了路，桑丘背着原来灰驴驮的东西，边走边吃着剩余的干粮，祷告着不要再遇到什么奇遇。一抬眼，看见主人的马停了，主人正用枪头挑起地上的一只腐烂了的手提箱。箱子虽烂，但很重。桑丘上前拣起箱子，从破烂处可见里面有一些高档的衬衣，还发现一块手绢里包着一大堆金币。桑丘兴奋得喊了起来："谢天谢地，咱们总算是碰上了一件好事！"接着他细细搜寻，又找到一册装潢精致的记事本。唐·吉诃德要过了本子，打开后第一眼就瞧见了一首十四行诗，接着又看到一些情书。唐·吉诃德料想此人是个痴情公子，受不了意中人的折磨，寻短见了。可是在这荒山野岭无人可问，只得带着重重疑团、灼灼渴望，信马而前了。此时，桑丘已把金币数定，共100多个。他再也没有在箱子里找到自己需要的东西。但有这么多金币，前面吃的所有的苦都不冤枉了，于是他兴冲冲地紧跟在主人后面。

　　走了没几步，忽然看见一个人，赤裸着上身，胡须又黑又密，浓发蓬乱，打着赤脚，双腿裸露，长未及膝的棕色裤头破烂不堪，好些地方都露出了肉来，头上也没戴帽子。他跳过一丛丛灌木，一闪而过，转眼又不见了。但唐·吉诃德马上就猜想到这人是手提箱的主人，就想和桑丘分头追赶，桑丘死也不肯，还说，从今以后，要与主人寸步不离。就在这时来了个牧羊人，唐·吉诃德就向他打听，牧羊人果然告诉他们说，刚才跑过去的人就是手提箱的主人，这个年轻人6个月前骑着骡子来到这里，还向牧羊人问过路，说要到最荒凉的地方去，后来再也没人见到过他。直到几天前，他才又突然跑出来，问牧羊人要吃的，甚至抢吃的，还说自己罪孽深重，到这里是为了忏悔赎罪，就是不肯讲姓名。牧羊人还告诉他们，这个人精神已不太正常，一会儿哭哭啼啼，一会儿又打又骂。

唐·吉诃德听了牧羊人的话很惊讶，越发想知道这个不幸的疯子是谁。说也凑巧，他们正谈着，那年轻人又在对面山沟里出现了。唐·吉诃德见他身上破烂的短裤是龙涎香皮子做的，便断定他绝不是卑贱的人。

年轻人走近了，向唐·吉诃德他们客气地打招呼。唐·吉诃德下了马，斯斯文文地拥抱这个满脸晦气的流浪汉。这个年轻人看到唐·吉诃德的一身打扮，也一样感到惊奇，他对受到的礼遇表示感谢，接着就向唐·吉诃德他们要吃的，并答应吃过东西之后，就把自己的故事说给他们听。桑丘、牧羊人都各自掏出了些干粮，年轻的流浪汉狼吞虎咽，一会儿就吃完了。几个人一起来到一片青草地，都躺在地上，准备听流浪汉讲故事。流浪汉提了个要求，即在讲的时候不要提问和插话，让他一口气讲完，否则，故事就只好悬在那儿了。这让唐·吉诃德想起了桑丘讲的渡羊过河的故事，不过他代表众人很快答应了这个要求。

"我叫卡迪纽。"流浪汉原原本本讲了起来。

原来卡迪纽是个富家子弟，爱上了一个同样富贵而且美貌的小姐叫露申达。随着时间的推移，两人的感情越来越深。可是小姐的父亲提出，男方的父亲必须亲自上门求亲才行。卡迪纽的父亲一心想让儿子飞黄腾达，已经为儿子的前途做了安排，即让卡迪纽到一个熟悉的公爵家里去,为其大儿子做伴读,以便得到公爵的赏识和举荐。在这种情况下,他当然不会去为儿子求什么婚。卡迪纽拗不过父命,只好暂别心上人,远离家乡到了省城的公爵家。临别,两个情人难分难舍,信誓旦旦,但事情还是就此发生了变故。

公爵家有两个儿子,大儿子倒还本分。二儿子费兰多却是个风流倜傥的花花公子。他背着公爵爱上了一个农家姑娘,甜甜蜜蜜几个月后,就对她失去了兴趣,便想甩掉人家。他想出了个点子,说卡迪纽的家乡出产良马,要去买几匹好马。这时,公爵也听到二公子风流韵事的传闻。他不想让此事生出更大的乱子,给自己的老脸上抹黑,便一口答应了儿子买马的请求,而且还派了刚来不久的卡迪纽陪同费兰多。这样卡迪纽就又回到家乡,回到了心爱的人身边。此时费兰多已取得了卡迪纽的信任,两人好得合穿一条裤子还嫌肥呢。卡迪纽没把费兰多当外人,于是就把自己和露申达的恋情一五一十地告诉了费兰多。谁知道费兰多心底里却打上了露申达的主意。他整天跟着卡迪纽,还要看露申达写给卡迪纽的情书,说读起来很有趣。这个露申达平时爱看书,特别喜欢骑士小说……

卡迪纽讲到这里,正讲到兴头上,唐·吉诃德听到"骑士小说"四个字,便立刻来了劲儿了。一拍大腿从草地上坐起来喊道:"她爱骑士小说?您早说嘛!不用您夸赞,我就知道这样的姑娘绝顶聪明,她有多高的智慧,因为,若是没有如此高雅的阅读爱好,她就不可能具有先生阁下刚刚所说的那种才情。所以,对我来说,无须多费唇舌来说她多美、多好、多机灵,只要了解了她的兴趣,我就可以断言她是世界上最漂亮、最聪慧的女人……"

唐·吉诃德兴奋地讲了一大通,卡迪纽却低垂着头,一声不吭了,谁也不搭理。唐·吉诃德请他讲下去。他两眼发直,瞪着唐·吉诃德,突然诅咒了一句:"骑士小说里写的男男女女没有几个是好东西,谁不信,就是大混蛋!"

唐·吉诃德一听,怒火中烧,反驳说:"没那回事,我敢发誓!骑士小说里写的都是高贵的骑士、公主,谁不同意就是混蛋、胡说!"

卡迪纽已经神经错乱了，再听人骂他混蛋、胡说，也大怒起来。他从身旁拣起一块大石头，向唐·吉诃德的胸口猛掷过去，把唐·吉诃德打了个四脚朝天。桑丘见状，想帮自己主人一起揍这个疯子，可是却被卡迪纽回手一拳打翻在地。牧羊人想保护一下桑丘，也一样挨了打。疯子把几个人打遍了，自己却若无其事地跑到山里去了。

桑丘从地上爬了起来，因为没处发泄无缘无故挨打的怨言，于是就迁怒于牧羊人，怪他没有事先提醒他们，说清楚那人指不定什么时候就会犯疯。唐·吉诃德认为这不能怪牧羊人。只不过故事没讲完，不知道结局，心痒难熬。

给杜尔西娅娅的信

  唐·吉诃德辞别了牧羊人，骑上驽马难得，吩咐桑丘跟着上路。桑丘虽然很不乐意，但也只得从命。主仆二人渐渐走进了大山深处。

  一路上桑丘嘀嘀咕咕，闹着要回家，说走这么险的路，就为找个疯子太不值得。唐·吉诃德说："我告诉你吧，我到这里来，不单是找那个疯子，我还得在这座山里干一件事，一件可以天下闻名、流芳百世的事，干了这件事，才可称得上是杰出的骑士。"

  "这件事很危险吗？"桑丘的心提了起来。

  "不危险，还要靠你卖力。"

  "我能卖什么力？"桑丘更加不解了。

  "我要派你到一个地方去，你回来的越快，我的苦楚结束得就越快，荣耀开始得也就越快。"

  "您打算在这个荒僻的地方干什么事呢？"

  "我要模仿过去的骑士英雄，在这里伤心、发呆和泄愤，同时也学英勇的堂·罗尔丹。这个罗尔丹，在泉边发现了美人安赫利卡跟梅多罗干过丑事的迹象之后，一气之下就疯了，所以就拔掉大树、杀死牧人、屠戮牲口、燃烧窝棚、推倒房屋、拖垮马匹，还有许许多多别的名贯千秋、值得大书特书的壮举呢。"

  "我觉得干这种事情的骑士，都是受了刺激的缘故。您发哪一门子疯呢？是哪位小姐瞧不上您了，还是您那位心上人杜尔西娅娅小姐跟某个摩尔人或基督徒有了越轨行为的迹象呢？"桑丘还是疑惑不解。

  唐·吉诃德热切而又神秘地说："这正是我计划的高明之处。关键就是要无缘无故地发疯，好让我那位小姐了解我的真心。我很久不见她，已想得快要发疯了，我现在就发疯，一直疯下去。你要干的，就是捎一封信给杜尔西娜娅小姐，如果她的回信表达一片热诚，我的疯病立刻就会好。所以你能越早地带回喜讯，我的疯病就好得越早，否则，我就只好一直疯下去了。总之，不管会得到什么样的答复，我都会告别你临走时看见的那种受罪受苦的状态，不是清醒地为你给我带来的福音而欣喜，就是疯癫得不为你给我带来的厄闻而悲痛。"

听了这一番话，桑丘明白了，心却灰灰的。主人的脑袋里根本没有什么征服海岛的计划，自己做总督的希望无法兑现不说，还白白搭上了头毛驴。于是又发起牢骚来，说要回家，还要把那个被砸瘪了的理发师的铜盆修补一下带回家做面盆等等。

唐·吉诃德这会儿是一心一意地准备发疯，也没在意桑丘说什么，唯一着急的是写封信。他叫桑丘拿出先前拣到的卡迪纽的记事本，上面有空白纸。桑丘不失时机地问道："您答应给我驴子的单据也写在上面吗？"

唐·吉诃德说："都写，我要签名的，我外甥女看了一定会照办。至于情书请个老师帮忙抄一下，就署名'至死不渝、忠于你的苦脸骑士'。据我所知，杜尔西娜娅不识字，生平没有见过我的笔迹也没收到过我的信。我和她恋爱以来只是柏拉图式的。至多不过是不带邪念地相互看上一眼，而这也是非常难得的事情。我敢指天发誓，12年来，我尽管把她看得比这对即将沉埋地下的眼珠还要珍贵，见到过她的次数却没有超过4回，她可能连一次也没发现我在看她。她的父亲洛兰索，母亲阿尔冬莎把她当成掌上明珠。"

桑丘听了恍然大悟道："啊哈，原来是洛兰索的女儿。她不是叫阿尔冬莎·洛兰索吗？"

"就是她。她配做全世界的女皇。"

"我太熟悉她了，她粗壮结实，比得上村里的大汉，嗓门特大，半里之外听她的喊声都像炸雷一般。整天嘻嘻哈哈的，随和得很。您真应该为她发疯。不过，我跟您说句实话，我一直以为您的心上人杜尔西娜娅小姐是位什么尊敬人物，您总是吩咐被打败的人去见洛兰索姑娘——我是说杜尔西娜娅小姐，这对她恐怕没有任何好处，他们跑去了，说不定正碰上她在干农活，不是很窘吗？"

"桑丘，我说你的话也太多了吧，天生一副死脑筋，还自作聪明。我告诉你，我之所以会爱上托波索的杜尔西娜娅，那是因为她比世界上最高贵的公主还高贵，我爱她，就是为了她那一点。事实上，诗人讴歌的那些贵妇并非确有其人，只不过是他们随意杜撰的名字罢了。"

"尊敬的主人，您的话句句在理，我是一头驴。唉，怎么又提起驴来了，您就快点儿把信写好，把给我三匹驴子的单据写在背面吧，不过名字可要签得清楚一点儿，让人家一看就能认出来。"

唐·吉诃德拿出记事本，然后走到一边安安静静地写起来。

一会儿，信就写好了，大意是：

别后思念，心神不安，肝肠寸断，为了你，我吃尽千辛万苦，请侍从桑丘报于你。假如你愿救我，我就是你的人，你不愿意，我就是死去也心甘情愿，备受离愁别恨煎熬的身心交瘁之人，遥祝至娇至美之托波索的杜尔西娜娅金安康泰。

至死不渝的苦脸骑士

唐·吉诃德写完信，就读给桑丘听，桑丘关心的是背面的单据，唐·吉诃德一并读了一下。单据是这样写的：

外甥女小姐，见字后，请凭此单据，把家里由你照料的5匹驴子里的3匹取出，交给我的侍从桑丘，以抵偿我在这里收到的3匹，凭此据并桑丘的收据，如数交割。本年8月22日于黑山深处立据。

桑丘听了，心满意足，便急着要上路。但唐·吉诃德要他看着自己疯半个小时，这样才能添油加醋地向杜尔西娜娅小姐汇报。桑丘本不忍看主人的狼狈样，但想到在小姐面前说话是要发誓的，那就不能无中生有。只好耐着性子，让主人发一次疯。

唐·吉诃德急急忙忙脱掉了裤子，只剩下一件衬衫，然后在地上跳了两下，又头在下、脚在上地倒竖蜻蜓，衬衣滑动下去，整个身体，从下到上一丝不挂，桑丘不忍再看，急忙揽过马缰绳，抱起主人给他做路标的灌木枝，上路了。他可以心安理得地诅咒发誓，他看见主人发疯了。

卡迪纽的故事

　　穿着上衣、光着下身翻腾蹦跳了一阵之后，唐·吉诃德发现桑丘因为不想再看自己的丑态而早就已经走了，于是就爬到一块大石头上，回想着游侠骑士先辈的事迹，定下自己发疯的行动计划。

　　他把衬衫撕下一大条，打了11个一个比一个大的结，把这结当念珠用，念起《圣母颂》。念了上千上万遍，觉得面前没有个修士听他忏悔，很无味，于是就只好在那片小草地上不停地走来走去，在树上、沙地上做起诗来，或抒写他心里的忧郁，或表白对杜尔西娜娅的仰慕。他消遣着自己，自顾自地长吁短叹，呼唤着当地森林的树神、草原的牧神、河溪的女神，以及含悲带泪的"回声"神，请他们回答他、安慰他。饿了，就找些野菜充饥，好在后来桑丘只耽搁了3天，要不然，我们的苦脸骑士可真的要脱胎换骨，恐怕会变得连他的亲娘也都无法辨认了。

　　再说桑丘奉命而行，走上大道，寻路往托波索村而去。第二天，他来到了前不久遭受屈辱的旅店。一见旅店，桑丘就又感到像被兜在毛毯里上下抛来抛去，天翻地覆，脑袋直打转，便不想进去，但又饥肠辘辘。当他正在门口徘徊时，店里出来两个人，不是别人，正是桑丘本乡的神甫和理发师。他们一下子认出了桑丘和唐·吉诃德的坐骑，就想问问唐·吉诃德的情况，桑丘也认出了他们俩，原本想为主人保守秘密，但又怕别人说他杀了主人，夺了主人的马逃回来的，只好一口气把所知道的事情全都抖了出来。

　　神甫听说唐·吉诃德写给杜尔西娜娅的信，便让桑丘拿出来瞧

瞧,桑丘伸手到怀里掏了半天,也没掏出来,顿时面如土灰,笔记本没了,意味着一眨眼的工夫,就丢了3匹驴子,这让他如丧考妣。他两手在自己脸上乱抓乱打,满面流血,胡子竟被揪下了一大把。其实,那本子还在主人身上,走的时候忘记拿了。

神甫问清了原委,安慰他说,即使找到了那张纸也没用,合同是要写在规定的纸上的。等找到主人一定让他立一个正式字据。桑丘这才放了心。至于那封信,他听主人读过,记得大致内容,于是就口授笔记复制出来。桑丘翻来覆去,背了3遍,每遍都不一样,遍遍笑话百出。背完了信,又讲了主人的其他事情。他坚信凭主人的才气和勇气,自己将来定能荣华富贵。桑丘正经的神情,简单的头脑,使神甫和理发师吃惊不小,他们觉得桑丘也被唐·吉诃德带疯了。

神甫和理发师让桑丘到店里去边吃边谈,桑丘还是不想进去,原因当然不愿明说。于是,理发师就给桑丘送去了饭食。接着,神甫想到了一个把唐·吉诃德带回家的办法。他让理发师装扮成少女的侍从,自己乔装成一个出门流浪的少女,然后跑到唐·吉诃德那里求助,唐·吉诃德大多会答应。到时,只要让唐·吉诃德跟在他们后面,就可以把他哄出来,带回家乡,医治他这古怪的疯病。

理发师认为神甫的计策很妙,马上按计行事。他们向店主妇借了裙子、头巾、做胡子的马尾等化装品,他们告别了众人,就让桑丘带路,到山里找唐·吉诃德去了。

第二天,他们来到山口。神甫和理发师准备化装,他们让桑丘先去见主人,就说信送到了,她不识字,所以捎回了口信,请唐·吉诃德马上去见她,不然就会生气了,这样可以劝他主人早点儿去做大皇帝或者国王。桑丘说,没问题,他先去见主人,也许凭这个口信,就能把他请出山来。

桑丘循着灌木标志进山了,神甫和理发师就在一条小溪的树阴下等待回音。忽然飘来了一阵悠扬悦耳的歌声,那歌声虽然没有任何乐器伴奏,却那么甜美,那么轻柔,让他们感到非常惊讶,不相信这种地方居然会有人能够唱得那么动听。这绝不是一般的牧羊山歌,简直是一曲充满韵味的咏叹调,如泣如诉、如怨如慕。这引起了神甫和理发师的好奇。他们循声而前,转过一块岩石,看见了一个人,不是别人,正是时疯时醒的卡迪纽。

卡迪纽看到两人的装束不像山里人,很诧异,再听到这两人对自己的事似乎并不陌生(神甫和理发师从桑丘嘴里知道几乎所有的事情),更加惊奇。他以为是上天派来救他出苦海的。神甫和理发师正想听他亲口讲讲得病的原因,于是就让这位倒霉的年轻人把自己的伤心事讲出来。卡迪纽就毫无保留地把自己与露申达的恋情及费兰多插足的隐情一一道出。上次唐·吉诃德为维护骑士的尊严,故事没讲完,这回神甫和理发师没有违背卡迪纽本人的意愿,年轻人,也没有发疯,故事也讲到了底:

为了达到霸占露申达的目的,费兰多以取买马款为由,把卡迪纽支派到费兰多的哥哥那儿,并写信叫他哥哥留住卡迪纽。而费兰多乘机向露申达和她的父亲展开攻势。露申达的父亲是个贪心的人,他看中了费兰多高贵的家族血统和大把的金银财宝,同意了费兰多的求婚。露申达万般无奈,向卡迪纽寄了封信,告诉他这一变故。卡迪纽心急火燎,第二天就返回家乡。但这又有什么用呢?婚礼日期已定,一切都为时已晚。

婚礼那天,卡迪纽躲进了露申达家的客厅里。宾客到齐后,神甫主持了婚礼,就在新郎新娘互说“愿意”,即将交换戒指时,新娘突然一手按住胸口,倒在她妈妈怀里晕了过去。大家乱了手脚,她妈妈解开她的胸口,让她呼吸顺畅些,发现她怀里有张封好的字条,费兰多拿过去就着烛光细看,看完后,坐在了椅子上,心事重重,连救护自己新娘的事也不顾了。

卡迪纽也不知究竟发生了什么,他只觉得自己是世界上最倒霉的人。婚礼前他曾偷偷见过露申达一面,露申达曾表示要以死来表明自己对爱情的忠贞。可是婚礼上这出自露申达之口的“我愿意”有气无力,如一盆凉水从头淋到脚,他觉得露申达的诺言是鬼话,自己蒙受了极大的耻辱,于是他趁一片混乱,跑了出来。牵出寄放在一个市民家的骡子，失魂落魄地出了城。漫无目的地跑了一夜，天亮后从一个峡口进了山，不辨山路又跑了3天。骡子累死了，卡迪纽自己也晕倒在一片草地上。几个牧羊人发现了他，把他救醒。从此，他就常常神志不清，糊里糊涂的。

卡迪纽终于滔滔不绝地讲完了令人唏嘘的故事。

神甫正打算安慰年轻人几句，忽然，又一个悲切的声音传了过来："天啊，我有葬身之处吗？我这个苦命的人啊……"

他们断定声音就在附近不远。果然，走了不到20步，就在山石后看见一农夫装束的小伙子在树旁的溪流里洗脚。他没有发现有人在注视他。洗完脚，只见小伙子摘掉头上的便帽，脑袋左右一摇晃，一头金发如瀑布般散落下来。他们这才发现那个像农夫的小伙子原来是个娇美的女子，而那姿容，别说是神甫和理发师没有见过，就连见识领略过露申达风采的卡迪纽也为之一震。所以，他后来断言，只有露申达可以与之匹敌。她那长长的金发又浓又密，不仅遮住了她的脊背，而且还将她整个身体全都罩了起来，只露出了那双白皙的小脚。这时候，她轻舒猿臂以手当梳，如果说她那浸在水中的双脚像是两块玉石，那么，她那抚弄头发的双手则犹如两团白雪。这一切使得那三个望着她的人愈加惊异，更想知道她的身世。神甫他们刚想上前问个究竟，姑娘听到背后有响声，来不及穿鞋，抱起身边的一捆东西就跑。但她柔嫩的双脚，受不了山石的棱角，没走几步就跌倒了。三人赶了上去，神甫拉着她的手，安慰她说：

"不要害怕。你这般打扮，孤身一人在这深山老林里，一定是遇到了什么重大变故。我们不一定能解救你的苦难，但至少可以帮你出出主意。你把你的遭遇告诉我们，也好让我们分担你的忧愁。"

姑娘沉默了很长时间，听着神甫的反复劝说，看看他们也不像坏人，才长叹一声，说道：

"事到如今，我只有感谢你们的一番好意，把我心头里的冤屈告诉你们，只怕无端增添你们的烦恼。"

姑娘声音婉转，文文静静地穿上鞋，挽起头发，在一块石头上坐

定,对围坐在身边的神甫、理发师和卡迪纽,沉稳地讲述起了自己的
不幸。

原来这个姑娘不是别人,正是与费兰多相爱,最后又被他抛弃的
那个农家姑娘,叫多若泰。她详细地讲述了费兰多如何爱恋她,与她
私订终身,并占有了她,最后又是如何躲避她、欺骗她。当她打听到
费兰多的下落时,他已在另一个城里和一个叫露申达的姑娘成婚了。

卡迪纽从姑娘嘴里听到费兰多和露申达的名字,紧紧地咬住嘴
唇,皱着眉头,两行热泪流了下来。多若泰说,她听到不幸的消息,咽
不下这口气,当晚找了家里雇的一个长工陪同,跑到露申达所住的城
里,找到露申达家,从邻居们的口里,她又听到了一些情况:

在费兰多和露申达结婚的那天晚上,露申达在婚礼上昏死过去。
在她的胸口衣服里,新郎看到了一张纸条,上面写道:为了不违背父
母之命,被迫答应与费兰多结婚,婚礼完毕将自杀。纸上写的不是空
话,人们在她的裙子下边找到一把短剑,而费兰多觉得受到了露申达
的嘲弄,后来居然拿起那把短剑要刺露申达。宾客们七手八脚地拦
住了,费兰多当下就走了。露申达第二天才醒来,她告诉父母她和卡
迪纽已私订终身。传说后来露申达也离家出走,哪儿都没找到。

听到这些情况,多若泰稍稍松了口气,觉得还有挽救的余地,尽
管没有找到费兰多,但总比看到他完婚好些。

俗话说祸不单行,就在多若泰强自安慰、咬牙度日的时候,陪同
出来的长工见她孤身一人、无依无靠,竟起了歹心。好在苍天有眼,
恶有恶报,那小子刚想对多若泰动粗,脚底一滑,被多若泰乘势一推,
摔下了悬崖。

多若泰说完自己心酸的经历,默然不语,脸上现出了清楚表明其
内心痛苦与羞愧的红晕。那三个听着的人心里对她的遭遇既同情又
感叹。神甫本想劝慰几句,可是卡迪纽抢先说:"姑娘,我知道你是克
雷纳多的女儿。"姑娘感到很奇怪。卡迪纽便介绍了自己的身世,告
诉说刚才故事里提到的与露申达的私订终身的那个卡迪纽正是他本
人。多若泰听了惊奇万分,再听卡迪纽热心地说要帮助自己找到费

兰多,感激不已。神甫和理发师也盛情地表示要帮助两位年轻人,同时他们也简略地讲述了到深山老林来的原因。卡迪纽记起了他梦中曾和唐·吉诃德打过一架,什么原因已经说不出来了。

正在大家惊奇之际,桑丘来了。他说主人唐·吉诃德身上只穿一件衬衫,已饿得面黄肌瘦,快不行了,正在为他的杜尔西娜娅小姐长吁短叹呢。并说他已经告诉主人,杜尔西娜娅命令他下山去与她见面,她正在托波索等着他呢。但主人却说,没有创下值得受她恩顾的业绩决不前去瞻仰她美丽的容颜,照这样下去,主人将不仅有当不成那非当不可的国王的危险,甚至连那次上一等的大主教都不会有什么指望了,所以,请大家赶紧想个办法把他弄出来。

神甫让桑丘不要着急,他把解救唐·吉诃德的计划告诉了卡迪纽和多若泰。多若泰听了神甫的计划,想了片刻说,她扮落难女子比理发师扮得要像,正好身边还有几件衣服。至于怎么说,她读过许多骑士小说,落难女子向游侠骑士求救的那套话,保证应对自如。神甫一听大喜过望,忙让多若泰打扮一下。多若泰天生丽质,再一打扮,简直貌若天仙。桑丘不知这位小姐的来龙去脉,就问神甫这位美丽的姑娘是谁,到这荒山找什么来了。

神甫说:"桑丘老弟,我也就不拐弯抹角了,这位漂亮小姐是米戈米王国的公主,她向你主人求救来了,她受了凶恶的巨人的欺负,想请你主人为她报仇。你主人是举世闻名的好骑士,公主可是慕名而来呀!"

"'不在早上,只在巧上',我主人正要干一番惊天动地的事业,只要那个巨人恶魔不是鬼,我主人准保能杀死他。不过神甫大人,有件事您还要多帮忙,我想请您劝我主人和这位公主赶快成婚,这样他就可顺顺当当去做皇帝,我也可如愿以偿——这位公主怎么称呼,到现在我还不认识。"

神甫答道:"她叫米戈米娜公主。至于你主人结婚的事,我一定尽力而为。"

桑丘听了很高兴,而神甫却对他的头脑简单非常惊讶。因为他不仅从中看到了他的天真，还看到了他脑袋里面竟然也装满了他主子的那套荒唐念头，认准了他的东家会当上皇帝。想不到唐·吉诃德的痴心妄想在桑丘的心上生了根。

这时多若泰他们已准备妥当，理发师也戴上羊尾巴的胡子，装扮成公主的仆人。他们让桑丘带路，并让桑丘假装不认得神甫和理发师，这样才能保证他主人顺利做上皇帝。卡迪纽和神甫不准备跟他们同行：卡迪纽是为了不让唐·吉诃德想起曾经跟他打过架，神甫是因为暂时还不必露面。就这样，多若泰一行三人带头先走了，余下两位慢慢地徒步跟在后面。神甫没有忘记提醒多若泰应该如何行事，多若泰则请他放心，说是一定会让自己的行为举止跟他们的要求和骑士书上的描述分毫不差。

公主陛下

　　一行人走了不到一里路,就见唐·吉诃德站在乱石堆中,此时,他已经穿上了衣服,只是没有穿盔甲。卡迪纽和神甫躲藏进乱树丛中,多若泰立即挥鞭催马,假须飘然的理发师紧随其后。他们走近前去,满面胡须的理发师下马把多若泰抱下骡,多若泰轻快地跑到唐·吉诃德面前,跪着说道:"剽悍而又勇猛的骑士啊,我是世界上一个最不幸的姑娘,听了您的大名,特地远道赶来求助于您。您一定得帮帮我,否则,我就要在此长跪不起。直至阁下慨然应允助我一臂之力。此举定将既为阁下增辉添誉,又令我这普天之下最为孤苦的落难女子受惠。倘若阁下的骁勇果如世间所传,当视援救此弱女为义不容辞,要知道,我可是慕阁下之盛名,望阁下搭救于水火而不远万里来到此地的啊。"唐·吉诃德答道:"美丽的小姐,只要你这件事不损害我的国王、我的国家和主管我心灵的那位小姐,我就答应你。"

　　这时桑丘跑到他主人身边,对着他耳朵悄悄说:"先生,尽管答应她的请求,没什么大不了的事,不过是杀掉个巨人罢了,向您求救的可是米戈米王国的公主。"唐·吉诃德说,随她是谁,我做事总要尽职责、凭良心,遵守自己奉行的规则。多若泰说:"我的好先生,您所说的都不会受到损害。"唐·吉诃德转过身,对姑娘说:"美丽尊贵的小姐,请起身吧,我答应你的请求就是了。"

　　姑娘接着说:"万分感谢!我这就把要求您的事讲讲吧。有个奸贼胆大包天,篡夺了我的王国。我要劳您大驾,马上起身跟我回去夺回王位。还请您答应我,在这件事完成之前,您不会再找别的事去冒险拼命。"

唐·吉诃德答道:"我答应你的请求。你不久就可以夺回王位,在你古老伟大的国家重登宝座,我们马上动身。"他吩咐桑丘检查马具,帮自己装上盔甲。理发师一直跪在地上没动,竭力忍住笑,一手还按着胡子,生怕这胡子掉下来,破坏了这条妙计。他瞧唐·吉诃德答应了姑娘的请求,就起身把女主人搀扶上了骡子。唐·吉诃德也上了马,只剩桑丘一人步行,这不免又使他想起自己丢失的驴来。不过想到主人马上要做皇帝,自己也将会做总督,一切也就可以忍受了。卡迪纽和神甫躲在树丛后,看见这一切,不知道怎样迎出去,和他们搭上话。不过,还是神甫有点子,他拿出随身带的一把剪子,剪掉卡迪纽的胡子,又把自己的上衣给他换上,然后抄近路绕到了唐·吉诃德一行人的前面。等唐·吉诃德和一行人从山里出来,神甫对着他们仔细端详,装出似曾相识的样子,张开两臂热情地叫道:"真是太幸运了,这不是骑士道的模范、我的老乡唐·吉诃德·台·拉·曼却吗?竟然在这里遇上了,这位落难人的救星原来在这里呀!"

神甫说着抱住了唐·吉诃德的左膝盖,唐·吉诃德仔细看了半天,才认出是神甫,感到很意外,要下马还礼,还要把马让给神甫,被神甫拦住了。唐·吉诃德说:"神甫步行我是不能同意的,这位公主小姐会瞧我的面子,吩咐她的侍从把坐骑让出来的。"公主回答:"我这位侍从非常客气,不用我吩咐。"理发师立即下了骡,神甫不再推辞,骑了上去,离前面客店还有几里路,唐·吉诃德、公主、神甫乘坐牲口,卡迪纽、桑丘、理发师步行。唐·吉诃德对神甫单身一人跑到此地,且穿得如此单薄,感到疑惑。神甫解释说:

"我到塞维利亚去收一笔款子。那还是多年前一个美洲亲戚捎来的,数目不小,有6万多比索。昨天经过这里,忽然碰到4个强盗,把我们的东西洗劫一空,连胡子都没给留下。理发师一看胡子没有了,于是就戴上了假的。据说这些强盗都是被流放到海岛的囚犯,被一个非常勇猛的人给放了。不用说那家伙一定是个疯子,不然就和那些囚犯一样是个大坏蛋,因为他故意把豺狼放到羊群里去,把狐狸赶到鸡群里，把苍蝇放到蜜里，有心违法乱纪。一句话，干这事是断送自己的灵魂，肉体也得不到好处。"

桑丘已把过去他们干过的事告诉了神甫和理发师，所以神甫借此严加谴责。唐·吉诃德听着神甫的话，脸上红一阵、白一阵，都没敢承认释放那群坏家伙的就是他自己。

桑丘插嘴道："我老实说吧，干这件事的就是我的主人，我事先还提醒过他……""你这个笨蛋！游侠骑士见到落难的人，犯不着也无须查究他们是否犯罪，就该帮他们一把。神甫的圣德和愿望我没说的，其他人谁认为我干错了，他对骑士道就是胡说八道！我要凭这把剑教训他！"多若泰姑娘很机灵，她接上去说："骑士先生，请别忘了您对我的承诺。不能再为别的事拼命，不管那事情有多急。如果神甫早知道是您放了那群囚犯，他绝对不会说这些冒犯您的话。"

神甫说："这我可以发誓保证，还情愿割掉一部分胡子。"唐·吉诃德也就不再说什么，问起多若泰的冤情和敌手的情况。

在神甫的提示下，多若泰把故事编得活灵活现，最后她说，在走投无路的情况下，她才带了几个人来到西班牙，因为这里有一个威震四方的游侠骑士，名字叫什么唐·吉诃德。

桑丘忙插嘴说："公主说的准是唐·吉诃德，别号'苦脸骑士'。"

多若泰说："就是，就是。我父亲还告诉我那位骑士高个，消瘦的脸，在左肩膀下靠右有一颗暗红色的痣。"

唐·吉诃德一听，便要桑丘帮他脱衣服，要验证公主说的标志。

桑丘说："不用说，我知道您身上有那么样的一颗痣。"

多若泰说："这就行了。我算找对了人，稳坐我国女王的宝座了，我父亲还用一种别人看不懂的字指示我，如果预言的那位骑士杀了巨人，要求和我结婚，我不得推辞，要把自己的王国连同自己一并交托给他。"唐·吉诃德听到这里，对桑丘说："怎么样，桑丘朋友，我以前跟你说的话没错吧？"

桑丘更是激动得跳跃起来，走上前去跪在多若泰面前，要吻女主人的手，在场的人禁不住哈哈大笑起来。可唐·吉诃德却喃喃自语道："我战胜巨人，你平平安安做上一国之主，愿意怎样做，这是你自己的自由，我呢，正恋着一位小姐，心不由己，不可能与其他人结婚，连想都不想。"桑丘一听急了，大声嚷起来："唐·吉诃德先生，您真是脑子糊涂了！否则怎么可能会不想娶一位那么高贵的公主呢？现成的好事您不做，您还想干什么？您那杜尔西娜娅小姐比公主漂亮吗？一半都比不上！现成的放在您手上，您就拿下，您做国王，可以封我做伯爵或总督。其他，管他妈的！即便以后全都见了鬼，我也认了。"唐·吉诃德听他亵渎杜尔西娜娅，举枪狠狠地把桑丘敲了两下，骂道："蠢货，你这无法无天的混蛋，竟敢毁谤天下无双的杜尔西娜娅！你知道什么？要不是她把力量传到我这个胳膊里来，我连杀死跳蚤的劲儿都没有了！她是我的命根子，你这没良心的东西！"幸好桑丘没有受大伤，他躲到多若泰的坐骑后面，对主人说："与女王结婚，不妨碍你的心上人，一个国王常有几个妃子，说老实话，我觉得两人都好，杜尔西娜娅脸蛋什么样子，我没有大印象。""你胡说八道！你这个信口雌黄的东西，怎么没见过？你不刚从她那儿捎来了口信吗？"唐·吉诃德气又上来了。

"我是说没有仔细看，笼统地看了一眼，说不出哪长得好。"唐·吉诃德说："算了，算了，我原谅你得了。你也原谅我刚才的火气吧，人总是难以控制自己的冲动的。"

多若泰对桑丘说："过去吻你主人的手，请他饶恕你吧！从今以后，或夸或骂，都要小心，千万不能再说那位托波索小姐的坏话，尽管我还没有得见芳容的荣幸。要相信上帝，你早晚会有一块自己可以作威作福的领地。"

倒霉的男孩

桑丘垂头丧气地跑过去，求主人伸出手来，唐·吉诃德面色平和，僵硬地伸出手给桑丘亲吻，还为他祝福，然后就叫桑丘慢点儿走，跟着自己，他要细细地听听杜尔西娅的情况。正要发问，只见迎面有人骑着头驴跑来。待走近之后，发现他很像个吉卜赛人。

可是，桑丘只要看见驴子眼睛就发亮，他一眼就认出了自己的驴，骑驴的就是被他放了的偷他驴的囚徒希内斯，希内斯怕人认出他来，化装成吉卜赛人，还是被桑丘认出来了。他大喊道：

"希内斯，好你个强盗，留下我的宝贝，放了我的命根儿，休想夺走我的腿脚，交出我的毛驴，归还我的心肝儿，滚吧，你这个混蛋，快滚，把我的东西还给我！"

希内斯一惊，滚下驴来，一溜烟地跑得无影无踪。

桑丘跑上去一把搂过驴脖子，亲热地抚摸、亲吻，说："我的宝贝，你好吗？"大家跑上来，恭喜他找到了驴子，唐·吉诃德尤其高兴，他许诺说，给桑丘3匹驴子的票据仍然有效，桑丘千恩万谢。

接着唐·吉诃德还是不放心地问起杜尔西娅的事来，桑丘没有带信，怎么去跟她见面的呢？

桑丘说："可不是吗，要不是您那时念信的时候我记在心上，就得跑回来了。幸亏我还记得，说给一个教堂的管事员听，他就照着一句句写下来。"。

唐·吉诃德又问："信上的话你还记得吗？"

桑丘说："现在记不得了，我觉得记住没什么用。不过还剩下一点就是开头的尊贵无皮(无比),还有结尾的无线(无限)忠诚的苦脸骑士。在这个头尾中间,我夹上了 300 多个'灵魂'呀、'性命'呀和'我的眼珠子'。"

"说下去。你去时,这位绝世美人在干什么?是在用金线绣花吧?"

"不,她正在自家后院簸麦子。"

"她看信的时候有什么表情呢?"

"她说她不识字,也不会写,所以没有看信,只是把信撕了,说是不愿意让别人知道她的秘密。她叫我传个口信,说吻你的手,信就不写了,只想见见您,所以要求您见到我后,立即离开这灌木林。我还问起那群囚犯来拜见她没有,她却说一个也没有看见。"

唐·吉诃德还问了其他一些细节,都得到桑丘圆满的回答,只是对桑丘来去如此迅速感到不解,认为一定是魔法师在暗中帮助。另外,是先回托波索看杜尔西娅娅,还是先去杀巨人,他拿不定主意。最后决定先跟公主走,并叫桑丘不要把刚才的话对任何人讲。这时理发师喊大家停一停,他看到一股清泉,要大家歇一歇,喝点水。桑丘如释重负,他撒了半天谎,费神得很,再问下去,一定会被主人发现破绽的。因为,他尽管知道杜尔西娅娅是托波索的一个村姑,却压根儿也没有见过。就在大家喝水吃干粮时,路上走过来一个男孩,他对水边的人搜寻了一番,跑到唐·吉诃德面前大哭起来。

唐·吉诃德一见,就认出来那正是自己救助过的孩子。他揪住孩子的手,向众人夸耀起自己的功绩来。谁知话还未说完,那孩子却抽咽着说:"您讲的都是真的,但后来的故事却是您想不到的。您走了之后,我不但没有拿到工钱,还被重新吊起来毒打了一顿。每抽一鞭子还说一句挖苦您老人家的刻薄话,若不是当时疼得受不了,他的话也会把我逗笑的。

结果,那个坏蛋乡巴佬打得我到现在还在一家医院里治伤呢。这一切全都是您大人的过错,如果当初您走您的路而不是不请自到和瞎掺和别人的事情,我的东家抽我十几鞭子,然后就会放了我、照付欠我的工钱。可是,您老人家对他讲了那么多无端难听的话,结果是将他惹火，由于没法找您老人家算账，等到您走了，他就把气出在我的身上，揍得我似乎这辈子都难以成为真正的男子汉了。"

唐·吉诃德听了，就要桑丘为驽马难得上鞍辔，去找那个乡下佬，为小孩子讨公道。多若泰见了，提醒他不要忘了自己的诺言，她的事没完，不能承担别的事，唐·吉诃德只得作罢。他让小孩先忍耐一下，以后一定替他报仇。桑丘拿了一点儿干粮给孩子，孩子拿了面包和干酪就又动身上路了，不过，临走前他说了一番话：

"游侠骑士，您要是再碰上有人欺侮我，千万不要来救我、帮我。我再倒霉，总不如受您帮助倒霉得厉害，但愿上帝诅咒您和世界上所有的游侠骑士。"

小孩说完，就飞快地跑了。唐·吉诃德羞愧不堪，大家也都强忍住笑，免得他无地自容。

大家吃完干粮，就给牲口套上鞍辔，继续赶路。

第二天，他们到了桑丘怕去的那家客店，店老板一家人和那个与骡夫偷情却误入唐·吉诃德怀抱的女佣都很高兴地迎接他们一行人。

桑丘不想进，又没法不进。唐·吉诃德则严肃而礼貌地和店主一家相见，他吩咐要给他铺一张好一点儿的床，店主妇说只要付账爽快些，铺王爷睡的床也行。唐·吉诃德一口答应，店家就在上次睡觉的阁楼上给唐·吉诃德铺了一张还算像样的床，唐·吉诃德已十分疲劳，倒头就睡了。

安顿好一行人，关上店门，店主妇就跑到理发师那儿，一把揪住他的胡子，要他归还这个被装成胡子的尾巴。神甫见了说："还她吧，现在用不着了，不妨露出真相，就说遭到一群囚犯的抢劫，逃进客店的。如果唐·吉诃德问起公主的侍从，就说公主已经打发侍从先回去报信了。"

理发师听了，就把尾巴还给了店主妇，并且把其他借的东西都还了。店主指望着好报酬，给一行人上了一桌像样的饭菜。唐·吉诃德睡得很沉，大家没有去惊动他，想让他多睡一会儿。

饭后，看到桑丘上了楼，神甫和理发师对店主一家讲起了唐·吉诃德古怪的疯病,店主则把他和桑丘在店里的轶事讲给大家听,令大家忍俊不禁。神甫说,唐·吉诃德是给那些骑士小说害的。

可是店主不同意,他认为这些书是世界上最有趣的书,怎么会害人呢,店主妇、女佣甚至店主的小女儿都认为书里的故事动听感人。神甫让店主拿来他保存的几部书,店主打开一只上面有锁链锁着的旧提包,拿出几大部骑士小说,提包里还有好多字迹漂亮的手写书稿。

神甫翻看了一下,建议店主保留两本,其他都烧掉。店主可不同意,他认为这些书都是经保密院批准印发的,再说自己不至于发疯去当游侠骑士,因为这个年头早就没有游侠骑士了,店主想把书和提包拿走,神甫想看看那些手稿,店主就拿出来给神甫看。神甫看了几行,觉得很有意思,就读给大家听。

正读到精彩处,桑丘赶来了,慌慌张张地喊着:

"各位先生,快,快来帮帮我家老爷吧,我主人在打仗呢!从没见过他这样拼命的,跟咱们米戈米娜公主作对的巨人,被我主人挥手一剑,砍掉了脑袋,简直像是刀削萝卜!"

神甫停住了故事,问道:"老哥,你说什么?他疯了吗?那个巨人在2000里以外呢!真是活见鬼了!"

话音刚落,就听那边屋里传来一声巨响,及唐·吉诃德的大叫声:

"站住!你这个强盗、坏蛋、贱货!你可落在我手里了!你的弯刀子也不中用了!"

听声音好像在狠砍墙壁。桑丘催促说:"你们不能光待在那儿听,你们快去吧,我看见满地是血,还有人脑袋滚在一边,有大酒袋那么大!"店主一听,急了,霍地站起来说道:"这下子可完了,那屋里床头边堆着装满红酒的皮袋呢!唐·吉诃德肯定是砍在酒袋上了。"说着,就往那屋子里赶。大家也紧随其后一起跟了过去。

多若泰的幸福

　　一进屋，人们首先见到唐·吉诃德那古怪得出奇的模样：他只穿着一件衬衫，虽然前襟长及大腿，可是后身却短了六指，两条精瘦的长腿毛烘烘的而且还脏兮兮，头上戴一顶店主油渍斑斑的小红帽，左手裹着一条毯子。这条毯子桑丘眼熟得很，看了一肚子火。原因当然只有桑丘自己肚里明白。

　　且说唐·吉诃德右手拿着一把出鞘的宝剑，乱舞乱挥，嘴里大叫大嚷，尤为奇妙的是他眼睛还没睁开，原来还没有睡醒呢!他是在梦中和巨人交战，自以为砍的是巨人，实际是酒袋。店主看到酒流成河，怒不可遏，扑向了唐·吉诃德，握紧拳头狠打猛揍。幸亏卡迪纽和神甫拉得快，要不然，我们这位战胜了米戈米王国巨人的英雄骑士，就要丧身于店主的拳头之下了。而可怜的骑士还在梦中，理发师提来了一桶凉井水，将他从头到脚浇了一遍，才算醒了过来。觉是醒了，但是，从他的样子看，似乎头脑还是没有清醒，还不明白自己是怎么一回事。

　　桑丘顾不得主人如何，满地找巨人的脑袋却找不到，喃喃道："我亲眼看见他砍下来的，那血像喷泉一样，从脖子里直喷出来。"

　　店主骂道："你这个背叛上帝和灵魂的家伙，胡说八道!这哪是什么喷泉，这是上等的好酒啊!谁戳破我的酒袋，叫他的灵魂下地狱!"

　　"这个脑袋找不到，我那伯爵的封地，或者海岛的总督就像盐泡在水里全化掉了。真是倒霉透顶。"桑丘垂头丧气地说。

　　大家感到清醒的桑丘比那做梦的主人还糟，他已财迷心窍了。

店主看这主仆两人没治了，发誓新账旧账一起算，决不像上次那样让他们赖账逃跑！戳破的酒袋也要算。

神甫上去抓住了唐·吉诃德的双手，不让他再乱动。谁知唐·吉诃德自以为大功告成，正向米戈米娜公主报功，他双膝跪下说："尊贵美丽的公主，巨人已被勇猛的骑士打败，任务圆满完成，我的承诺也就此取消了。"

桑丘听了兴奋地说："事情妥当了，我当伯爵有指望了!"。

疯疯傻傻的主仆二人，把大家逗得哈哈大笑。神甫、理发师、卡迪纽几个人七手八脚，把唐·吉诃德扛上床，他一倒头便又沉沉睡去了。店主妇看到这一切，气得咬牙切齿，她数落着骑士和侍从的不是，女佣也在一旁帮腔，直到神甫答应尽力赔偿他们的一切损失，她们才稍稍平息了怒气。

多若泰则安慰桑丘，他主人砍了巨人脑袋的事一经证实，准赏他个头等的伯爵封邑。桑丘很开心，发誓说，那巨人的脑袋是他亲眼见到的。看大家都心平气和，神甫就继续读手稿上的故事。这个故事的名字叫《何必当初》，讲的是一个叫安塞尔摩的男子，为了测试妻子的忠贞，让自己的男友去勾引妻子柔塔娜。结果妻子跟男友跑了，自己也搭上性命。

神甫觉得故事虽然不错，但情节有些荒唐，夫妻之间发生这样的事不合情理，情人之间还说得过去……就在神甫对故事评头论足的当儿，店主在门口喊了起来："好漂亮的一队过路客呀！4个男的骑着短镫高鞍的马，拿着长枪和盾牌，都戴着黑面罩，还有个穿白衣服的女人蒙着脸横坐在马鞍上。他们若是住下来，咱们这儿可就热闹喽。"

多若泰听到这话就戴上面罩，卡迪纽也躲进里屋。不一会儿，这一群外来客就到了店门口。骑马的4人身材匀称、举止文雅，他们一下马就去搀扶横坐在马上的女人，其中一个张开两臂把她抱到房门口的一个椅子上。女人坐下后深深叹了一口气，耷拉着胳膊，显得很虚弱。

多若泰听到蒙面姑娘的叹气，很同情，就走到她身边问寒问暖，姑娘只是听着，却默不作声。站在一旁的蒙面绅士对多若泰说："小姐，你不用讨好这个女人，也不用指望她回答，除非你愿意听她撒谎。"

一直默不作声的女人终于开口了，她反驳道："我从来不撒谎，有的是一片忠诚，正因为如此，这使我遭到了现在的横祸，也证明了你的虚伪和欺诈。"

卡迪纽躲在房内，听到外面蒙面女子的话语，不禁大叫道："上帝啊！这是谁在说话！我听到了谁的声音呀！"

蒙面姑娘听见喊声大吃一惊，起身就要往内房跑，绅士一把拦住了她，多若泰也上去拉住了姑娘。姑娘的绸面罩滑落了下来，露出了一张秀丽的脸庞。焦躁不安的绅士自己的面罩也碰掉了，多若泰抬头一看，和自己一同搂着这个姑娘的绅士，正是自己寻找多时的费兰多。她伤心激动至极，晕了过去。理发师眼疾手快，一把扶住了多若泰，神甫忙替她除掉面罩，费兰多一眼就认出了多若泰，顿时面如土色。卡迪纽也早已听出了露申达的声音，不用说露申达也听出了卡迪纽的喊叫。卡迪纽从屋里冲了出来。大家都没有开口说话，只是相互望着：多若泰望着费兰多，费兰多望着卡迪纽，卡迪纽望着露申达，露申达望着卡迪纽。

露申达第一个开口，她对费兰多说道："请您放开我吧，费兰多先生，即使不为别的，也总得顾及自己的身份。让我回到那面墙上去吧，我是那墙上的常春藤，您的纠缠、恐吓、哄骗和利诱都没能使我摆脱对那墙的依恋。您瞧，苍天以您和我都未能想到的罕见方式，将我真正的丈夫送到我的面前。您该从自己的种种惨痛经验中知道，只有死亡才能使我将他忘记。我已经把话讲得清清楚楚，（既然别无选择）就请您变爱为恨、化情成怨，并因此而结果我的性命吧！能够死在心爱的丈夫面前，我也算死得其所了。死亡将证明我直到生命的最后都对他痴心不改，他也许会因此而感到欣慰。"

多若泰也清醒了过来，她双膝跪下，热泪盈盈地对费兰多说："我的先生，你如果没有被揽在怀里的太阳的光辉照花了眼睛，你应该看到跪在你脚边的是薄命多情的多若泰。我原是出身低微的农家姑娘，我对你的心意是至死不渝的,你不能和露申达结婚,是因为你是我的丈夫。随你愿意不愿意,我总归是你的妻子。"她声泪俱下的话语,引得大家唏嘘不已。

费兰多盯着多若泰看了好半天,终于放开了抱着露申达的手,说:"你赢了,美丽的多若泰,你赢了。"

露申达身体虚弱,费兰多一撒手,她几乎要摔倒。在旁边一直关注着她的卡迪纽,不顾一切地赶上前去,把她抱在怀里。露申达一时忘情,竟撇开一切拘束,伸臂抱住卡迪纽的脖子,贴着他的脸说:"我的先生,你是我的至爱,我永远是你的奴仆。"

费兰多和在场的人看到这动人的一幕,惊奇得说不出话来。费兰多脸色都发青了,在场的人都围上去,劝说费兰多,听从天意安排,神甫则夸赞了多若泰的美丽和聪慧。费兰多渐渐回心转意了。他俯身扶起多若泰,对她说:"我的夫人,起来吧!你是我的心上人。露申达已找到自己的归宿,我也终于和你重逢。祝愿她和卡迪纽幸福美满,也求上天保佑我和你与他们一样。"

露申达和卡迪纽以及几乎所有其他在场的人都没有掩饰他们的激动,一个个全都泪流满面,有的为自己欢喜,有的是为别人高兴,倒好似大家一起遇上了什么天大的不幸。就连桑丘都哭了。不过据他后来说,他是因为米戈米娜公主一眨眼变成了多若泰,指望的一大份赏赐就此化成了泡影而流泪的。

多若泰和露申达叙述了各自的痛苦经历,充满了辛酸和眼泪,好在现在人间的一切不幸到此也就全都结束了。

出逃的故事

大家都为这圆满的结局而高高兴兴,只有桑丘懊恼沮丧,主人还在睡梦中,国王、封爵都化为了乌有,他垂头丧气、愁眉苦脸地跑到主人屋里,恰巧主人刚睡醒,他就对主人说:"苦脸骑士,您继续睡您的觉吧,不用费心去杀什么巨人,帮助公主恢复什么王国了,这些事都完成了。"

唐·吉诃德说:"说得对,我刚和那个巨人打了一场有生以来最为激烈的恶战,我把剑那么反手一挥,只听'嚓'的一声,就把他的脑袋给削落到地上了,那血呀,像河水一样,流得满地都是。"

桑丘没好气地告诉还蒙在鼓里的主人,他砍杀的不是巨人,而是客店老板的酒袋,那位米戈米娜公主也变成了一名民间女人,真弄不懂这究竟是怎么一回事。

"这样的事对我来说一点儿也不奇怪。这里的事都是由魔法支配的。"唐·吉诃德说着便让桑丘伺候他穿衣,他要去看看到底发生了哪些变故。再说这边房间,费兰多听神甫介绍了唐·吉诃德的疯病后,愿意让多若泰留下,把戏演下去,自己也愿为此效力。

这时,唐·吉诃德出来了。他全副武装,头盔已砸得七沟八壑,但还是正儿八经地戴在头上。费兰多等人看到他这副模样,很惊奇,大家都一声不响,听他都说些什么话。他很严肃地看着多若泰说:

"美丽的公主,我的侍从说您的荣耀尽失,您的身份已变,因为您已经从女王变成了平民家的姑娘,是不是您的父王怕我帮不了您,让您变的?如是,那他就是外行,不懂我们的骑士道,若是他能像我一样认真而充分地浏览和阅读那些书籍，就随处都可以发现那些名气远不如我的骑士都成就过更为艰巨的事业，杀个把小小的巨人，没有什么了不起，几个钟头前，我刚杀死了一个……不多说了，免得人家会以为我在吹牛，到时大家都会知道的。"

"和你交手的是两只酒袋，不是什么巨人。"店主插嘴道。

费兰多立即叫他住嘴，不准他打断唐·吉诃德的话。

唐·吉诃德继续说道："不管处境多么凶险，我的剑总可以杀出一条路来。我凭这把剑，不出几天，就可以把您冤家的头砍落在地，把王冠戴在您头上。"多若泰知道费兰多决计要把这出戏演下去，便一本正经地回答说："勇敢的苦脸骑士，谁说我身份变了？真是胡说八道。我的身份没有变，心愿更没有变，请仍旧尊重我的父亲，他有先见之明，所以找到这个稳妥的方法来挽救我的厄运，我相信靠你的勇敢、上帝的慈悲，我一定能如愿以偿。"

多若泰的话刚说完，唐·吉诃德满脸怒气地把桑丘大骂了一顿，发誓要惩罚这个谎报军情的仆人。桑丘争辩了一番，被费兰多劝住了。费兰多和唐·吉诃德相互恭维了一通。这时店里来了两个新客打断了他们的谈话。

新来旅客一身的装束，像新从摩尔国回来的基督徒，身穿短襟的半袖无领蓝呢外套和蓝布裤子，头戴蓝色的帽子脚蹬枣红高跟儿皮鞋，斜挎胸前的肩带上挂着一把摩尔式弯刀。后面还紧跟着一位骑驴的女人，也是摩尔装束，但蒙着脸，包着头巾。男的把女人抱下驴，听说店里没有客房很懊丧。多若泰再一次表现出她的机灵，她邀请那女人和她们一起住。

蒙面女人没有回答，但从座位上站起身，鞠躬还礼。男人告诉大家这姑娘只会说本国话。大家听了都很想知道他们的来历。费兰多问男的，姑娘叫什么名字？男的说叫索拉达。姑娘叫道："不！不！是索拉达·玛利亚！玛利亚！"她的意思是说自己叫玛利亚，不是索拉达。已到了掌灯时刻，店主准备好了晚饭，大家挨在一张狭长的桌边坐下，不顾唐·吉诃德的反对，让他坐了上座。唐·吉诃德看着这么多人

在一起用晚餐,忽有所感,兴致所至,大发起议论来:

"咱们细想起来,干游侠骑士这一行,见识到的实在都是大事奇事。有些人认为劳心胜于劳力,拿笔杆子的胜过拿枪杆子的,这是胡说八道。其实文武两行都得劳心,书生也有他的苦处。第一就是穷,当然,当兵的更穷,不但穷,还要风餐露宿,还有生命危险。特别是有了枪炮,卑鄙的懦夫也能杀死勇敢的好汉。那些万世流芳的勇士们,正要施展自己的才华,一颗流弹飞来,立即命丧黄泉,落得个出师未捷身先死。那个躲在角落里放枪的家伙说不定被枪响吓破了胆,逃之夭夭了呢!这么一想,在如今这个乾坤颠倒的时代当游侠骑士,实在不是个舒心的差事。我是不怕危险,但那些火药和枪弹断送了我凭骑士之剑扬名世界的机会。不过富贵有命,成事在天,我分担了几分风险,如能如愿也就可以多得到别人的几分尊敬。"

桑丘见主人只顾大发议论,竟然忘了吃东西,于是几次提醒他,唐·吉诃德却一口也没有吃。

饭后,店主便把女客们安排在原来唐·吉诃德住的顶楼。费兰多他们出于好奇,邀请陪玛利亚同行的男子讲讲他们的身世经历。男子倒很乐意,看众人坐定,便不慌不忙、有条不紊地讲了起来。

男子这样说道:"我出生在一个穷山村,天道仁厚,时运并不甚佳,但我家并不穷。父亲早年在军队当兵,养成了大手大脚花钱的恶习。军旅是一座学校,可以使吝啬的变得慷慨、慷慨的变得挥金如土,个别小气的军人则被视为怪物,难得一见。为了不把家产耗光,父亲决定趁早把家产分给三个儿子。但有一个要求,就是各人选好自己未来的职业,以免坐吃山空。西班牙有句老话:'或教堂、或海洋、或伺候君王。'也就是求富贵的三条路:进教会,出海经商,进宫伺候国王。我的两个弟弟一个出海到美洲经商,一个进了教会修业,我则选择了一名士兵,为国王出力。

"我到部队后不久,就升职做了骑手。上尉对我不错,我的前途一片光明。后来听说土耳其占领了塞浦路斯,而国王的弟弟作为联军总司令,正积极备战,准备反击。听到这些,建功立业的雄心突然萌发，我就放弃了原部队良好的发展前景，到了前线部队，参加了反击战。战斗取得了辉煌的胜利，我也被提升为步兵上尉，可是还没来得及细细品尝胜利的滋味，就成了两脚带镣、双手戴铐的俘虏。那天，指挥官让我带部下去参加一次海上救援。就在我们的船靠上敌舰，我带头第一个跳上了敌舰时，敌舰突然急速退却，我的部下没有一个能跟上来。我寡不敌众，便成了俘虏。

"记得战俘营有个基督徒叫堂彼德罗，人很聪明，还会做诗，我和他一起在敌舰上划过船，后来这位堂彼德罗先生跟随一个希腊间谍逃出了战俘营。而我却没有这么幸运，因为我做过上尉，尽管说了自己家境不好，没钱，可是没有用，他们还是把我列为等钱赎身的俘虏。过了不久，我又被当做遗产，由头领赏给了一个叛教徒(叛教徒：原是基督徒，被俘后改信回教)。这个叛教徒叫哈桑，对俘虏极其狠毒，控制很严，俘虏衣不蔽体，经常挨饿。

"紧靠监房有一栋房子，房主是个地位很高的摩尔富翁，房子的上方有个窗，其实只是个墙洞，上面还遮着厚厚的百叶窗帘。有一天，我和3个同伴在监狱的阳台上放风，偶然一抬眼，看见窗口挑出一支竹竿，竿头挂着个布疙瘩，不停地左右挥动，好像让我们去接。我的3个伙伴轮流跑过去，可那个竹竿每晚都高高翘起，我忍不住跑了过去，刚到窗下，那竹竿就一脱手，掉在我的脚边。解开布疙瘩，里面包着10块金币。我觉得天上掉馅饼下来了。回到平台上，再看那个窗口，只见里面伸出一只雪白的手，摊开手掌，又握成了拳头，看上去是个女子的手。以后隔几天，就如此抛下一个包着金币的布袋，当然每次都只有我跑到窗下，钱袋才会落下来。直到有一次，钱袋里夹着的一封信，才解开了我心中既惊又喜的疑团。原来这个摩尔富翁有个女儿，她就是索拉达，索拉达从小受到奶妈的熏陶和影响，向往信奉基督教的国家。她通过窗户，观察到我像个绅士，所以就想通过我的帮助逃出家门，到圣母玛利亚居住的国家。她还许诺，只要我同意，她愿意做我的妻子。我哪有不同意的，高兴还来不及呢。但是，怎么才能实现她的理想呢?这个姑娘很有心计，她早已设计好一套计划，只等我按照计划去实施。她的父亲给了她钱柜上的钥匙，她就将柜里的一部分钱取出来，交给我。她父亲的钱太多，拿了也看不出来。这钱有两个重要用途，一是为我赎身，二是买一条出逃的船。然后趁她随父亲到海边休假的机会，带她逃出去。后来我和同监的几个伙伴按照这个计划，雇人买了船，假扮成商船，等在海边，就在我把索拉达喊下楼时，被她父亲发现了。情况十分紧急，为了逃避海岸巡逻的敌兵，我们只好把她父亲和几个摩尔人也一块带上了船，在中途把他们放到了一个荒岛上。女儿虽然爱父亲，但更向往圣母玛利亚，坚持要做基督徒，只好忍痛与父亲离别。

"在后来的航行中又历经风险，遇到了法国海盗的袭击，抢走了索拉达带出来的所有钱财。但所幸的是，我们终于到达了西班牙小海岸。我们在维雷斯住了几天，同行的伙伴陆续回乡了，只剩下我和索拉达。我们用法国人发慈悲送的几十个金币，买了骑来的这头牲口。我一直是以父辈和侍者的身份伺候她，还不是她的丈夫。我很想知道家人的情况：父亲是否健在，弟弟是否比我运气好。不过命运既然让我做了索拉达的伴侣，其他运道，我都不在乎了。索拉达忍得了贫穷，诚心要做基督徒，我很敬佩，甘愿终身为她效劳。

"诸位先生们，我的故事就讲到这里了。是否有趣，是否新奇，各位自会做出明断。我只是想说自己是有意要讲得简略一些。由于害怕诸位厌烦，好多事情本来都到了嘴边，结果却又被我咽了回去。"

就这样，男子结束了谈话。费兰多、卡迪纽都表示愿意帮助他们渡过难关，但都被一一谢绝了。

兄弟俩

　　天渐渐黑了。过了一会儿，黑暗中，又有一辆马车和跟随的人马到客店借宿。店主妇婉言谢绝，因为店里实在挤不下了，连一寸多余的地方也没有了。

　　进来的一个随从说，来人是大理院的审判官。店主妇一听头衔就慌了，自己给自己下了个台阶，说缺的是铺盖，大人肯定是带着了的，所以自己的卧房还可以挤出来让给大人。就这样把一行人迎了进来。

　　只见审判官穿着褶袖长袍，搀着一个不过十五六岁穿旅行服装的小姑娘，小姑娘俊秀、高贵、俏丽和娴雅得令人瞠目，如果不是因为多若泰、露申达和索拉达已经在客栈里了，真会让人觉得难得会有像那姑娘那么漂亮的人。他俩进门时，唐·吉诃德正在旁边，他一见审判官，就说道：

　　"您大人放心休息，这里地方虽小，但总有余地。阁下带来一位这么漂亮的姑娘，不仅城堡会开门迎接，峋岩也得为之让路、高山都要向其低头。大人您快请进吧，这堡垒里都是英勇武士和绝代佳丽。"

　　审判官听了这番话很诧异，看唐·吉诃德古怪的言谈和举止，不知所措。这时露申达、多若泰、索拉达都进屋来看新来的客人，审判官看到在这人地生疏的小客店，竟有这么多的美人佳丽，觉得不可思议。大家客套了一番，决定还是按照原来的安排，女眷在那间顶楼上安置，男客们在外间休息，那小姑娘是审判官的女儿，她跟其他女客在一起很高兴。

当过俘虏的男子一见审判官，就有一种直觉，觉得那人可能是自己的弟弟。于是他向审判官的佣人打听东家的情况，问那人叫什么名字，祖籍是哪儿。据佣人说，主人刚选上墨西哥的大理院审判官，正要到美洲上任。家住富翁山区的一个村子，叫胡安·贝瑞斯。妻子刚去世，有个女儿。男子听后已确定无疑，那正是自己的弟弟，但他不敢贸然相认，怕弟弟嫌自己穷。他向神甫请教，神甫让他在里屋等着，自己则跟审判官讲起了男子的故事，想试探一下审判官的态度。哪知审判官听到有他哥哥的消息，很动感情，很想见哥哥。而他所说的那些真诚的话语也使在场的人无不为之动容。在这种情况下，神甫从里屋把男子和索拉达一起搀出来与审判官见面。

兄弟俩紧紧地拥抱，热泪盈眶。接着审判官又拥抱了索拉达，并表示愿意把自己的全部财产供她使用，还叫自己的女儿去拥抱她。看到他们亲人相逢，大家都流下了热泪。大家主张男子和索拉达跟着弟弟到赛维利亚去，一方面把哥哥的下落通知父亲，父亲有可能来参加索拉达的婚礼和洗礼。

唐·吉诃德一言不发，留心观看，把这许多奇事都归结到骑士道的幻想里去了。

时间已到了后半夜，大家都想赶快休息一下，唐·吉诃德自告奋勇守卫这座城堡，以防巨人袭击。桑丘则垫着驴子的鞍辔睡了下去。

天快亮时，多若泰听到一阵婉转柔美的歌声，她推醒了睡在身边的审判官的女儿克拉拉。克拉拉听到歌声哭了起来。原来这个唱歌的小伙子是阿拉贡神上的儿子，在京城时，住在克拉拉家的对门，这位小伙子深深地爱上了克拉拉，克拉拉离开京城，这位小伙子扮装成骡夫一直跟随在后。听了歌声，克拉拉心里酸酸的，多若泰宽慰了她一番，两人又睡下了。

整个客店寂静无声，但店主的女儿和女佣还没睡，她们看到唐·吉诃德披挂骑马在门外守卫，就想趁机捉弄他一番，至少可以借他的疯话，解解闷以消磨消磨时光。整个客店的窗户都不临街，只有草料房有个墙洞朝外开着，是扔干草用的。两个姑娘就在这个墙洞口守着。只听得墙外唐·吉诃德来回巡逻，嘴里还在喃喃自语，诉说着对杜尔西娜娅小姐的相思和爱慕："噢，我那托波索的杜尔西娜娅小姐啊，你是美人队里的魁首、聪明智慧的巅峰、绰约娴雅的典范、贞节情操的楷模，总而言之，你将人世间一切可贵、可敬、可爱的品德集聚一身！此时此刻，尊驾在忙什么？你是否在想着那不避风险、一心为你效力、惟你之命是从、成为你的奴仆的骑士？快告诉我希望我为你做些什么吧，我的三面明灯啊！也许，你正满怀艳羡的心情望着天上的皓月，看着它，或是一边在你那宫阙的回廊漫步，或是凭栏小憩，一边又在思索着怎样既能保全自己的贞洁与尊严，又能抚慰我这为你而破碎的心中的苦楚，怎样奖励我的辛劳，怎样消除我的忧虑以及怎样使我起死回生，怎样回报我的奔波征战。你啊，我的太阳啊……"正说到情意绵绵的当儿，店主的女儿开始跟他搭讪起来，透过墙洞喊道：

"先生，先生，劳驾请到这儿来。"

唐·吉诃德透过明晃晃的月光，看见墙洞口有人叫他，他本来就把客店当城堡在守卫，这下他又认为是堡垒长官的女儿像上次那样，痴情突发，纠缠于他。他不愿显得无礼，就兜转马头，来到墙洞边，见到了两个姑娘，说：

"美丽的小姐，您空怀满腔柔情却不能得到以您的果敢和殷切而应该得到的回报，对此，我深感遗憾。您可不要怪我这个死心眼的人，他已经把整个身心交给了另外一位一见钟情的小姐，不能顾念第二人了，除了这，我愿意为您效劳。"

女佣说："那请你伸出你那美丽的手，以平息她心中燃烧的情火。她不惜名声，跑到这窗口，要给她父亲知道了，至少也要割掉她一只耳朵！"说完就跑到马房，拿了桑丘套驴的缰绳，急急赶到洞口，她断定唐·吉诃德肯定会满足她的要求。

果然，唐·吉诃德已站到了马鞍上，因为窗口离地较高，只有站在马背上，手才能伸进窗口。他把手伸进窗口，道：

"尊敬的小姐，请您接受我这只清除世界上一切罪恶的手。这只手是从未被任何女人包括已经拥有了我整个身心的那位都没有碰过的，我不是伸给你亲吻，而是让你瞧瞧手上的筋腱、肌肉，体会一下它的力量。"

女佣说："咱们就来瞧吧。"她把缰绳打个活扣，一下套在唐·吉诃德的手腕上，然后把另一端牢牢拴在房门的插销上。唐·吉诃德感到了绳子的勒痛，便说道："我的心对您无情，怪不得这只手，痴情人不应该这么毒辣地报复。"

女佣和店主妇的女儿笑得要死，赶紧抽身跑了。唐·吉诃德就这样拴在那里，无法脱身。他战战兢兢，只怕驽马难得稍有移动，他的双脚离开马背，身体就会悬空吊在那只被绳子拴住的胳膊上。好在驽马难得表现得耐心而安详，一点儿没动。唐·吉诃德认为这次又被城堡的魔法耍弄了，他暗暗责怪自己的冒失。

眼看天就快亮了。唐·吉诃德嗟叹自己的命运不好，他忽而渴望得到阿马迪斯那把能抵御魔法的宝剑，忽而觉得自己的存在和中邪是救世的需要，忽而又一次想起自己心爱的托波索的杜尔西娅，忽而呼唤起当时正躺在驴具上面闷头大睡、连生身的老娘都已不再记得了的忠实侍从桑丘，忽而祈求法师利尔甘德·奥和阿尔吉菲能够帮忙，忽而又盼望挚友乌尔干达能前来救援。总之，此时他像公牛低吼一样呼唤着亲朋好友，求他们帮他破除魔法。就在晨曦初露时，远处来了4个骑士，装备、服饰都很讲究，靴边挂着大枪。他们跑到店门口，大声拍起门来。不远处的唐·吉诃德见了，记起子自己守卫城堡的任务，于是朝这一伙人大声喝道："不准敲堡垒的门！不管诸位是骑士、侍从或者别的什么人，你们都不该拍打这座堡垒的大门。显而易见，这个时候，里面正在睡觉。你们走开点，等天大亮了再说。"

其中一个骑士说："我们是过客，只想给牲口加点草料，我们还要赶路，你不要胡说八道什么堡垒不堡垒的。"

同来的已经不耐烦听他们对话了，又狠狠地拍起门来，把店主和客人们全都喊醒了。驽马难得一直温顺地驮着直挺挺的主人，不想远道而来的4匹马趁着主人喊门的空隙，朝驽马难得这边靠过来，对驽马难得温存起来。驽马难得毕竟是血肉之躯，把持不住，便与"来客"互相温存起来。这一温存不要紧，却害苦了马背上的主人。马身一动，唐·吉诃德的那紧并着的双脚就失去了依托，滑下马鞍，凭着一条胳膊，悬空吊在窗下。一阵剧痛，让唐·吉诃德觉得手腕断了一般。其实，他悬得没有多高，跷起脚尖就能够到地面，不过，这样反而更糟，因为感觉到了离地不远。于是，就拼着命地往下够，就好像那些受吊刑的人似的：由于被吊得刚离地面，误以为只要伸伸腿就能双脚沾地，于是就使劲地拉长自己的身体，从而造成更大的痛苦。

唐·吉诃德忍受不了这种痛苦的刑罚，失声狂叫，把大家都喊了过来。被吵声惊醒的女佣，突然想到自己睡前做的事，慌忙赶到草房，解开了绳子。唐·吉诃德立刻摔在了地上。店主和几个旅客刚好赶到，看他躺在地上，便问他为什么大喊大叫。唐·吉诃德一声不吭，爬起来，翻身上马，向着野外奔驰了好一段路。然后又掉转马头，缓步走了回来。说道：

"不管他是谁，只要我的女主人米戈米娜公主准许，我就向他挑战，和他决斗！"

新来的几个客人听了这话很诧异，店主告诉他们这个唐·吉诃德是个疯子，他们这才恍然大悟。他们向店主打听店里是否有个十五六岁骡夫打扮的小伙子。唐·吉诃德见大家都不理会他的挑战，又气又恼。但米戈米娜公主还没恢复王位，他不好挑起新的事端。于是在一旁看他们能找出什么小伙子来。谁知一个旅客在一个骡夫身边找到了正在熟睡的年轻人——堂·路易斯少爷。年轻人揉着眼睛，细细一看，见抓着他胳膊的竟是他父亲的佣人，大吃一惊。佣人便告诉了他如何从他同学那儿打听到他的下落，又如何四下寻找，现在终于找到了，要带他回家，向他父亲交差。

堂·路易斯不肯回家，说要完成一件性命攸关的大事。但来人说堂·路易斯一定得马上回家，他父亲见不到少爷的面就活不成了。堂·路易斯喊道："你们休想带我回去，除非是带着我的尸首。如果你们来硬的，我就不活了。登时这年轻人泪如泉涌，说不出话来。审判官听到了争辩声，便过来询问情况。审判官先让那4个仆人放心，事情总会圆满解决的。随后，他拉着堂·路易斯的手将他带到一边问他到底是怎么回事。就在他们两个唧唧咕咕的时候，大门口突然又传来了吵闹声，原来有两个旅客想趁乱赖账，溜出旅店去，被店主抓住了，双方扭打起来，店主妇和女儿想请在一旁无所事事的唐·吉诃德帮帮店主的忙。可是唐·吉诃德却说要得到米戈米娜公主的同意。他跪在多若泰面前用游侠骑士惯用的言辞请求公主殿下允许他前往救助，公主马上答应了。唐·吉诃德立刻挎上盾牌，握着剑，赶到门口。只见赖账客在猛揍店主，唐·吉诃德却呆着不动了。女佣、店主妇和女儿以为唐·吉诃德是个懦弱的胆小鬼，气得要命。

却说审判官把堂·路易斯拉到一边，问他到这里来的原因。年轻人紧握审判官的手，泪流满面地说道："尊敬的先生，我只能对您讲实话了：苍天有意，使我有幸见到了您的女儿、我的意中人克拉拉小姐，从见到她的那一刻起，我就将自己的心完全交给了她，如果您——我真正的尊长与父亲——不反对，我今天就可以娶她为妻。我因为她而背着父亲离开了家，因为她而穿上了这身衣服，为的是能够像飞矢追踪靶心、水手仰望北斗一样跟随她走遍天涯海角。她并不知道我的心意，至多不过是有几次远远地看到我哭泣罢了。先生，您清楚我父母的财力和家世，也知道我是他们唯一的儿子，如果您觉得这一切足以让您成全我的幸福，那就请您马上接受我做您的儿子吧；倘若家父因为另有打算而不喜欢我为自己营造的幸福，时光比人心更能使事态改观和发生变易。"

痴情少年说到这儿就打住了话头，而审判官一听，却惶然、错愕和惊诧不已。事情太突然，太出乎意料。他掂量着事情的利弊，最后劝年轻人不要着急，叫佣人也不要当天回去，等想出一个两全其美的办法再做打算。

再说门口的冲突已经平息，唐·吉诃德并未动武，只是晓之以理、动之以情来了个好言相劝，顿时显出奇效，两位客人全都付清了欠账。

驮鞍事件

俗语说,魔鬼总是不甘寂寞的,一波刚平,一波又起。客店里又进来一个理发师,正是被唐·吉诃德抢走铜盆当头盔,又被桑丘换过驴具的那个理发师。他把驴牵进马房,一眼看见桑丘正在修补的驮鞍,正是自己上次被抢去的那只驮鞍,就把桑丘当小偷扭了起来,要他把驮鞍、铜盆等全部还给他。嘴里嚷着:"好啊,你个贼坏子,可让我逮住了!抢了我的铜盆和我的鞍具,赶快交出来!"桑丘哪里肯还,于是二人扭打起来。桑丘边还击边说这些东西是他主人的战利品。唐·吉诃德在一旁看到侍从拳脚麻利,非常满意,他已把桑丘看做一个有胆量的人,暗暗打算找个机会封他做骑士。唐·吉诃德把两人分开,又把驮鞍放在中间地上,让大家看明白那是什么东西。他显然是想要对事实加以澄清,他对众人说:

"这位客人分明搞错了,他说的铜盆,过去、现在和将来实际是个头盔,是我通过正义的战斗夺来的,当然应该属于我,合理合法。至于这个鞍可是我的侍从要求来装备自己的坐骑的,是经我允许的。"说完就叫桑丘把头盔拿来做证据。

东西拿来了,理发师要大家评评,到底是铜盆,还是头盔。唐·吉诃德一脸严肃地说:"诸位请看,我以鄙人所从事的骑士事业起誓,这就是我从他手里夺得的那个头盔,原封未动。""这倒是无须怀疑的,"桑丘接茬说道,"因为,从得到它之后直到现在,我家老爷只戴着它参加过一次战斗,就是解救那些倒霉的囚犯那回,若是没有这个头盔盆儿,他可就有得受了,当时那石头块儿就跟雨点儿似的。"

和唐·吉诃德同乡的那个理发师也在场。他深知唐·吉诃德的脾气，他存心让大家取乐，于是帮他胡说起来，指认说这东西确实是头盔。神父也心领神会在一旁帮腔。受捉弄的理发师不知出了什么邪，一头雾水。这么多体面的人都说是头盔，难道真是头盔不成? 神父还说这两件东西到底是什么，由唐·吉诃德说了算。

知道唐·吉诃德底细的人当然都觉得这是一个绝妙的笑料，而不知道底细的就会觉得荒谬绝伦。尤其是堂·路易斯的 4 个佣人和新来的 3 个过客。这 3 个过客是巡逻队的队员，他们看了铜盆被说成头盔，驴鞍说成马鞍，当然觉得莫名其妙。于是其中一个巡逻员忍不住插嘴道：

"这分明是驴子的驮鞍。谁说不是，准是喝醉了酒。"

这一来激怒了唐·吉诃德，他一边大骂"混蛋"、"胡说"，一边举长枪对准这个巡逻队员的脑袋狠狠打下去。那人侧身一躲，枪掉在地上，断成几截。巡逻队的其他队员见状，大声呼救起来，顿时店里乱成一团。混乱中，第一个遭枪打的巡逻队员，突然记起自己身上带着几张捉拿逃犯的拘票，其中有一张描述的罪犯的相貌就是唐·吉诃德。他从怀里掏出那张羊皮纸，一字一字地念起来，眼睛不住地瞄着唐·吉诃德。最后他断定唐·吉诃德就是要拘捕的人，便用右手一把抓住唐·吉诃德的衣领，抓得唐·吉诃德喘不过气来。

神父拿过拘票一看，描绘的果然是唐·吉诃德。这时唐·吉诃德正猛烈反抗，双方互相纠缠着，这时多亏费兰多上去把他俩分开，两人都松了一口气。　神父暗中把唐·吉诃德的疯病告诉了巡逻队员，加上唐·吉诃德自己的表演，他们觉得多一事不如少一事。除了对唐·吉诃德释放囚犯的事不再追究，这几个巡逻队员还友好地调停了理发师和桑丘的争吵，双方对换了驮鞍。神甫则瞒着唐·吉诃德给了理发师 8 块钱，偿还盆钱，理发师保证不再要盆。堂·路易斯家的 4 个佣人也答应先走 3 个人回去复命，留下一个陪小少爷同行，克拉拉小姐因而喜形于色。店主追要唐·吉诃德两次的住店费，还有酒袋的赔款，审判官慷慨解囊，愿意代付，但费兰多抢在前面代付了。

唐·吉诃德一身轻松，他觉得应该把公主的大事完成。就找到多若泰，请求公主让他早点动身，去战胜巨人。多若泰则摆出君王的架子，用庄重的腔调说道："骑士先生，非常感谢阁下急于救我脱离苦海的美意，您的确不愧是位视扶孤济困为己任的骑士。希望苍天保佑您和我都能得遂己愿，以便让您知道这人世间还有知恩图报的女人。至于是否立即起程，我听您的，请您看着安排吧。既然已经将自身的安危和复国的希望都托付给您了，我自然不会对您的精心筹划提出任何异议。"唐·吉诃德嘴上说听凭上帝安排，转身却叫桑丘备马，立即出发。

桑丘这时摇着脑袋，说多若泰不是什么女王，因为他看见多若泰和他们一伙中的人亲吻。

多若泰满脸通红。原来费兰多确实有几回背着人，亲吻自己分别已久的恋人。桑丘看见了，所以就觉得她这样不像大国的女王。

唐·吉诃德听了侍从的一派胡言，气得两眼冒金星。大骂桑丘是蠢货，卑鄙的无赖，没有教养、尊卑不分、愚蠢透顶、没轻没重、信口雌黄、胆大包天、多嘴饶舌、拨弄是非的东西，让他滚蛋，免得挨揍，边骂还边跺着脚。桑丘吓得矮了半截，不知所措，只好转身躲开这个满身是火的主人。

机灵的多若泰早就摸透了唐·吉诃德的脾气，她说桑丘侍从是有良心的人，不会捏造证据坑人。这堡垒里的一切似乎都有魔法控制，也许桑丘着了障眼法。唐·吉诃德这才熄了火，断定桑丘遭到障眼法的控制。费兰多要唐·吉诃德把桑丘找回来，免得他再生迷糊。神甫找来了桑丘，只见他战战兢兢地请求主人伸出手来，跪吻了主人的手。唐·吉诃德祝福他说："我的好桑丘，我跟你说过好多次了，现在你总该明白是真的了吧，这座城堡里的事情全都受着魔法的左右。""当然相信，"桑丘说，"只是毯子那件事情实实在在是真的。""那不可能，"唐·吉诃德说，"如果是真的，我当时就替你出气了，即使是现在也不晚嘛。不过，无论是当时还是现在，我都看不出该找谁去替你出这口气呀。"

人们都想知道"毯子那件事情"指的是什么。店主将桑丘被人用毯子兜着抛上抛下的经过一五一十地叙说了一遍，逗得大家开心地大笑了一场。如果不是唐·吉诃德再一次断言那是魔法在作怪，桑丘真的会羞死的，因为，他总还不至于蠢到那种地步，自己明明是被有血有肉的活人而不是像他的主人以为和断言的那样被梦幻或假想中的幽灵用毯子兜着抛来抛去的，怎么能相信那不是千真万确、没有半点儿虚假的事实呢。

唐·吉诃德着魔

　　这群贵宾在客店又住了两天，他们觉得已经到了该上路的时候了。他们打算让神甫和理发师照原意，把唐·吉诃德带回家乡治病，多若泰和费兰多就不用为了要装出解救米戈米娜女王的谎话东奔西走了。恰巧有一辆牛车路过，他们想了个办法，与赶车的讲定，设法把唐·吉诃德用牛车运走，他们先用栅栏木桩钉了一个足以松松快快地圈起唐·吉诃德的大笼子，可让唐·吉诃德宽宽绰绰地躺在里面。然后大家都照神甫的安排，蒙上脸，装成各式各样的人，让唐·吉诃德认不出来。准备停当之后，他们蹑手蹑脚地进到了唐·吉诃德因为鏖战的劳顿而睡得正香的房间。

　　大家七手八脚上前把他死死地按住，缚定手脚。等他惊醒时，已经动弹不得。他瞪着眼看着周围奇形怪状的东西，又以为是魔堡里的鬼怪，自己则中了定身法。桑丘没有化装，头脑正常，他虽和主人疯得相差无几，却还认识这些乔装的人物。他想瞧他们把主人捆了如何发落，所以一直没敢开口。

　　唐·吉诃德看到自己被关在笼子里，装上牛车，便说过去的魔鬼都是腾云驾雾，天马行空。可今非昔比，魔法也变样了。桑丘在一旁回答说，这一伙不完全是真正的妖魔鬼怪。

　　趁着主仆两人谈论魔法，费兰多和卡迪纽都决定赶快动身，免得桑丘识破计策。其实桑丘已猜透八九分了。他们让店主人喂饱驽马难得和桑丘的灰驴，神甫请几个巡逻队员一路护送，卡迪纽把唐·吉诃德的盾牌和那只铜盆挂在驽马难得的两侧。然后打着手势，让桑丘骑驴,牵着驽马难得。

神甫、理发师与费兰多和他的伙伴,审判官和他的弟弟、多若泰、露申达等一一告别,互报了住址,约定互通消息。店主还送给神甫一些手稿,神甫看过那篇《何必当初》的故事手稿印象不错,所以很乐意地收下了。费兰多还特地要求神甫把唐·吉诃德的情况告诉他。

神甫和理发师戴着假面具,上了马,跟着牛车,两侧有巡逻队员,随后有桑丘骑着驴牵着驽马难得。唐·吉诃德伸直两腿,背靠着栅栏,默默忍受着一切,像一尊石像。

牛车走不快,走了两里路后遇到托雷都地区的教长和他的随行。教长对唐·吉诃德被关在这样的木笼里感到很奇怪。于是和神甫攀谈起来,两人对骑士小说都有很深刻的见解,但都认为应该驱除或销毁。

时间不知不觉到了中午,走到一个山坳,风景很美,理发师建议休息一下。桑丘乘机问唐·吉诃德,被魔法困住了,有没有要方便的感觉。唐·吉诃德说早就想了,想了好几回了。

桑丘说:"这就对了,着魔的人不吃不喝,也不睡觉,更不需要方便。你急着要方便,那就是没有着魔。"唐·吉诃德认为桑丘说得有道理,着魔可能有不同的方式,知道自己着魔,就心安理得呆在魔法的笼子里了。如果知道自己没有着魔,那就不能无所作为了。

桑丘建议主人试验一下,走出笼子,骑上驽马难得,再去冒冒险,撞撞大运。如果不成功,自己陪主人一起进笼子。唐·吉诃德一口答应了。于是桑丘就向神甫提出要求,让唐·吉诃德出笼子走走。并说自己担保他跑不了。教长在一旁也为唐·吉诃德担保,说只要以骑士的身份答应不经允许决不离开,走出笼子不会有什么问题。他还抓着唐·吉诃德被捆着的两手让他发誓,随后就开笼放他。

唐·吉诃德出了笼子感到无比的欢畅和兴奋,他做的头一件事情就是舒展一下全身,然后跑去拍拍驽马难得,像久别重逢的朋友那样说:"我的千里马呀,我说上帝和圣母会保佑我们。你这马中的精英与楷模啊,很快咱们俩就一定又可以称心如愿了。你驮着你的主人，我驾驭着你，咱们一起去完成上帝派我来到这人间执行的使命。"说完就和桑丘跑到隐蔽的地方方便去了。回来后轻松了不少，便急着想试试侍从的出走计划。

教长注视着唐·吉诃德，他疯得古怪，但有时谈吐却很高明。趁着等佣人取干粮的空闲，他做起唐·吉诃德的思想工作来了，他劝唐·吉诃德少读点骑士小说，多读点史著，免得头脑糊涂。谁知唐·吉诃德一听到骑士小说，就打开了话匣子，大讲起他佩服得五体投地的骑士道来。然后从骑士道讲到自己的游侠理想，讲到自己的心愿——做皇帝，甚至讲到侍从的赏赐——封他为伯爵。

教长想不到唐·吉诃德把真假混淆的一套疯话说得如此井井有条，娓娓动听。再见桑丘傻头傻脑地跟在主人后面，附和着主人的话，觉得真是件奇事。这时佣人把干粮取来了，大家都坐下来吃东西。吃了一半，就听附近灌木丛中一阵骚动，夹杂着铃铛响，大家正疑惑不解，忽见响声处跳出一只母山羊来，浑身是黑、白、黄三色的斑点。接着就有一个牧羊人追了过来，一把抓住羊的双角，像对人一样关切地说："花花儿，你这个野姑娘，你跑什么?是豺狼吓着你了吗?告诉我呀!回去吧，到羊圈里去，和你的女伴们一起，也许不是那么惬意，但至少是很安稳的。"

大家听了觉得很奇妙。教长就让牧羊人不要急，歇一歇，既然说它是个姑娘，就先不要勉强她，顺着她的天性。他邀请牧羊人入席，吃点东西，喝口酒。唐·吉诃德觉得这件事有点冒险的情味，想让牧羊人讲给大家听听。教长很赞同，说大家都想借此消遣一下。

只见牧羊人抓着羊角，在它背上拍了两下说："花花儿，挨着我躺下，咱们不忙着回家。"那小东西仿佛听懂了牧羊人的话，等主人坐下，就安静地乖乖地躺在旁边，而且还瞧着主人的脸，好像等着主人开讲。牧羊人呷了一口酒于是就讲了起来。

牧羊人的悲剧

牧羊人说:"离这山坳3里路有个小村子,村子不大,却是这一带最富庶的村子。村上有个体面而忠厚的农民,人品很好,大家都很尊敬他,不过,据他本人讲,最得意的是他有个美艳绝伦而又聪明、文雅和贤淑过人的女儿。凡是认识和见过她的人,无不惊叹苍天和造化竟然让她无处不完美。她起小就好看,而且越长越漂亮,到16岁时,已是远近闻名的美人了。甚至连王宫都传说着她的美貌。大家就像看稀罕和朝拜显灵圣像似的从四面八方争相前来一睹为快。她父亲把她管得很严,她自己也很检点。

"家庭的财产和相貌的出众,打动了许多年轻人。本村的、外地的都来求亲,搞得父亲反而没了主意。我也是求亲的人之一。在别人看来,我还是比较有希望的,家世清白、年纪轻、家境好。不过本村还有一个条件和我相仿的。这就使那个父亲犯起难来,需要费心掂量,因为,他觉得将女儿嫁给我们两个人中任何一个都可以算是佳配。为了能够摆脱困境,只好把我们两人的情况告诉他的女儿——蕾安娜,让她自己选择。这倒是所有想为子女操办婚事的父母应该效法的。我不是说任由她们去拣差的、坏的,而是将好的摆到她们的面前,让她们从好的当中挑选可心的。

"我的情敌叫安赛姆,顺便也介绍一下,我自己的名字叫欧黑纽,我们是悲剧故事里的两个人物。

"就在好事未定之时,我们村上来了个叫维山特的人,是本村一个穷人家的儿子。他当过兵,到过国外好多地方,12年后回来,带着几套衣服,换来换去搭配着穿,倒很新鲜得体。他常常坐在广场的大杨树下的石凳上谈自己的生平事迹,由于他经历丰富,故事生动感人,加之他还懂一些音乐,会弹吉他,并能做诗,总之是个多才多艺的人。

"蕾安娜家有个窗子对着广场,她常在窗口看维山特表演自己的绝活,并听说了关于这个男子的生平事迹,从此,她迷恋上了他衣服上的华丽装饰,喜欢上了他那每一首都唱了不下20遍的歌曲,最后竟鬼使神差地暗暗地恋上了他。

一天她跟着那个当兵的逃出了村子。村里人和听说此事的人都感到不可思议。我不知所措,安赛姆目瞪口呆。女孩子的父亲悲痛欲绝。亲戚们羞愤交加,当局甚为关切,巡逻队也纷纷出动,封住了所有路搜寻私奔的男女。

3天后,他们在一个山洞里找到了只穿着一件衬衫的蕾安娜,她承认自己上了维山特的当。从家里偷出来的大量的钱财,都被维山特掳走了。维山特骗她说要带她到外国去,她信以为真,结果被关在山洞里。不过维山特没有对她行非礼之事,抢了东西就跑了。这样的结局又是大家始料不及的。女儿找到了,而且听说没有失去贞洁,做父亲的心里得到了点安慰,其他也就不计较了。不等回村,他就把女儿送到附近的修道院关了起来,指望人们淡忘这件丢脸的事。

"蕾安娜被关起来后,安赛姆和我苦恼之至,实在忍受不了,就相约着一起离开村子,跑到山坳里放羊。他守着他家的一大群绵羊,我守着我家的一大群山羊。就这样在树林里挨日子。我们或共同咒骂,或各自叹息,诉说着自己的思念和愿望。后来又有不少以前恋过蕾安娜的人也效法我们的样子,上山放羊,对天诉说,对羊弹琴,发泄心中对美人的不满,说她见异思迁,口是心非。没有一个角落,不在把美丽的蕾安娜的名字呼唤。总之,人人数落,人人迷恋,全都疯了一般,有人从未跟她讲过一句话却要哀叹自己受到了轻蔑,更有人虽然压根儿没有得到过她的青睐却要大发病态的醋性。各位先生,我刚才跑过来对山羊说的那些话,就是因为这个缘故。它尽管是羊群里最好的一只,我却不稀罕它,因为它是个姑娘家。这就是我要讲的真情实事。我的茅屋就在前面,欢迎你们前去做客。"

　　牧羊人的故事颇受听众的欢迎,大家都愿意为欧黑纽效劳。唐·吉诃德慷慨激昂地说:"牧羊老哥,我马上就可以跟你出发。蕾安娜肯定不愿住在修道院,我一定把她救出来交给你,随你处置,但要遵守骑士道的规则,不准侮辱她。你不要客气,这是我的职责。"

　　牧羊人打量着唐·吉诃德,看他衣衫褴褛,面容憔悴,很奇怪,就问理发师,这人是谁。理发师说,他是鼎鼎大名的唐·吉诃德——锄强申屈、扶幼降魔的英雄好汉。

　　牧羊人听了说:"您说的好像是骑士小说上的一套,都是游侠骑士的事,您是开玩笑吧。要么就是这位先生没有脑子。"

　　这句话可捅了马蜂窝,唐·吉诃德接口道:"你是个头号大混蛋!你才没有脑子。"说着,抓起旁边一个面包,使蛮劲向牧羊人劈脸就砸,把他鼻子都砸扁了。牧羊人不懂开玩笑,顾不得正在吃饭的其他人,跳起来向唐·吉诃德扑了过去,两手卡住他的脖子,牧羊人本可以把唐·吉诃德掐死,幸亏桑丘赶来,扳住牧羊人的两肩,把他推倒在席面上,砸碎了杯盘、掀翻了酒水和食物,真想毫不犹豫地将他扼死。唐·吉诃德脱出身来以后立刻乘势骑在牧羊人身上,桑丘则拳打脚踢,直踢得牧羊人浑身青紫,满脸是血。牧羊人在地上摸索,想找把刀进行血的报复,拼个你死我活。教长、神甫都上来劝阻,而理发师乘机做了个手脚,让牧羊人翻了个身,把唐·吉诃德压在了身下。这下轮到唐·吉诃德满脸是血了,桑丘被教长的佣人抓住,不让他上前救主人,急得他干跺脚。巡逻队和旁边的人都在取笑作乐,好像在看狗咬狗。

　　最后,正当对打的打得不可开交、看热闹的兴高采烈的时候,忽然传来一声号角声吸引了人们的注意,音调非常凄惨。唐·吉诃德激动无比,他求牧羊人住手,说这个号角是喊他的。牧羊人也打累了,立刻放开了手。唐·吉诃德忙爬起来,循声望去,原来由于那年天不下雨,那一带地方各个村庄的人们纷纷以游行、祷告和鞭身的方式祈求上帝能够张开慈悲的双手洒下甘霖，他们正结队去朝拜山城上一个圣人的茅庵。唐·吉诃德又以为来了奇险之事。他看到一行人还抬着一尊披着丧服的偶像，认为是抢了一位贵家女子。念头一动，马上赶到正在啃青草的驽马难得旁，抓起佩剑，挎上盾牌，翻身上马，喊道："诸位，这会儿可以瞧瞧名副其实的游侠骑士在世上是多么重要！等我解救出这位被抢的贵夫人，你们就该知道尊敬游侠骑士了。"说完，他拍马就朝祈祷队伍奔了过去，桑丘喊也喊不住，神甫、教长拦也拦不及。唐·吉诃德赶到队伍前头喝令队伍停下，说有话要说。其中一个教士看到他一副怪样，骑着匹瘦马，说不出的好笑，他对唐·吉诃德说："有话快说，两句说完，不然我们这些弟兄会把你鞭打得皮开肉绽。"

唐·吉诃德说："一句说完：我要你们立刻释放这个美人。那泪眼和愁容充分说明她被挟持并受过凌辱。鄙人专为铲除此类强暴而生，如不立即还她以她一心期望并应该享有的自由，我决不会让你们前进一步。"大家听了这一套话，认为他准是个疯子，都哈哈大笑起来。这无疑是火上浇油。唐·吉诃德一声不吭，拔剑直向担架冲去，抬担架的一个人丢下担架拿着木叉上前应战。第一回合抬担架的人的木叉的被砍去了两个丫角，剩下个木桩。那人就用木桩朝唐·吉诃德狠命打去，唐·吉诃德的盾牌挡不住这股蛮力，一下子滚落马下，跌翻在地。

桑丘气喘吁吁地赶来叫抬担架的住手，那个村夫瞧唐·吉诃德僵直地挺着，以为死了，便像兔子似的落荒逃走了。桑丘蹲在主人身边痛哭起来。哭声唤醒了唐·吉诃德，开口第一句就说：

"最甜蜜的杜尔西娜娅，我现在的痛苦比不上和你分别的痛苦。桑丘朋友，你扶我上魔车吧，我整个肩膀被打得脱了节，马是不能骑了。""太好了，这就对了嘛，我的主人，我马上照办。这些先生也都是为您好啊，让他们把咱们送回村去，以后再设法出来，准会名利双收。"唐·吉诃德答应了桑丘的请求，认为还是避过眼下的晦气是上策。教长、神甫、理发师都异口同声地说这个主意好，不过心里还是暗暗好笑。他们照旧把唐·吉诃德放在车上，一行人重整队伍，牧羊人首先告辞，然后巡逻队员拿了神甫给的辛苦费也打道回府。教长也与神甫辞别分手，他关心唐·吉诃德的病情，要神甫告诉他以后的状况。剩下同村的4人和牲口循道而行，6天之后到了家。

他们进村正是中午，碰巧又赶上是礼拜天，大家都拥上来看看车上拉的是什么，结果却发现了这位面黄肌瘦躺在干草堆上的竟然是他们的街坊。一个孩子跑去告诉唐·吉诃德家人。女管家和外甥女号哭着，咒骂着骑士小说，出门迎接主人。那情景真是感人肺腑。

听到唐·吉诃德回来的消息以后，已经知道自己的丈夫去给他当了侍从的桑丘的老婆一见桑丘，先关心驴的情况，看见驴健在，就问桑丘给她和孩子买了什么。桑丘却说，只要上帝让他们再一次出门冒险，一转眼就会当上伯爵或海岛总督。起码这种冒险吃饭、住店一个子儿也不用花。

再说唐·吉诃德进了门，女管家和外甥女就给他脱掉衣服，扶他睡在昔日的床上。唐·吉诃德斜着眼睛望着她们，一时间竟然不知道自己到了什么地方。神甫吩咐她们一定要好生看护，这次把她们的主人弄回来是费了九牛二虎之力。

两个女人听了，一会儿再一次祈求老天保佑，一会儿又一次咒骂骑士小说，一会儿还恳请上帝将那些编造那类谎言、瞎话的家伙们打入十八层地狱。但她们拿不出有用的方法管住主人。她们提心吊胆，总担心这位东家、这位舅舅，一旦恢复了元气，就会消踪匿迹。后来的情况果然被她们说中了，唐·吉诃德又第三次出门游侠探险。

休养期间

　　唐·吉诃德在家休养了已经有一个多月了。由于害怕会让唐·吉诃德重新想起往事，神甫和理发师这一个月都没有去看过他。不过，他们并没有因此就不见他的外甥女和女管家，并一再嘱咐她们好好照顾他，给他吃些补心健脑的东西，因为，显而易见，他的病根就在那儿。后来，神甫和理发师听他外甥女和女管家说，主人的头脑清醒一些了，就前去拜访，尽管几乎认为他已经无望痊愈，还是想亲自验证一下他康复的情况。

　　他们到了唐·吉诃德家，只见唐·吉诃德坐在床上，头戴小红帽，身穿绿色的粗呢背心，枯瘦得像具木乃伊。但他言语得体，条理清晰，谈起国家大事皆头头是道，看样子确已恢复。为了确定疯病是否断根，神甫有意提及西班牙与土耳其的战事。哪知唐·吉诃德听了，接口便说他有一条锦囊妙计可以献给西班牙国王，但不愿在神甫和理发师面前说，怕他们靠不住，泄露这一天机。惹得神甫和理发师诅咒发誓，表白了半天，唐·吉诃德这才把他的妙策献了出来。他说："对天发誓，国王陛下只需传令全国游侠骑士，到京城集中，6个人就够了。因为一个游侠骑士就可摧毁20万大军。"

　　外甥女插嘴说："难道舅舅又要去当游侠骑士不成？"唐·吉诃德道："我到死都是游侠骑士。"理发师忍不住插话，讲了一个精神失常的人被留在疯人院的故事来影射唐·吉诃德，哪知唐·吉诃德听了，生起气来。他认为把别人的才德、相貌、家世互相对照，实在是令人讨厌。他大赞以前游侠骑士的壮举和功绩，感叹今不如昔，他列举了一连串游侠骑士的英雄，最后说："我要向国王推荐的就是这些英雄，国王得到他们，既有了得力帮手，又省掉大笔军费开支。现在既然我要被关在疯人院，也无所谓，我就耐心等待，总有需要我的时候。"理发师忙解释道："我不是这个意思，我是一番好意，您不要生气。"神甫为了打破尴尬，插进来问道："唐·吉诃德先生，我怎么也不能相信您刚刚提的一大群游侠骑士，难道是有血有肉的真人吗？我倒觉得那不过是虚构、神话和胡诌，是人们睡醒之后，确切地说是在迷迷瞪瞪的状态之下，讲出来的梦中幻影。"

唐·吉诃德说："我的根据是千真万确的。读了故事就有印象，再按他们的性格和行为推究，面貌、肤色、身材等就一一活现在眼前了。"接着他又一个个描述起那些故事中游侠骑士的相貌来，就如亲见一般，听得神甫咂嘴赞叹道："真是奇迹。"

就在这时，院子里传来一片吵闹声。原来是桑丘要来探望主人，却被外甥女和女管家拦在了门外。她们说桑丘不干好事，哄骗她们家主人外出乱跑。桑丘一听就不乐意了，大叫着反驳道："你们全把事情弄反了，是你家主人带我到处跑，还花言巧语骗我，说要给我一个海岛，我还要问他要海岛呢！"。

神甫和理发师听了直好笑。唐·吉诃德怕桑丘嘴上没闸，再说出胡话来，有碍自己的名声，就喊桑丘进来。神甫和理发师便告辞了。他们看到唐·吉诃德还是满脑子浆糊，对骑士道的谬论坚信如初，对他不再抱什么指望，不过很想听听这疯疯傻傻的主仆两人在一起说些什么。神甫就说："外甥女和女管家肯定会偷听的，到时只要向她们打听就可以了。"

与此同时，桑丘进了屋，唐·吉诃德就关上门，对桑丘说："桑丘，你说是我把你骗出去的，这话我听了很难过。可是，你明明知道我也没有待在家里呀，我们一起出门风餐露宿，同甘共苦，过的是一样的日子。要说你被人家兜在毯子里抛耍过一次，我受过的皮肉之苦又何止100次呢！这就是我比你多得的好处啊。再说你被人家抛耍，我心里是多么的难受……不说这些了。桑丘朋友，我想问你，村上的人对我们是怎么看的,对我的勇敢、我的功绩、我的礼貌,他们有什么议论吗?你既然是我的忠实仆人,就如实地把在外面听到的告诉我,不要漏掉一句好话,也不要隐瞒半句坏话。"

桑丘答道:"那行,不过有话讲在前头,您既然什么都要听,那么我说了,您就别生气。"唐·吉诃德说:"我决不生气,你照直说。"

"好,我就直说了。老乡们说您是特大号疯子,说我是头等傻瓜,绅士们说您不安分,不甘于绅士地位,自封了个头衔,骑士们说您太寒酸。关于您的勇敢、您的礼貌、您的功勋他们倒各有各的看法:有人说疯而有趣,有人说有勇气没运气,有人说有礼貌而不得体……反正有好多话。总之,无论是您老人家还是我本人,反正是浑身上下没剩下一点儿好地方。"

唐·吉诃德听了道:"'出人头地遭人忌',名人鲜有不遭诽谤的。如果就这么一些话,跟好人受到的那么多诽谤相比,我看还算不错。""不错?还多着呢,要想听全套的,我马上可以找个人来。有个街坊的儿子叫参孙,刚从大学得了学位,昨晚到家看到我,说您的事已经写成书了,书名是《奇情异想的绅士唐·吉诃德·台·拉·曼却》。我也被写进去了,还有杜尔西娜娅小姐。真不知道他是怎么知道我们两人之间的事的。"

"写这部传记的一定是个法师或博士,这种人笔下要写什么,眼睛就会看见什么。"桑丘恍然大悟道:"原来如此。听说写传记的人名叫阿默德。"唐·吉诃德又起了好奇心,说想见见这位阿默德学士,如果不弄清楚,吃什么都不会有味道,于是便让桑丘先去把参孙找来见一面。桑丘立刻告辞了主人,跑去找参孙学士了。

传 记

在等待参孙学士的时候,唐·吉诃德陷入了沉思:我的剑上敌血未干,人们就已迫不及待地要把他的仗义侠举刊行于世了。难道这是真的吗?要是真的,那真是法师的魔术了。他正这么惴惴不安地胡思乱想的时候,桑丘已经带着参孙来了。

参孙学士长得并不非常魁伟,不过却很狡黠,一张小白脸儿,伶俐滑头,一看就知道是个喜欢开玩笑捉弄人的人。他一见唐·吉诃德,果然表现不凡。他双腿下跪,请求吻骑士的手,并说全世界古往今来最有名的游侠骑士就是唐·吉诃德。唐·吉诃德把他扶起来,急切地问传记的情况。参孙说,不但有这部书,而且已经出了12000册了。接着就说起了书中的一些章节,还特别提到了唐·吉诃德对杜尔西娜娅的爱情。唐·吉诃德听到这里便来了兴趣,他问参孙学士,在传记里,他干的哪件事最出色。参孙则卖起了关子,说仁者见仁,智者见智,也许有人认为是风车一事,也许有人认为是砑布机的事,甚至有人认为释放一群囚犯是压卷奇闻。总之这部书很详细,连桑丘老兄在毯子里翻跟斗的事也没漏掉。

桑丘说:"看起来,这本书是真的。"

参孙接着对桑丘说:"那当然,你是书中的二号人物,有人最爱听你说话。不过也有人说你是个死心眼,唐·吉诃德许诺你做海岛总督,你就信以为真了。"

桑丘听了有些不满,说自己比见到过的那些总督要强多了,他们连自己的鞋底儿都不及,还不是照样被人尊为"大人",照样用着银杯银盏。自己做个海岛总督是没有什么问题的。

参孙又讲了这部书中的一些情节安排不合理,还有好几处漏洞,比如,桑丘在黑山从皮箱里找到100多个金币,这钱到底是谁的,还了还是花了?怎么花的?都没有交代。

桑丘答道:"参孙先生,我这会儿没心思报账和闲扯,我饿得头发昏,若不是赶紧去灌上两忠老酒润一润,可就支持不住了,我吃一口就回来。你们要问什么。金币怎么花,我都有话说。"说完就径自走了。

唐·吉诃德留参孙学士吃了饭,家常菜添了一对鸽子。吃过饭。两人小憩了一会儿,桑丘重又回来了。坐定后,便接着饭前的话题,说起了那金币的事。他告诉参孙:"那些金币都花在老婆孩子身上了。原因很简单,跟着唐·吉诃德先生到处跑,这么长时间,把驴子也差点弄丢了,就这样空着两手回家能行吗?这事谁也管不着,假如外出挨的棍子用这钱来抵,就算4文一棍,再来100个金币也不够抵一半的。各人还是把手放到自己的心口,不必对别人说白道黑、说黑道白,个人什么样是上帝定的,不如我的多着呢。"

参孙听了告诉主仆两人说,他将把这些转告作者,让作者在再版时加进去,据说还要出第二部。好在这部传记很流畅,通俗易懂,大人小孩都爱不释手。

正说着,听见驽马难得连声嘶吼。唐·吉诃德觉得这是大吉之兆,便决定三四天后再次出马。他把想法告诉学士,还请教他先到哪儿。参孙主张到阿拉贡王国的萨拉果萨城。因为,过几天那里要举办比武节,举行几场隆重的武术竞赛,如果唐·吉诃德在比武场上压倒全阿拉贡的骑士,也就是压倒了全世界的骑士,从此可名震天下。学士一边称赞唐·吉诃德出行是大丈夫之举,一边又提醒他小心从事,因为他的生命已经不再归他本人所有,而是属于所有需要他护佑和救助的苦难大众。

桑丘听了插嘴说:"我就是嫌他不顾性命。就像个馋嘴的孩子扑向一堆甜瓜似的冲向成百的武士。这次主人如要我随行,有句话要说在前面,我只照管他吃喝洗换,至于砍杀的事,别指望我。我不想靠勇敢出名,只想做个忠诚的仆人得到我该得到的那份奖赏。如果不费力气,不冒风险,白给我一个海岛,我决不推辞。老话说了:有人想要给你一头牛,你就赶快跑去找笼头;还说:钱财到跟前,快往屋里搬。"

参孙学士说:"你要相信上帝和唐·吉诃德先生,他准会给你一个王国。"唐·吉诃德说:"求上帝保佑吧,做总督的事得由他安排。但我觉得就在眼前了。"

接着,唐·吉诃德告诉参孙,他想到杜尔西娜娅那儿去,向她辞别。想请学士代为写几句辞别诗,务必写成藏头诗,就是令诗的每一行首字母依次拼来,就是杜尔西娜娅的芳名。

参孙学士回答说,尽管自己还没有跻身于据说统共只有三个半的西班牙著名诗人的行列,但还是会尽力去写的。唐·吉诃德把动身的日期定在8天以后,他叮嘱学士严守秘密,特别不能给他的家人及神甫他们知道,以免那光荣而果敢的决定受到干扰。参孙则让唐·吉诃德一定要随时告诉他事情的进展情况。于是3人就分了手。桑丘也回家去做起程的准备去了。

争　论

　　桑丘喜不自胜、兴高采烈地回到家,老婆看他乐得这样,疑惑起来忍不住问道:"我说,桑丘,什么喜事让你这么高兴啊?"

　　桑丘解释说:"泰瑞萨,如果上帝乐意,我倒是宁愿不像现在这么高兴。你知道吗?我主人唐·吉诃德又要第三次出去探奇冒险了,这次我还是要跟着去。花完了 100 个金币,说不定又能找 100 个回来。这两天你帮我把灰毛驴喂好,漫游世界可不是闹着玩的,要和妖魔打交道。"

　　泰瑞萨说:"这游侠骑士的饭是不好吃的,我在祷告上帝,保佑你尽快脱离苦海。听说你想做什么总督,其实做不做总督一样吃饭,一样进坟墓。不过,假如你哪一天真的做了什么总督,可别忘了你的老婆孩子。小桑丘已经 15 岁了,倘若不是他那当修道院院长的舅舅一定要让他在教堂里混事儿,本该进学校了。还有你的女儿玛丽·桑茄,到了该成家的年龄了。"

　　"老伴儿,我记着呢!如果上帝让我做总督,我一定要让玛丽·桑茄嫁给大贵人,做个贵夫人。"

　　泰瑞萨却不同意桑丘的话,认为门当户对的好,儿孙和和睦睦,常在眼前,不然会出丑受累。桑丘认为,玛丽真嫁个贵人,不下两三年,一切都会习惯,不会遭人作践,老太婆也可跟在后面享受荣华富贵,人家会称你堂娜·泰瑞萨·潘沙。听到这里泰瑞萨更不同意了,说:"我受洗礼的时候取名泰瑞萨,多干净利索,不拖泥带水的,你给我安上什么堂娜的帽子,我承担不起,我不想人家背后议论:'瞧这个喂猪的婆娘,昨天还忙着纺麻线,今天倒出来摆阔。'我发誓,我和女儿决不离开家乡,你去碰你的好运,我们和坏运混混日子算了。父母祖宗都没有'堂娜'的称号。"

桑丘一听有点急了,说:"老太婆,你这个死心眼,我们看到谁穿着华丽的衣服,仆人前呼后拥,还不是不由自主地就毕恭毕敬了,他以前贫贱时的光景我们也是一清二楚的呀!让我弄清何以使咱们脱离苦海的有细水的官儿当当,让玛丽·桑茄嫁给我挑选的女婿,而你呢,人家会口口声声地叫你堂娜·泰瑞萨·潘沙,往教堂里的那有地毯、有靠垫、有幔帐的座位上那么一坐,气得那些土财主的太太小姐们干瞪眼,你说,这有什么不好?所以,泰瑞萨,你记好,世人不会记得谁过去的卑贱,只会看重当前的为人。"

泰瑞萨说:"行了,别咬文嚼字了。假如你一定要做总督,那么带着小桑丘一起去吧,可以教他怎么做总督,老子的职务,儿子要继承学习,女儿哪天做了伯爵夫人,我就当她死了,埋了。不说了,你爱怎么办就怎么办吧,我们做女人的只能是嫁鸡随鸡,嫁狗随狗了。"

说完泰瑞萨就哭了起来,哭得那么情真意切,好像女儿真的被埋了似的。

再说唐·吉诃德,就在桑丘与他老婆对冒险的前景争论不休的时候,唐·吉诃德的外甥女和女管家也没闲着,她们已经通过无数迹象分别看出自己的舅舅和主人又想第三次离家出走去当她们认定的瞎游骑士。所以唐·吉诃德的外甥女和女管家正在竭尽全力,试图阻止这第三次冒险行动。

女管家对主人说:"我的先生,您老人家若是不老老实实地待在家里,还要像个冤魂似的山上山下乱跑,去找什么所谓的建功机遇,在我看来,这不是探奇冒险,而是自找晦气。您再这样下去我真要让上帝和国王来管着您了。其实国王陛下的朝廷上也有骑士呀,您干吗不安安稳稳地在朝廷上为万岁爷出力呢?"

唐·吉诃德说:"大娘,这你就不懂了。上帝会怎么回答你,我不知道;陛下会怎么回答你,我也不知道。我只知道,世界上有各种各样的骑士,只有像我们这样风里来雨里去、日晒夜露、跋山涉水的才是货真价实的游侠骑士。再多困难,再大的巨人也吓不倒我们。这才是第一等的骑士,理应受到国王的礼遇。"

这时候,外甥女插嘴道:"舅舅!那些游侠骑士的故事都是胡说八道、伤风败俗的东西。您年老体衰,却硬以骑士自诩,让人相信您老而骁勇、病而力大,虽然年迈却能降妖伏魔,去为人家伸冤叫屈,能做得到吗?您并没有钱,只是个穷绅士呀!"

唐·吉诃德说:"你一个小姑娘家,怎么可以口出狂言,批评起骑士小说来。你要知道,骑士可不是个个温文尔雅,自称骑士的未必都能经受得住考验。出身卑贱的,努力要强就上去了;出身高贵的,甘心堕落就被淘汰了。所以品性恶劣的贵人就是大贱人,穷绅士只能靠品德好,才能显得自己家世好,就像我这种有德之士,陌生人也能一眼瞧出好出身。跟你们说吧,一个人要致富成名,有两条路,一条文的,一条武的,我拿枪杆子比拿笔杆子顺手,所以我可以说是不由自主。不管哪个反对,这条路多么艰难,我是走定了,你们不要白费口舌了。我做游侠骑士虽有无穷的艰险辛苦,可也有无限的乐趣和好处。这样说吧,美德的路窄而险,罪恶的路宽而平,可是两条路的方向和终点是截然不同:前一条是永生,后一条是送死。西班牙有个大诗人说得好:

　　　　只有这崎岖小道,

　　　　通向不死的天庭,

　　　　其他路却达不到。

外甥女惊叹道:"啊呀,了不得,舅舅还懂诗,真是无所不知、无所不能。我敢打赌,您要是做瓦工,盖房子也会像做鸟笼一样容易。"

"这倒是真的,要不是把全部精力放在游侠事业上,我哪一样都能做得很好,尤其擅长做鸟笼和牙签。"

这时忽听得有人敲门,一问,是桑丘。唐·吉诃德很高兴见到桑丘,女管家却恨透了他,不想同他照面,于是立刻躲了出去。

女管家见主人迎进桑丘后,关上了大门,料想到他们是在商量着第三次冒险。于是披上衣服忧心忡忡地去找参孙学士。她算计着参孙学士会说话,又是主人的新朋友,说不定他能打消主人出行的荒唐念头。

参孙学士正在自家院子里散步,听了女管家的请求,便让她先回家,做点热乎乎的早饭,他随后就到。女管家走了,参孙立即去找神甫商量。

再说唐·吉诃德关上门,桑丘就迫不及待地告诉主人,他已经把老婆说服了。主人问桑丘,泰瑞萨是怎么说的。桑丘道:"泰瑞萨说,'我对您得指头并拢,不要漏缝','白纸黑字,永无争执','条件讲好,不用争吵','许你两件,不如给你一件'。我说,'女人的主意,没多大道理',可是'不听妇人话,男人是傻瓜。'"

唐·吉诃德说:"桑丘朋友,你继续讲。今天你好像满口珠玑。"

桑丘说:"反正您也知道,我们都是知道今天却不一定有明天的人。死到临头无老少。人活在世上,只有上帝给的那一点寿命,不免一死,因为,死神是聋子,她来叫门的时候总是火急火燎,求也不行,抗也没用,官也躲不过,僧也逃不了。人人都这么说,大家也这么讲。"

唐·吉诃德疑惑起来,说道:"这些话都对,但你是什么用意呢?"

桑丘支吾了半天,终于说:"是这么个意思,我想知道,我伺候您,每月多少钱?我不想要那个赏赐,什么海岛呀,总督呀!太远了,我就不指望了。"

"桑丘,你听着,假如我在哪一本游侠骑士的传记上找到这样的例子,我倒可以跟你讲定工钱。可是就我所看到的资料,没有哪个游侠骑士与侍从讲工钱,做侍从只图个犒赏。主人忽而交了好运,给些海岛、爵位之类的报酬总是有的。跟你明说吧,你如还能照以前那样伺候我,再好不过,如不愿单靠赏赐跟我出去,那就请便,骑士道的规矩可不能破。"

桑丘没想到主人的态度这么斩钉截铁,一下子不知所措,心凉半截。正在发呆,参孙学士来了,他一进门就抱住唐·吉诃德,对其第三次出门的行动大加赞赏，还说如果伟大的骑士如能收下他这个侍从，他将不胜荣幸。他真是滑头之极。

唐·吉诃德听了，对桑丘说："你看，桑丘朋友，侍从多的是，参孙这样一个学士，一个人才，也要来做我的侍从了。不过我不能为了自己而委屈了他，我随便找个人就行了，反正你是不想跟我走了。"

桑丘竟被感动了，噙着泪水说："我的先生，不能让人说我'肚子填饱，掉头就跑'。我可不是那号忘恩负义的人。谁都知道，特别是在这个村子里，我们潘沙家祖祖辈辈都是什么样的人。从您老人家的种种善举和诱人的许诺里，我已经明白了您有意提携我的盛情。我愿意跟您走的，愿意跟您走的，古往今来一切游侠骑士的侍从都好不过我。"

最后主仆两人拥抱在一起，重归于好，决定三天后动身。参孙答应送唐·吉诃德一只头盔。女管家和外甥女在旁看到这一切，心里把参孙恨透了，对学士破口大骂。她们觉得，主人出远门，就是去送死，所以又是揪头发，又是抓脸皮，呼天喊地哀号起来就好像他已经死了似的。其实，参孙劝唐·吉诃德出门是按计行事。

杜尔西娜娅

唐·吉诃德和桑丘在那3天里,办齐了他们认为必备的物品,第四天的傍晚出门往托波索去了。除了参孙学士,其他人都没有看见他们出门。参孙送了他们半里路,最后拥抱了唐·吉诃德,嘱咐他不管顺与不顺,都务必及时捎信给他,作为朋友,以便能够同他共喜同忧。唐·吉诃德一口答应,主仆两人,一个骑着驯良的驽马难得,一个骑着老灰驴,直奔托波索而去。

天渐渐黑了下来。唐·吉诃德兴致勃勃地诉说着对心上人杜尔西娜娅小姐的相思。桑丘则有点忧心忡忡,因为主人马上就要让他带路,到杜尔西娜娅家去,其实他和主人一样从没见过这位小姐。主仆两人一个为了要见她,一个为了没有见过她,都心神不定。这样走了一天一夜,一路没有碰到什么大事,唐·吉诃德已经有点不耐烦了。第二天傍晚,托波索村出现在视野之中,唐·吉诃德决计到天黑了才进村,于是两人拐进了村外的一片橡树林,等着天黑。

唐·吉诃德和桑丘走出树林,进托波索,已是半夜时分,村里静悄悄,四周一片漆黑。偶尔传来几声骡叫,几声狗吠猫叫。唐·吉诃德要桑丘领他去杜尔西娜娅的宫殿。桑丘哪里晓得,暗暗叫苦不迭,推托说只来过一次,这会儿也找不着道,不能怪他,让主人唐·吉诃德自己去找。唐·吉诃德听了,发起火来,说道:"你这个混蛋!你败坏我的名声,我告诉你,我可从来没有见过这位绝代佳人,甚至没有跨进她宫殿的门槛。我只是因为听到了她美丽而聪慧的名声而爱上她的,我不是都跟你说过一千遍了吗?"

桑丘一听，忙说自己也一样从来没有见过，唐·吉诃德不相信，因为桑丘说他看过小姐在簸麦子。两人正争论着，来了一个下地干活的农夫，唐·吉诃德便上前打听公主的宫殿地址。农夫说他是外乡人，来富农家帮工，人地生疏，没听说镇上有什么公主，只有许多贵夫人小姐，要想找人，到教堂管事那儿便可知晓。说完就下地去了。

桑丘对垂头丧气的主人说："太阳就要出来了，咱们还在街上转悠不好，不如还先回到树林里，等天亮后，我先来打探，一个犄角旮旯儿也不落地跑遍这个地方，去找我那女主人的住处、城堡或宫殿。若是再找不到，算我倒霉；找到了呢，我就跟她搭上话，告诉她，先生您在什么地方和如何等着她做出安排能使您在无损她的清白与名声的前提下见她一面。"

唐·吉诃德一听很高兴，认为桑丘是在全心全意为主人着想。其实，桑丘急着要撮合他主人离村，是怕主人戳穿他上次未到托波索，未见杜尔西娜娅的西洋镜。

安顿好主人，桑丘就转身骑着他的灰驴儿跑了。唐·吉诃德叮嘱了一番，心里还是不踏实，骑在鞍上，靠着长枪休息。就让唐·吉诃德先在那儿倒腾他那哀戚而纷繁的思绪吧，暂且不说。

却说桑丘也一样心神不宁。出了树林，看不见主人了，就下驴坐在一棵树下自问自答寻思起来，如果真到村里去找，搞不好要被人家当成勾引良家妇女的坏蛋痛打一顿。如何是好？起初，桑丘也跟留在那儿的主人一样心乱如麻。过了半晌，他心里突然来了主意：主人既然是这样一个疯子，我不如就来个指鹿为马，随便碰到个乡下姑娘就哄他说是杜尔西娜娅小姐。他不信，我就发誓，反正一口咬定，气势高过他一头，也许就信了呢？或许就以为是魔法师跟他捣乱，把杜尔西娜娅变了样子。

桑丘打定了主意以后，心里踏实起来，并且自认差使已经圆满完成。他坐在树下，一直休息到下午，这样好让主人以为他是到托波索走了一遭。说来也巧，他刚起身上驴，就见从托波索出来3个乡下女人，骑着3匹驴子。桑丘赶忙回去找主人。主人正在那里长吁短叹，悱恻缠绵地诉说衷情。桑丘说：

"先生，我给您带来喜讯了。杜尔西娜娅小姐带着两名侍女瞧您来了。您跑出树林就可以看见她。"

"神圣的上帝!桑丘朋友，你在说什么?你这不是在宽慰我吧!你犯不着用假喜讯来抚慰我的真相思。"

"哄你我有什么好处呢?您马上就能知道我说的句句是真了。快整整衣服。咱们的公主可漂亮了，黄灿灿金光一片，浑身珍珠宝石，绫锣绸缎。她们骑着3匹花点子小驴马，简直迷得人头晕眼花。"

"你说的是小女马吧?桑丘。"

桑丘道："小驴马、小女马没多少区别，您赶快走吧!"

唐·吉诃德说："多谢你带来的喜讯!我一定给你最好的奖赏。如果你不满意战利品，我家3匹母马正等着下驹子，生下的小驹子全归你。"

桑丘道："当然要驹子，下一回冒险的战利品还不知是什么东西。先生，快点儿睁大眼睛来迎接您朝思暮想的美人吧，她已经到了您的跟前了。"

他们一边说着，一边跑出了树林。唐·吉诃德放眼朝托波索的大道上望去，只见3个村姑，不禁疑惑起来，问桑丘是否把杜尔西娜娅小姐丢在城外了。

桑丘答道："什么城外啊!她们不正跑过来了吗?身上珠光宝气，金光灿灿，您难道看不见吗?"

"我只看见3个乡下女人，骑着3头驴。"

"天呀!救救我的主人吧!难道这3匹雪白雪白的母马，在您眼里只是3头驴吗?"

"千真万确，就像你是桑丘一样，就是3头驴，至少，看上去像驴。"

"先生，快别乱说了，您看仔细了，您的心上人就到跟前了，快去向她致敬吧!"桑丘一面说着，一面就抢着迎上去，扯住她们3个村姑中的一个人的驴头，跪下双膝说：

"美丽的公主、王后和公爵小姐啊，请您赏脸见一见您俘虏的苦脸骑士吧。他在您面前已慌做一团,面对您的玉容,他变得如同木偶石雕一般,头发昏,心不跳,不辨东西南北。我是他的侍从桑丘。"

这时唐·吉诃德已经跪在了桑丘旁边,突着一对眼珠子,将信将疑地打量着被桑丘称为王后和公主的那个女人。这个乡下姑娘,相貌也不好,大扁脸、塌鼻子。唐·吉诃德满腹惊奇,却不敢开口。

被挡住的村姑不懂桑丘说了些什么,就不客气也不耐烦地发话道:"两个倒霉鬼!快走开,让我们过去,我们有要紧事呢!"

桑丘说:"哎呀!公主啊,我尊敬的女主人啊!您看到这么顶尖的骑士跪在您面前,您那宽宏的心就不能发发慈悲吗?"

谁知另一个乡下女人听了,叫道:"你们这些臭绅士,倒会拿我们乡下女人开心!快让开路,别自讨没趣!"

唐·吉诃德忙对桑丘说:"桑丘,起来吧,我知道,我的厄运还没有到头,恶魔让我眼生云翳,别人看见小姐的芳容,而我的眼里却是个乡下女人。"说着又转向被桑丘指为杜尔西娜娅的姑娘,说:"尽管看不到你的美貌,我还是拜倒在你的脚下,你就用温柔的眼光启动恻隐与爱怜之心,看看我吧!你一定会透过我面对你那已经改观了的容颜仍然谦卑长跪的痴心,看到我真心崇拜你的赤诚。"

那姑娘答道:"快走开吧,让我们过去,就多谢你了。"

桑丘让开路,那村姑一高兴,朝驴屁股上拍了一棍子,想快点赶路。谁知下手太重,驴儿痛得厉害,猛然往前一个腾跳,把村姑重重地摔在了地上。唐·吉诃德见状忙上前搀扶,桑丘也赶过去拦住驴,把驴鞍扶正。他们正想把姑娘扶上驴,不想,小姐一骨碌自己爬了起来。只见她后退几步,然后几个踮步上前,双手往小驴臀部一撑,双腿一蹬,一纵身,便像个大老爷们似的稳稳地坐在了驴鞍上。动作之矫捷,引得桑丘失声惊叹。

跟在旁边的两个女人,看见"杜尔西娜娅"上了驴,就打起小驴快步飞跑着跟了上去。唐·吉诃德目送着她们,直到看不见了,转身对桑丘说:

"桑丘,我是世上最倒霉的人。我多招魔法师们的嫉恨啊!你瞧他们对我坏和狠到了什么地步，居然变掉了我意中人的本相。而且变成这么个又蠢又丑的乡下姑娘。甚至连贵小姐身上的龙涎香、花香都变掉了。她身上一股生蒜味，熏得我直恶心。"

桑丘忙嚷道："你们这些混蛋魔术家，坏心眼的，说实话，我一点儿也看不见她丑，她右边嘴唇上有颗痣，痣上还长着几根金黄色的毛，挺顺眼。"

"桑丘啊，这些我一样都没有看见，我还是那句话，我是世界上最倒霉的人。"

唐·吉诃德乖乖地上了钩。听着他这些死心眼儿的话，桑丘险些忍不住笑出来。两人就又骑上牲口，取道往萨拉果萨而去。他们想去赶上那里每年一度的庆典。

唐·吉诃德一路走着，一路上心烦意乱、魂不守舍，气呼呼地想着魔术家的恶作剧有无破解之法。想了一会儿，他对桑丘说："桑丘，那些吃了败仗前去拜见杜尔西娜娅的人和骑士可能不会受魔法障眼法的摆布，会见到小姐本相。我以后要把打败的俘虏送一两个去拜见杜尔西娜娅，叫他们事后向我汇报，这样试验一下。"

桑丘道："先生此话有理。通过这个办法咱们就能了解到想要知道的情况了。如果她只是不能被您看见，倒霉的是您而不是她。只要杜尔西娜娅小姐健康愉快，咱们只顾冒险，慢慢自有办法。"

唐·吉诃德正想说什么，忽见大路上穿过一辆板车，车上人物奇形怪状，骷髅、天使、皇帝、魔鬼，无奇不有。桑丘早就吓坏了。唐·吉诃德以为又是奇遇，这么一想，兴致勃发，上前一把拦住大车，喝道："快快招来，你们是何许人也，前往何方？"

魔鬼般的车夫停住车，和和气气地说："早上在山后的村子演了一场，下午还得赶到山前的村子演出，为了节省时间，就穿着戏装上路了。"

唐·吉诃德说："原来是这样，你们走吧，不过我从小就喜欢戏。有什么要帮忙的，我很愿意效劳。"正说着，戏班子里扮丑角的赶了上来。他身上挂着许多小铃铛，头上系着大花球，手里挥着彩棍，大跳大蹦，震得浑身铃铛"叮当"响。驽马难得可从未见过这架势，给吓破了胆，拼命向前蹿去。唐·吉诃德措手不及，给颠到地上，驽马难得也被主人手上的僵绳带倒在地。

桑丘撇下灰驴去救主人，那个丑角却乘机跳上灰驴。灰驴也没见过这等怪物，又听背上铃铛乱响，便没命地朝山前的村子飞跑。桑丘不知管哪一头才是，但他毕竟是个好侍从，最后顾不得驴子，赶到主人身边，把主人重新扶上马，说："先生，鬼把我的驴子抢走了。"唐·吉诃德一听来劲了，他骑上马，对桑丘说："即使那个鬼带着你的驴子躲到地狱里，我也要把它追回来。"

这时，那个丑角跟唐·吉诃德和驽马难得一样，也从驴子上摔了下来，驴子又回到了桑丘身边。

唐·吉诃德还是想去教训一下那丑角，桑丘忙拦住主人道：

"主人，受了欺侮就想报复是不对的，更何况我们是骑士，怎么能和没有骑士封号的人交手呢？"

唐·吉诃德听后觉得很有道理，说道："好心的桑丘、精明的桑丘、善良的桑丘、坦荡的桑丘啊，咱们就放过这些鬼怪到别处去找更好、更值的机会吧，我看这片土地上不像是没有许多非常奇妙的机遇的。"唐·吉诃德说完就骑着马和桑丘一起上了路。死神及其漂泊不定的同伙也回到了车上去继续自己的行程了。感谢桑丘·潘沙对其主人的一番通情达理的规劝，死神之车的可怕遭遇总算有了一个完满结局。

树林里的骑士

遇到死神的当天晚上,唐·吉诃德和桑丘来到一片浓荫密布的大树林里,他们俩都累了,吃了些干粮,就在绿荫重重的几棵大树底下休息。

两人一边休息,一边聊起刚才碰到死神战车的事。

唐·吉诃德又发表起自己的高见:

"戏剧是人生的镜子。编剧和演戏的人把这面镜子随时供我们照鉴,这对国家大有好处。所以我希望你不要瞧不起戏剧,要尊重编剧和演戏的人。

"人生的舞台也是如此,有人做皇帝,有人做教皇,有人做无赖,有人做骗子,反正戏里的角色样样都有,他们活了一辈子,演完了这出戏,死神剥掉各种角色的戏装,大家在坟墓里也都是一样的了。"

听了唐·吉诃德的高见,桑丘说:

"这个比喻好,可是不新鲜,我已经听过多次了。这就像一局棋的比喻,下棋的时候,每个棋子都有它的用处,下完棋,所有的棋子都混在一起,装在一个口袋里,好比人活了一辈子,最后都要埋进坟墓一样。"

唐·吉诃德听了,称赞道:"桑丘,你挺有长进嘛,呆气越来越少,灵气越来越多了。"

桑丘说:"贫瘠的土地浇了粪便,翻耕一下就会长出好庄稼来。我原来的脑子是贫瘠的土地,您对我讲的话是浇在上面的粪便,我侍候和跟随您的这段日子就好比是耕耘,我指望自己能够有个好收成,也就是不再离开和摆脱老爷您好不容易才把我这个笨人引上的文明之道。"

唐·吉诃德听了桑丘这通咬文嚼字的议论,不禁高兴得笑起来。

两人谈了好长时间,直到半夜,桑丘的眼皮撑不住了,不一会儿就进入了梦乡。唐·吉诃德也在一棵大树下睡着了。过了一会儿,一阵响声把唐·吉诃德吵醒了,他看到不远处有两个人骑着马跑来,其中一个骑士模样的人对另外一个人说:

"我们休息一下,在这幽静的地方,正好让我想念一下情人。"

唐·吉诃德赶紧把熟睡的桑丘叫醒,兴奋地说:

"快醒醒,我们有奇遇了。"

桑丘揉揉眼睛问道:"奇遇在哪儿啊?"

唐·吉诃德用手指了指前面,那儿有个骑士,躺在地上,怪丧气的样子,正在唱着情歌:

> 小姐,请你凭自己的意愿,
>
> 指引我一条追随的道路,
>
> 我谨遵紧跟, 决不越出一步,
>
> 不论你叫我怎么我都心甘。
>
> ……

那骑士最后以一声发自肺腑的长叹结束了自己的哀歌,过了一会儿,又以悲怆凄切的语气说道:

"啊!贞静的卡西尔德雅·台·万达莉亚,世界上最漂亮、最冷酷的小姐,你怎么忍心,叫你的骑士流浪吃苦,拒绝我的爱。我已经叫所有的骑士,包括唐·吉诃德都承认你是天下第一美人。"

唐·吉诃德听了很生气地说:

"没有的事,我从来没有承认过。我的杜尔西娜娅才是天下第一美人。"

那位骑士听了唐·吉诃德的话,客客气气地问道:

"你是谁啊? 是称心满意的人还是个伤心的人啊?"

唐·吉诃德答道："也是个伤心人。"

唐·吉诃德和桑丘走到那位骑士面前。唐·吉诃德和那位骑士一见如故，坐在地上很投机地谈了起来。如果说主人们的谈话偏于严肃，两位侍从的对答可就有趣多了。

树林里的骑士问唐·吉诃德："先生，你大概在恋爱吧？"

"正在恋爱。"唐·吉诃德回答说，"爱情尽管苦恼，可也是苦中有乐啊！"

桑丘听着他们的谈话，忍不住插了一句，树林里的骑士很生气，把桑丘和自己的侍从赶到另外一片树林里。

桑丘和那个侍从来到一棵大树下，一边吃着东西，一边海阔天空地聊了起来。

那位侍从对桑丘说："咱们指望着恩赐，吃点苦也就算了，游侠骑士如果不是倒霉透顶，他的侍从至少可以当一个海岛总督。"

桑丘也很高兴地回答道："我也愿意当海岛总督，我的主人已经答应我好多次了。"两人讲得高兴，树林里的骑士的侍从拿出了一个皮酒袋，他俩喝起酒来，一直喝到醉眼迷蒙。正当桑丘和那个侍从昏昏欲睡的时候，就听到唐·吉诃德和那个骑士吵了起来，两人赶紧跑了过去。

原来，树林里的骑士越谈越高兴，最后竟信口开河吹起牛来。他对唐·吉诃德说："我奉命走遍了大半个西班牙，降服了许多胆敢和我作对的骑士，不过我最得意的是和大名鼎鼎的唐·吉诃德决斗，并把他打败了。我单靠这场胜利，就可算是降服了世界上所有的骑士，因为唐·吉诃德打败过许多骑士，而我又把唐·吉诃德打败了。"唐·吉诃德听了树林里骑士的话，又惊又气，对他说："骑士先生，唐·吉诃德是我生平最好的朋友，我把他当作自己本人一样，可你现在却污辱唐·吉诃德。现在，我要和你决斗，随你步战、马战或什么战都行。"

树林里的骑士回答说："骑士决不能像盗匪在黑夜里格斗，我们还是等到天亮后再决斗吧。不过有个条件，输家要听赢家的发落。"

"这条件太好了。"唐·吉诃德完全同意。

唐·吉诃德和树林里的骑士分别叫自己的侍从备好马匹,等天亮以后,两个骑士要来一场你死我活的决斗。桑丘听后,暗暗为自己的主人捏把汗,因为他已经从那位侍从的嘴里得知,树林里的骑士本领不小。

过了一会儿,天亮了,决斗开始了。

桑丘这才看清了侍从的面容,这侍从的鼻子大得出奇,脸奇丑无比。那树林里的骑士戴着头盔,个子不很高,但身体十分结实,身上的铠甲外面披着一件罩袍,他的枪又粗又长,钢打的枪头有一拃宽。唐·吉诃德看看树林里的骑士的外表,断定他一定力气很大,不过他并不害怕。他对树林里的骑士说:

"骑士先生,假如你不是只顾决斗而不顾礼貌,请你把面甲抬一抬,让我瞧瞧你的脸。"

那骑士说道:"骑士先生,等决斗以后,不论是胜是负,那时我会让你知道我是谁的。"

两人不再说话,各自上马。唐·吉诃德骑上马往后退,他要退远一段路以便往前冲,那树林里的骑士也往后退去。唐·吉诃德往后退了约有20步,就听见树林里的骑士喊道:

"骑士先生,别忘了我刚才说的决斗条件,输家得听赢家发落。"

唐·吉诃德答道:"我知道了,不过勒令输家做的事不能违反骑士道的规则。"

唐·吉诃德用马刺狠狠地扎了一下马肚子,受到这一刺激,那马痛得直向树林里的骑士冲去。与此同时,那树林里的骑士也用脚猛踢马肚子,可那马却站着一动不动。唐·吉诃德真是交上了好运,对手的麻烦还不只是马不听使唤,不知道是因为手笨还是由于匆忙,那长枪也不顺手。唐·吉诃德凶猛地冲上去,那力量之大,把树林里的骑士一下子撞倒在地。那树林里的骑士被摔得很重,直挺挺地躺在地上,好像是死了。

唐·吉诃德得意地跳下马,替树林里的骑士解下头盔。一揭开头盔,唐·吉诃德吃了一惊,这骑士原来是参孙学士。唐·吉诃德大声喊道："桑丘,你快过来,你亲眼看见了也不会相信的。"

桑丘走过来,一看参孙的脸,也大吃一惊。他立即就连连地画起十字和不住声地祷告起来。这时,树林里骑士的侍从已经把他的大丑鼻子摘掉,赶来大声叫道："唐·吉诃德先生,这树林里的骑士正是你的朋友参孙先生,我是他的侍从。",

桑丘见了那侍从,更加吃惊地叫道:

"圣母玛利亚保佑我吧,你不是我街坊上的老朋友托美·塞西阿尔吗?"

那个脱掉大鼻子的侍从答道:"我就是托美·塞西阿尔,快去告诉唐·吉诃德先生,对树林里的骑士别碰、别打、别伤,他确确实实是咱们村上的冒失鬼——参孙学士。"

原来,参孙和神甫、理发师都劝唐·吉诃德安安静静地躺在家里,可唐·吉诃德怎么也不愿意。后来,参孙学士和神甫、理发师决定让唐·吉诃德出门,因为看来不让他出门是办不到的,于是参孙学士撺掇唐·吉诃德重操被荒废了的行侠事业,然后,参孙就扮作游侠骑士在半路上拦住他,找个借口和他决斗,并且和唐·吉诃德讲好,输家要听赢家发落,如果参孙赢了,就叫唐·吉诃德回家,在家里规规矩矩、安安静静地呆上两年,这样就有足够的时间来治好唐·吉诃德的病。结果是大家一致同意了这个提议,因为他们相信参孙一定能打败唐·吉诃德,没想到,唐·吉诃德居然打赢了。参孙没办法,只好灰溜溜地离开了唐·吉诃德,而且还只好答应唐·吉诃德,前去拜访杜尔西娜娅小姐。

米朗达

　　唐·吉诃德忘乎所以、喜不自胜、得意洋洋地朝前走。由于自己刚刚打了这一场胜仗而自以为算是当代最英勇的游侠骑士了，他已不再把法术和法师们放在眼里，不再记得自己在以往历次行侠过程中所挨过的那无数棍棒，不再记得自己曾被石块砸掉了多少牙齿和苦役犯们的忘恩负义。可以说他把自己当游侠骑士以来碰到的许许多多多的倒霉事，统统忘得一干二净，他甚至觉得，以后不管做什么事，都会马到成功了。最后，他心里琢磨道：如果能够找到为他那杜尔西娜娅小姐解除魔法的诀窍、方式或办法，真的就不再羡慕历代最为走运的游侠骑士已经得到的或者可能得到的最大幸福。

　　一路上，唐·吉诃德向桑丘不停地炫耀自己，他还答应给桑丘一个伯爵封号，桑丘也很高兴，更加肉麻地吹捧唐·吉诃德，此时的唐·吉诃德已经完全得意忘形了。

　　这时，有个旅客骑着一匹很漂亮的灰褐色母马，从后面赶了上来。唐·吉诃德正在高兴的时候，忙客气地对那旅客说："绅士先生，我十分希望能和你结伴同行。"那位旅客勒住马，仔细地打量着唐·吉诃德。他觉得唐·吉诃德长得稀奇古怪，脖子那么长，身材那么高，面黄肌瘦。唐·吉诃德也在目不转睛地看着对方，这人年纪50上下，鹰嘴鼻，看起来和善而又不失庄重，他的衣服很华丽，看样子是个有身份的人。

　　唐·吉诃德见那人有些疑惑，忙对那位旅客说："我这副模样很新奇别致，你看了可能会感到惊讶。我告诉你，我是一位游侠骑士，

我是大名鼎鼎的唐·吉诃德骑士。我要重振已经衰亡的骑士道,我奉行游侠骑士的职务,援助孤儿寡妇,保护已婚、未婚的女人和小孩子。"听着唐·吉诃德滔滔不绝的讲话,那位旅客直发愣,一句话也插不上来。过了一会儿,那位旅客才对唐·吉诃德说:"骑士先生,听了你的话,我是感到惊奇。现在世界上还会有游侠骑士吗?我不敢设想,现在还有谁会去保护孤儿寡妇。要不是亲眼看见你,我实在是不敢相信。" 唐·吉诃德讲完了自己的生平,要求旅客也讲讲自己的生平。那位旅客对唐·吉诃德说:"我是绅士,就住在前面的村子里,我叫堂狄艾果·台·米朗达,家里很富裕。我守着老婆孩子和几个朋友过日子,每天无非是打猎钓鱼。我每天望弥撒,捐出一定的家产救济穷人。我做了好事不自吹自卖。我如果知道谁和谁不和,一定会设法调解。"

桑丘对那位绅士关于自己的生活起居及消遣乐趣的叙述听得极为人神,觉得这位心肠好又虔信上帝的人,一定会给他带来好运。他忙跳下灰驴,迫不及待地跑过去揪住他右侧的马镫,满怀诚心、眼含热泪地连连亲吻那位绅士的脚。绅士见桑丘这样子,忙问道:"老弟,你行这样的大礼干什么啊!"

"让我吻你的脚吧,我觉得你是我这辈子见到过的头一位骑马的圣人。"桑丘十分真诚地回答说。

米朗达十分热情地邀请唐·吉诃德和桑丘到他家里去做客,唐·吉诃德和桑丘答应了。他们慢慢往米朗达家走去。在路上,米朗达告诉唐·吉诃德,他有个儿子,在大学攻读拉丁文和希腊文,他不钻研学问,却喜欢诗歌。米朗达有些无奈地说:"诗,怎么能算是一门学问呢!"

唐·吉诃德听了,对米朗达说:"先生,孩子是父母身子里掏出来的心肝。父母有责任从小教导他们学好样,识大体。至于攻读哪一门学科,我认为不宜勉强。不妨随他爱学什么就学什么。大作家的诗好比无价的精金,你儿子想必很好学,而且对希腊文和拉丁文已经打下基础。有这样的底子,再加一把力,说不定可以在文学上登峰造极。品行纯洁的诗人,写出来的诗也一定纯洁。"

米朗达听了唐·吉诃德的这番议论,对唐·吉诃德可以说是钦佩之至。桑丘不耐烦听唐·吉诃德和米朗达的谈话,看见附近有几个牧羊人在挤羊奶,就跑去向牧羊人买羊奶。

唐·吉诃德谈着谈着,一抬头,看见路上来了一辆大车,车上插满了国旗,他以为又出了什么奇事,大声喊桑丘拿头盔给他。桑丘刚向牧羊人买了些奶酪,忙把奶酪装在头盔里,急急忙忙跑了回来。把头盔递给了唐·吉诃德。

唐·吉诃德接过头盔,就往头上一戴,奶酪一经挤压,浆汁沿着唐·吉诃德的脸和胡子往下淌。唐·吉诃德大吃一惊,忙问道:"桑丘,这是怎么回事,是不是我的脑袋烂了。也许是汗,快帮我擦擦。"桑丘松了口气,幸好没让唐·吉诃德知道,忙递了一块布给唐·吉诃德。唐·吉诃德擦干净脸和胡子,又把头盔戴上,握紧长枪,喊道:"来吧,我是勇敢的唐·吉诃德,即使是头号的魔鬼来和我交手,我也不怕。"

这时,那辆大车已经来到面前,车上没几个人,只有几头骡子拉车,唐·吉诃德拦着车问道:"这车上装的是什么,往哪儿去?"

"车上拉的是两头狮子,是奥兰总督给皇上的礼物。"车夫回答说。唐·吉诃德要车夫把笼门打开,他要和狮子决斗。那位绅士一听,脑袋一下子涨大了。他暗想:"这位骑士准是给奶酪沤软了他的脑壳,捂烂了他的脑子。"

桑丘也急了,连忙对绅士说:

"先生,请你看在上帝的分上,想个办法别叫我主人和狮子决战。"

绅士说:"我去劝劝他。"

唐·吉诃德正在催管狮子的赶快打开笼子,绅士赶到他面前,对他说:"这两头狮子没有惹我们,况且那是献给皇上的礼物,就让它们走吧。"

唐·吉诃德不同意,他转身对管狮子的人说:"要是你不马上打开笼子,我就用长枪打你。"赶车的人见唐·吉诃德这样子,害怕地哀求道："先生,请你行个方便,让我先把这几头骡子牵走,这是我的唯一家产。"

唐·吉诃德同意了,赶车人把骡子牵到远远的地方,然后回来准备打开笼子。

米朗达和桑丘都极力劝说唐·吉诃德,可唐·吉诃德根本听不进去,他们见劝说无用,就各自催动自己的牲口,逃得越远越好。

赶车人又一次劝唐·吉诃德,重申了要求和警告,可唐·吉诃德还是不听,赶车人没办法,只好打开笼子,然后往树林里跑去。

笼门打开了,唐·吉诃德在考虑用步战还是马战,最后他决定用步战,因为他怕自己的马见了狮子害怕。唐·吉诃德跳下马,抛开长枪,抽出佩剑,提着盾牌,以惊人的果敢与无畏,先是祈求上帝保佑,后又托庇于心上人杜尔西娜娅,接着就一步一步向大车走去。

唐·吉诃德来到笼子前,目不转睛地盯着狮子。这两头狮子真是大得吓人,它们见了唐·吉诃德,从容地打了一个哈欠,然后又懒洋洋、慢吞吞地躺下了,用屁股对着唐·吉诃德。唐·吉诃德见狮子这样子,就叫管狮子的打它们几棍,好惹火了狮子让它们发怒。

管狮子的人说:"骑士先生,你刚才的行为真是勇敢,你的盖世神威已经有目共睹了。依我说,决斗的人有勇气挑战,有勇气出场等待交手,就是勇敢者,对方不出场,那是对方出丑,胜利的桂冠应该属于那个等待交手的人。"

唐·吉诃德一听,十分高兴。他对管狮子的人说:

"朋友,你这话说得不错,把笼门关上吧。我还请求你一件事,把我刚才所做的一切,尽力向大家证实一番。现在你把笼门关上,我去招呼逃走的人。"唐·吉诃德将用以擦去脸上的奶酪汤水的手巾系在枪头上,招呼逃跑的人回来。米朗达、桑丘和赶车的人还在逃跑,见了白布的信号,他们的恐惧之情渐渐消除了一些而且也清楚地听到了唐·吉诃德的喊声,桑丘对大家说:"我的主人一定是降伏了那两头狮子。他正在招呼我们呢。"

他们转过身,慢慢地小心翼翼地往回走。当他们看见笼门已经关上，这才心有余悸地回到大车边。

唐·吉诃德的脸上全是笑容，他对赶车人说："老兄，你驾上骡子，继续走你的路吧。桑丘，拿两个金艾斯吉多给他们，我耽误了他们，算是赔偿。"

赶车人和管狮子的人拿了一个金艾斯吉多。管狮子的吻了一下唐·吉诃德的手表示感谢，还答应等见了皇上，一定把唐·吉诃德的英勇事迹禀告皇上。

唐·吉诃德得意极了，他决定称自己为"狮子骑士"。

他们目送大车走远后，才催动坐骑前行，午后两点钟，他们来到了米朗达的庄上。

米朗达的庄院很大，四周堆放着许多酒坛子，这酒坛子是托波索的特产。唐·吉诃德睹物思人，又想起了那中了魔法、变了模样的杜尔西娜娅，于是他长叹一声，情不自禁地高声吟道：

　　曾使我赏心悦意的东西，

　　　如今看了只能追忆伤心！

米朗达的妻子和儿子堂洛兰索正好出来迎接，他那爱好诗歌的儿子听到唐·吉诃德在吟咏诗歌，不禁对唐·吉诃德肃然起敬，决定和唐·吉诃德好好聊聊。

唐·吉诃德和堂洛兰索闲聊了一会儿，唐·吉诃德对他说：

"令尊大人米朗达对我说，你才能很高，而且是个了不起的大诗人。"堂洛兰索说："我对诗的确很喜爱，也喜欢读好诗，也许算得上诗人，要说是大诗人，那可不敢当。"

唐·吉诃德说："你这样谦虚我很欣赏，因为写诗的没有一个不骄傲。"

堂洛兰索和唐·吉诃德越谈越投机。最后，堂洛兰索对唐·吉诃德说："现在我念一首诗给你听。"

　　如能把我的过去转为现在，

　　　而时光从此就静止不变，

或者未来马上在目前实现——

那可望而不可即的未来……

唐·吉诃德听堂洛兰索念完这首诗，起身拉着堂洛兰索的手嚷道："我真要颂赞上天，伟大的少年人啊，全世界的诗人该数你第一，你应该戴上桂冠。先生，你的诗才真了不起。"

堂洛兰索听了唐·吉诃德的恭维话，心里有些飘飘然。恭维真是无往不利、无人不爱的东西啊！

唐·吉诃德在米朗达家受到了很隆重的款待，一连舒舒服服地住了4天。到了第四天头上，唐·吉诃德向主人告辞说："谢谢盛情款待，可游侠骑士常闲着享福是不行的。"因为他急着要继续去探奇冒险了。他准备去参加萨拉果萨的比武，然后再去寻找通称"七湖"（如伊台拉湖）的发源地。

米朗达父子称赞他这个主意好，又说，他们家有什么他喜欢的，他们都愿奉送，对他这样人品高、职业又高的骑士理应如此。

和唐·吉诃德相反，桑丘实在不愿意离开米朗达家，他在这里吃得饱，喝得好，愉快得很，比在荒野挨饥受冻不知要强多少倍。不过他没有办法，只好把一些自己认为必需的东西尽量塞满粮袋。

唐·吉诃德和桑丘要走啦，临走时，唐·吉诃德还不忘恭维和鼓励堂洛兰索几句："我不记得是否对阁下说过了，如果说过，那就再重复一遍：阁下若是想要找到通向那高不可攀的荣耀殿堂之巅的捷径，其实不难，只要舍弃那已经相当狭窄的诗歌之途，改走更为崎岖的游侠骑士之路，你转眼之间就能君临天下了。"

巴西琉的妙计

唐·吉诃德离开米朗达家，走出村子没多远就碰到两个大学生装束的人和两个老乡，4个人都骑着驴。一个大学生带着个绿麻布包袱充提包，里面裹着一件白色毛料的衣服，另一个大学生只拿着两把簇新的击剑用的黑剑，而那两个老乡却是大包小裹，像是刚从城里采购归来。

唐·吉诃德主动同他们打招呼，不等人家问，就忙着报出了自己的职业，他还特别申明，自己是"狮子骑士"。两个大学生觉得唐·吉诃德挺有意思，就邀请唐·吉诃德结伴同行。两个大学生对唐·吉诃德说：

"我们是去吃喜酒的，那家的喜事办得阔绰极了，你会看到一场拉曼查乃至方圆多少里地以内至今从未有过的盛大婚礼。骑士先生，你不妨去开开眼界。"

唐·吉诃德问是哪位王子的婚礼。大学生回答说：

"不是什么王子的婚礼，只是乡下小伙子娶乡下姑娘。新郎是本地首富，叫卡麻丘，是个财主，新娘很美，叫季德丽亚。新郎不但喜酒办得很丰盛，还请了许多人来跳舞。在这婚礼上，说不定那个伤心人巴西琉会来闹事。巴西琉和季德丽亚是隔壁邻居，他们两小无猜，心心相印，可长大后，季德丽亚的父亲不许季德丽亚和巴西琉来往，嫌巴西琉家穷。后来，就把季德丽亚许配给卡麻丘财主。说句良心话，巴西琉除了穷一点，其他方面都是挺不错的，他掷铁棍是能手，又是球场上的健将。"

唐·吉诃德听了，非常同情巴西琉，他说：

"我觉得巴西琉不错，但愿他能娶到季德丽亚姑娘。女儿长大后，挑选丈夫只能随女儿的心愿。聪明的人出远门，预先要找一个靠得住、合得来的伴儿同行，人生的道路要走到死才完，也要找这样一个伙伴。不知硕士先生以为如何？"

那个被唐·吉诃德称为学士或硕士的大学生回答说：

"我没有什么好说的，只知道自从季德丽亚和卡麻丘财主定了亲，巴西琉的脸上就再也没有了笑容，他老是忧忧郁郁、自言自语，也很少吃东西，有时呆呆的像一尊披着衣服的雕像。总之，种种迹象让人觉得他心里很不平静。我们这些了解他的人都很担心，明天美丽的季德丽亚的那一声'愿意'就将是他的死刑判决。总之一句话，他分明是伤透心了。"

桑丘也很同情巴西琉，他对硕士大学生说：

"'事还未来，谁也难猜'，我想季德丽亚一定喜欢巴西琉，我愿意送一袋子好运气给巴西琉。"

直到天快黑时，他们才赶到季德丽亚的村庄上。

他们在村外，就远远地看到村里的灯火像天上的繁星，同时又隐约听到各种乐器的合奏，其中有笛子、小鼓、弦子、双管。

唐·吉诃德他们走进村里，一队队的人在那里聚成了许多团伙，有的跳舞，有的唱歌，有的奏乐。唐·吉诃德被当作贵宾，新郎邀请他住到最好的房子里，可唐·吉诃德不肯，他说游侠骑士的规矩是在旷野与山林而不是在村镇——哪怕是金屋里面过夜，向来在郊野露宿。桑丘没办法，只好跟唐·吉诃德到树林里住宿。

洁白的晨曦刚刚让明灿的太阳用自己那灼热的光线炙干其金发上的露珠，唐·吉诃德就醒了，他望着直打鼾的桑丘，赞叹说：

"桑丘啊，你真是世界上最有福气的人！你不嫉妒人，人家也不嫉妒你，你不为爱情吃醋而失眠，也不用为债务或一家人的生计操心。"

唐·吉诃德说完，用枪柄把桑丘敲醒了。桑丘坐起来，看了看四周，说：

"凉棚那边飘来的茅草干柴气味里的一阵香,我敢担保,是烤腊肉的香味。以这种气味开始的婚礼,我估摸着,一定非常丰盛。"

唐·吉诃德对桑丘说:"你这馋嘴佬,快起来吧,我们去瞧瞧他们的婚礼,再看看巴西琉会干些什么!"

桑丘立即爬起来,随唐·吉诃德朝凉棚走去。

桑丘一眼就看见整个榆树做成的大木叉上烧烤着整只公牛,柴火的周围放着 6 只炖肉的砂锅,那不是普通的砂锅,而是有半截高的大酒坛似的砂锅,一只只整羊、兔子、母鸡挂在树上,等待着下锅,还有几十只大皮酒袋,里面装满了好酒。雪白的面包堆得跟场院上的麦囤似的,奶酪码在那里像是一堵墙垛,两把铁锹一般大的笆篱不歇气地从两口比染缸还大的油锅里捞出炸好的面点再折进旁边的另一口蜜锅里。这次的喜酒虽是乡下排场,可却丰盛无比。

桑丘馋得口水直淌,他跑到一个厨师面前,说了一大堆好话,厨师很高兴地对桑丘说:

"老哥啊,多谢卡麻丘财主,今天是谁都不会挨饿的好日子。"说完,他从锅里舀出 3 只鸡、2 只鹅送给桑丘。

桑丘接过鸡和鹅,大口大口地吃起来。这时,有 12 个老乡穿着盛装,骑着马绕着草地跑了好几圈,一边齐声欢呼:

"卡麻丘是大财主,季德丽亚是天下第一美人,郎财配女貌,祝他们白头偕老。"

唐·吉诃德看着这情景,又想起了杜尔西娜娅,他暗暗想到:

"如果他们见过杜尔西娜娅,就不会这样称赞季德丽亚了。"

过了一会儿,又来了一队漂亮的姑娘,她们在短笛的伴奏下跳起了优美的舞蹈。最后,随着一片喧嚷之声,人们开始欢迎新娘新郎。

桑丘看到季德丽亚,赞叹道:

啊!新娘一点也不像一位乡下姑娘,她像一位贵夫人呢!天啊,我怎么觉得她的胸锁成了华贵的珊瑚珠串,身上的昆卡绿呢成了上好丝绒,而那白色镶边,我敢说,肯定是锦缎!瞧那双戴着乌玉指环的手吧,不对,别胡说,那是金戒指,绝对是金的,还镶着奶白色的大珍珠呢,每一颗都得值老鼻子钱了。噢!瞧那头发,我这辈子就没见过那么长、那么黄的头发!再瞧那神态,那身段吧,休想能够挑出毛病来,还真像一棵果满枝头的椰枣树呢,那头发上、脖子上的珠宝首饰不就像是一串串的椰枣吗?我敢发誓,她真是个不错的姑娘。"

马上就要举行婚礼啦!主持婚礼的神甫也来了。正在这时,只听到背后有人大喊一声:

"你们真是只顾自己,这么着急,请等一等啊!"

大家听到喊声,回头一看,只见一个人穿一件黑外衣,衣服上镶着火红的边,头上戴一顶办丧事戴的柏枝冠,手里拿着手杖。这人正是巴西琉。人们都提心吊胆,不知道他会做出什么事情来。

巴西琉跑得气喘吁吁,面无人色,他瞪着季德丽亚,用嘶哑的声音说:

"负心的季德丽亚,你曾说过,要等我死后你才嫁人,我现在只有毁了自己,来成全你的幸福。我巴西琉是穷人,没办法追求幸福,我只有死路一条,并非我认为该当如此,这只是苍天的安排,我将亲手拆除妨害你们如意的壁垒与障碍,自行了断。愿只愿财主卡麻丘和无情无义的季德丽亚百年偕好,现在就让我死吧!"

巴西琉说完,从手杖里拔出一支长剑,把剑柄插定在地上,然后朝剑尖扑去。可怜的巴西琉立即倒在地上,浸在自己的鲜血里。

巴西琉的朋友见了这悲惨的景象,立即上前救护。唐·吉诃德也连忙走过去,把巴西琉抱在自己的怀里,发现巴西琉还没有咽气。有人要拔掉他的剑,可在场的神甫却主张先让巴西琉忏悔。巴西琉有气无力地说:

"狠心的季德丽亚,假如你肯在我临死前和我行了婚礼,我愿意忏悔。"

唐·吉诃德一听,觉得巴西琉的要求合情合理。这时卡麻丘急得不知怎么办才好。巴西琉的朋友都求卡麻丘,让季德丽亚和巴西琉举行一下婚礼。卡麻丘动了恻隐之心,就说,只要季德丽亚愿意和巴西琉举行婚礼,他也赞成。巴西琉的朋友又都去求季德丽亚。季德丽亚一开始就像石雕一般木然、塑像一样冷漠,仿佛不会、不能不想开口讲话似的。这时,巴西琉已经显得气息奄奄,在昏迷中,巴西琉还在喊着季德丽亚的名字。季德丽亚听了很激动,好像伤心悔恨的样子,默默地走到巴西琉身边,握住巴西琉的右手,对他说:

"我的心从没改变过,我毫无勉强,愿意和你结婚。无论你能长命百岁,还是马上就被人从我的怀里夺走送进坟墓。"

巴西琉答道:"我愿意娶你,我是非常真诚的,既不仓促,也不糊涂,而是比任何时候都清醒,我愿意做你的丈夫。"

巴西琉和季德丽亚握手的时候,神甫恻然泪下,他向新郎新娘祝福,还求上天让新郎安息。可就在这时,却发生了一件意想不到的事。

巴西琉听了神甫的祝福,立即一跃而起,拔掉了自己身上的剑,在场的人都愣住了,有几个人大声地嚷道:

"奇迹啊!真是奇迹。"

可是巴西琉却说:

"不是奇迹,是妙计!"

神甫目瞪口呆,伸手去摸巴西琉的伤口,却发现那剑并没有刺透身体,只是刺破了绑在身上的一根管子,鲜血是从管子里流出来的。

卡麻丘和在场的人这才知道受了捉弄,可新娘子上了当却不后悔,没等有人说婚礼因为有诈而无效,她抢先一再声明愿意和巴西琉结婚。卡麻丘及其亲朋好友恼羞成怒,想要报仇,拔出剑要和巴西琉厮杀,可帮助巴西琉的人也很多。唐·吉诃德看到这种情景,立即站在中间说:

"各位请住手,季德丽亚和巴西琉的姻缘是天意安排的。上帝配成对,世人拆不开,卡麻丘有的是钱,可以随时、随地、随心所欲地买到自己喜欢的东西。巴西琉只有这头羔羊,任何人,不管有多大的权势,都不能剥夺,谁想拆开他们,先得吃我手中的枪。"

唐·吉诃德一边说,一边把手中的长枪舞得神出鬼没,那些不认识的人都被其娴熟的架势吓得胆战心惊。

神甫忙劝说卡麻丘,卡麻丘心想:季德丽亚这样深爱巴西琉,结

176

婚后势必旧情难断,自己没娶季德丽亚,说不定是件好事。想到这里,卡麻丘的气也消了。

卡麻丘决定让喜庆继续下去,全当自己结婚一样。可巴西琉和季德丽亚不愿意凑那个热闹。所以他们一起径自回到巴西琉的村子去。临走时,他们盛情邀请唐·吉诃德跟他们回村,因为他们觉得唐·吉诃德是个有胆量的正义之士。可是,桑丘却因为错失了卡麻丘那一直闹到天黑的酒宴而满肚子的不高兴,只好舍弃那埃及的肉锅,仍然带在身边的所剩不多的美味时时都会使他想起那失去的盛宴该有多么鲜美与丰饶。就这样,他骑着灰驴跟着驽马难得,尽管肚子不饿,却还是闷闷不乐,心事重重的。

傀儡戏

巴西琉夫妇热情而周到地款待了唐·吉诃德，感谢他的仗义庇护，把唐·吉诃德大大吹捧了一番，觉得他称得上智勇双全的骑士。

唐·吉诃德喝了酒，对巴西琉滔滔不绝地讲了一大段话，其中只有一句话巴西琉的印象最深：好女人全世界只有一个。唐·吉诃德劝巴西琉，把自己的妻子当成全世界最好的女人。

第二天，唐·吉诃德一定要去探索蒙德西诺斯地洞。巴西琉有一位表亲主动要求给唐·吉诃德当向导，唐·吉诃德很高兴，带着桑丘和巴西琉的表亲一起上了路。

第一天晚上，他们宿在一个小村里，这儿离蒙德西诺斯地洞只有两里路了。唐·吉诃德叫桑丘买了许多绳子，准备第二天去探洞。

第二天一早，他们就向蒙德西诺斯地洞出发了。不一会儿，就来到了洞前。洞深不可测，也没有人口。唐·吉诃德拔出剑，把洞口的荆棘一阵乱砍，响声一起，惊动了洞里的乌鸦和蝙蝠，它们成群地从洞里飞了出来。撞得他一个跟头就栽到了地上。他如果是个相信兆头的基督徒的话，一定会把那看成是不祥的预兆，并因此而远避那种地方。

再说桑丘和那位表亲用绳子捆着唐·吉诃德，然后小心翼翼地把唐·吉诃德放进洞口。下洞之前，桑丘为唐·吉诃德祝福，在他身上画了许多个十字。并且说道："游侠骑士的菁华、荟萃与英杰啊，让上帝和法兰西山圣母以及加埃塔的圣父、圣子、圣灵一起保护你吧！快去吧，你这有着旷世之勇、志坚如钢、臂壮似铁的英雄！愿上帝再次为你引路并保佑你顺利、平安、无惊无险地回来再见这被你为了钻进黑洞之中而舍弃了的人世光明！"

就这样唐·吉诃德非常勇敢地下了洞，他叫桑丘把绳子放了再放，五六十丈的绳子放完了，也听不到唐·吉诃德的声音了。他们想把唐·吉诃德吊上来，然而他们想了想，还是等了半个小时，才慢慢收回绳子。一开始，他们觉得一点分量也没有。桑丘想：唐·吉诃德一定还在洞里。他痛哭着急忙把绳子往回收，收到最后，才看见唐·吉诃德。桑丘破涕为笑，大声嚷道：

"我的主人啊！欢迎您回来，我们还以为您要在洞里成家立业、传宗接代呢。"

可这时的唐·吉诃德却一言不发，两眼紧闭，好像熟睡一样。桑丘和那位表亲急了，他们把唐·吉诃德推搡了好一阵子，唐·吉诃德这才慢慢地醒来。唐·吉诃德睁开眼睛，深有感触地说：

"上帝饶恕你们吧！我正在过着人间所没有的美好日子，你们却把我拉了上来，我真是现在才知道，人生的快乐像梦幻泡影，一眨眼就过去。"

唐·吉诃德感叹了一番，觉得肚子饿了。那位表亲从褡裢里掏出干粮，3 个人亲亲热热地坐在草地上，边吃边聊。

唐·吉诃德讲了进洞所看到的一切，讲得天花乱坠，桑丘没有心思听他胡吹，只管吃着可口的干粮。

正在这时，有个人走了过来，用棍子赶着一头骡子急急赶路。

唐·吉诃德见了，忙大声喊道：

"老兄，你走得太急了，只怕这头骡子吃不消。"

那人说："先生，我不能歇，我今晚要赶到前面的客店，那儿有好玩的事。"

唐·吉诃德一听，坐不住了。他决定立即赶到客店去，看看到底有什么好玩的事。

唐·吉诃德和桑丘，还有那位表亲，骑着马和毛驴，急急忙忙往客店赶去。直到傍晚时分，他们才赶到客店。过了不久，那个用棍子赶骡子的人也到了。

唐·吉诃德忙催问那人，到底有什么好玩的事?那人说:"你不用急,好戏一会儿就要登场啦!"

正在这时,有个身穿着兽皮的人来了。他大声问店主:"店主,有没有房间。"

店主见了那人,非常热情地说:"你贝德罗师傅要房间,即使阿尔巴公爵住的也要腾给你。你的猴子和道具呢,今晚店里有客人,你的戏和猴子准能赚钱。"

那人答道:"那好极了。我去招呼拉猴子和道具的车赶快来。"他随即走了出去。

唐·吉诃德问店主:"贝德罗师傅是谁?他演的是什么戏?那戏箱和猴子又是怎么回事?"

店主告诉唐·吉诃德,贝德罗师傅是阿拉贡省的拉曼查这一带演傀儡戏的名家,演的是《鼎鼎大名的堂盖斐罗斯解救梅丽珊德拉》。店主还告诉唐·吉诃德,贝德罗师傅的那只猴子特别神,它能讲出过去的事,尽管不是句句都准,但大体上是不错的。

正说着,贝德罗师傅回来了。那猴子很大,没有尾巴,屁股磨得光秃秃的,一根毛也不剩,脸倒还不算难看。

唐·吉诃德一见那猴子,就问它:

"未卜先知的先生,请问你,我们交的是什么运？"

贝德罗师傅用右手拍拍自己的左肩,那猴子马上跳到贝德罗的左肩上,对着贝德罗的耳朵叽叽咕咕地讲了一通。贝德罗听猴子讲完,急匆匆地跑到了唐·吉诃德的面前,抱着唐·吉诃德的双脚说:

"你是伟大的唐·吉诃德骑士,懦弱的人靠你壮胆,要跌倒的人靠你支持,躺下的人靠你扶起,一切不幸的人都靠你帮助和安慰!还有你,桑丘·潘沙!世界上最杰出的骑士的最杰出的侍从啊,你就放心好啦,你那贤惠的妻子,此时此刻正在梳麻,除此之外,她左手边还放着一个豁口坛子,里面装有不少好酒,一边忙活一边喝。"

讲得真准啊!唐·吉诃德怔住了,桑丘更是惊奇得傻了,店主也显得目瞪口呆。过了好一会儿,唐·吉诃德才叫桑丘拿出两个瑞尔,交给贝德罗师傅,作为对猴子的奖励。

夜里,贝德罗师傅叫人搭好傀儡台,他要上演精彩的傀儡戏。这戏,唐·吉诃德可是不能不看的。

随着一声铜鼓喇叭声,傀儡戏开始了。首先是一个男孩高声朗读道:

"现在要为诸位表演的是一件千真万确的事,是完全依照法兰西编年史和在西班牙妇孺皆知、流传乡里的民谣编排出来的。讲的是堂盖斐罗斯先生救回他夫人梅丽珊德拉的故事。

"梅丽珊德拉不幸落到了摩尔人手里,堂盖斐罗斯决定不惜牺牲生命前去解救自己的妻子。当梅丽珊德拉看见自己的丈夫时,她不顾一切地跑到丈夫身边。两人骑着马逃了出来,可被摩尔人发现了,摩尔国王立即下令,一定要活捉梅丽珊德拉。"

傀儡戏演到这里,唐·吉诃德情不自禁地激动起来。他觉得,自己应该帮助堂盖斐罗斯。

于是,唐·吉诃德拔出剑,飞身一跃,跳到戏台旁边,然后就迅速地以从未有过的怒火恶狠狠地朝那些摩尔人挥剑乱砍,有些傀儡被砍倒,有些被砍掉了脑袋。

贝德罗师傅见了,急得大喊道:

"唐·吉诃德,你快住手!你砍杀的不是真的摩尔人,而是纸做的傀儡。这下可苦了我啦!把我的全部家当都断送了。"

唐·吉诃德根本不听贝德罗师傅的话,他还是不断地挥剑砍啊、杀啊、劈啊!没一会工夫,一座戏台全被打塌了,道具和傀儡全被打得七零八落。连桑丘也被吓得目瞪口呆,他事后发誓说,从来没有见过自己的主人这样发疯似的愤怒。戏箱彻底毁了之后,唐·吉诃德的气也消了一些。

望着这一堆乱七八糟的傀儡和道具,贝德罗师傅哭丧着脸站在那里。

桑丘觉得贝德罗师傅挺可怜的,就对他说:

"贝德罗师傅,你别难过了。别再哭了,弄得我心里不好受。跟你说吧,我的主人是一点不马虎的真正的基督徒,他会赔你钱,而且不会让你吃亏的。"

最后,贝德罗师傅要唐·吉诃德赔他 40 个瑞尔。唐·吉诃德很爽快地给了他 42 个瑞尔,另外两个瑞尔是作为贝德罗师傅寻找猴子的酬劳,因为猴子早就吓得跑掉了。

傀儡戏的风波总算这样了断了,大家和和气气地饱餐了一顿。唐·吉诃德很慷慨,这顿晚饭全由他出钱。

磨　房

　　唐·吉诃德离开了客店以后，他决定先到艾布罗河两岸附近地区看看，然后再去萨拉果萨，反正离比武的日子还有一段时间。

　　唐·吉诃德沿着河边一路走去，一边走一边欣赏风景。前两天，可以说是平安无事，没有遇到什么值得一提的事情。别说是唐·吉诃德，就连一般人也觉得有些乏味。

　　直到第三天，唐·吉诃德和桑丘登上一个山头，他们忽然听到震耳的鼓角声和枪声。唐·吉诃德跑到山顶，往下一看，只见山下有几百个人，人人手拿武器，有长枪、大弓，还有长柄斧，原来是在打群架。

　　唐·吉诃德走近前去，两边的人见来了个怪模怪样的人，都停了下来。乘着这个机会，唐·吉诃德高声地对大家说：

　　"各位先生们，本人是一个游侠骑士，耍枪杆子是我的职业，我们为了某些正当合理的事应该拔剑相斗，可对一些细事小节只能一笑置之，为一些小事动武就毫无意义了。所以，我劝各位先生都平心静气，不要冲动。"

　　桑丘听了唐·吉诃德的话，暗暗赞叹："我的主人准是什么神学圣学者。"这时，桑丘也想表现一下自己，他趁唐·吉诃德歇了口气的时候，自作聪明插嘴道：

　　"我主人唐·吉诃德以前称苦脸骑士，现在称狮子骑士，这位了不起的绅士一肚子学问，讲起拉丁语和西班牙语来简直就像个大学士，论事劝人一如了不起的武师，对有关所谓决斗的规矩和章程熟得不得了,所以,你们听他的话准没错。我有个绝招让我们村里的几个头面人物嫉妒,可是我满不在乎。不信,我可以当场表演一下。这绝招跟游泳差不多,学会了以后就永远都忘不了。"

桑丘说完,用一只手捂着鼻子,非常响亮地学了一声驴叫。

这打群架的一方是驴叫镇的,因为邻镇经常学驴叫来取笑驴叫镇的人,所以才会打架,桑丘的这一声驴叫,激怒了驴叫镇的人,有人举起棍子朝桑丘的背上狠狠地打了一下。桑丘一下从驴背上栽了下来。唐·吉诃德见了,挺枪想刺那人,可是,石子像雨点般地朝他砸来,数不清的大弓和火枪都瞄准着他。唐·吉诃德一看情况不妙,转身拼命逃跑。桑丘一见,也赶忙爬上驴背,追赶唐·吉诃德去了。

跑了好大一段路程,唐·吉诃德和桑丘见没人追来,这才停下来喘了口气。他们来到一片树林休息,一直到第二天天亮,他们才起身,沿着艾布罗河继续往前走。

艾布罗河两岸的风光明媚,清澈的河水缓缓地流动着。唐·吉诃德看得心旷神怡欣喜若狂,放眼望去,映入眼帘的秀丽两岸、粼粼河面、潺潺流水,这美丽的景色勾起了唐·吉诃德的无限情思。忽然,唐·吉诃德看见有一条小船拴在河边的树上,船上既没有人也没有桨。唐·吉诃德毫不犹豫地下了驾马难得,又叫桑丘赶快下驴,然后把马和驴子牢牢地拴在杨树上。桑丘不知道唐·吉诃德要干什么。唐·吉诃德对桑丘说:

"桑丘,我以骑士的名义告诉你,准有骑士或什么贵人落了难,情况危急,这只小船就是让我乘了去救援的。这种情况在骑士小说里经常可以见到,而且也是那些书中的巫师们惯用的伎俩:某位骑士遇到了麻烦,没有另一位骑士帮忙就解决不了,而两位骑士又可能会相距两三千里甚至更远,这时候,巫师们就会用一片祥云或一只小船将那另外一位骑士接走,或凌空飞腾或漂洋过海,无须眨眼的工夫,就将他送到了想送或需要他出力的地方。所以,桑丘啊!这只小船正是为了这个目的而摆在这里的。这事儿肯定错不了,咱们必须听从上帝的召唤,谁也阻止不了我要登船。"

桑丘说："我也不知道该不该说您又发疯了。不过,您要这么干,我也只好服从,老话说吃主人的饭,照他说的干。"

唐·吉诃德不再多说,带着桑丘上了船,割断船缆,那船就顺流向前驶去。过了十几分钟,前面的河面上出现了几座高大的水力磨房。唐·吉诃德一见,忙对桑丘大喊道:

"朋友,你看见前面那座城堡了吗?不知是受困的骑士,还是落难的王后、公主被关在里面啦!"

桑丘说："主人,那不是城堡,是几座水力磨房。"

唐·吉诃德摇摇头说:"尽管看上去是磨房,但这肯定又是魔术师搞的鬼。"

这时,水流很急,已经到了河心的小船直向水力磨房冲去。磨房工人看见一只小船顺流而来,马上就要卷入水车轮子里,急了,忙拿出长竿长棍出来拦挡。磨房工人的脸上、身上都沾满了白粉,形状可怕,他们大喊道:"你们两个冒失鬼,不要命啦!"

唐·吉诃德对桑丘说:"你看到了吧,这一群青面獠牙,张牙舞爪的妖怪,多可怕啊!"唐·吉诃德站起来,对磨房工人厉声喝道:"你们这些没安好心、打错主意的混账东西,你们把谁关在牢里,马上给我放出来,还其自由,上帝派我来救人的。"

唐·吉诃德说完,挥剑朝磨房工人又刺又砍。磨房工人听不懂他的一派胡言,所以根本不理睬唐·吉诃德,只顾用长棍子去拦那只小船。磨房工人的长棍终于挡住了小船,使磨房免受损失,不过,小船却免不了船底朝天的命运,要不是磨房工人下河把两人拖上来,两人恐怕早就没命了。

这时,几个渔夫跑了过来,他们是小船的主人,他们见小船已经被水车的轮子撞得四分五裂,就揪住唐·吉诃德,要唐·吉诃德赔钱。唐·吉诃德像是与己无关似的,心平气和地说:"船破了,钱照赔,可我要他们立即释放城堡里关着的人。"

渔夫望着唐·吉诃德,说:"你这疯子,说什么疯话。哪有你说的什么城堡和什么人不人的啊?难道你想抓走前来磨面的人不成?"说完,就要揍唐·吉诃德。

唐·吉诃德现在像个落汤鸡,他望着磨房绝望地大喊道:

"关在牢房里的朋友们,我倒了霉,你们也只好认倒霉,我救不了你们,你们等待别的骑士吧!"

最后,唐·吉诃德和渔夫们达成了协议,付50个瑞尔赔他们的船。桑丘付了钱,很不高兴地说:"再这样乘两次船,我们的家底也就全都扔进河里去了!"

唐·吉诃德和桑丘面色阴沉。垂头丧气地回到他们的牲口那里,默默地骑上坐骑,漫无目的地朝前走去。

一路上,唐·吉诃德只顾想念情人,桑丘却觉得前途渺茫,他傻虽傻,却完全看出唐·吉诃德的行为全是疯疯癫癫,他想找机会回老家去,过过安稳日子,也不想当什么海岛总督了。

主仆两人怀着各自的心事,往前走去。他们刚走出一簇树林,唐·吉诃德抬头望去,只见前面的一片绿草地上,有一群人正在放鹰打猎。其中有一位漂亮的贵夫人,乘一匹雪白的小马,打扮得非常华丽,连马鞍也是银子做的。

唐·吉诃德又想起了杜尔西娅小姐,他对桑丘说:"桑丘,你过去对那位夫人说,我狮子骑士向尊贵的美人行吻手礼,我愿意竭力伺候她,听她使唤。"

桑丘对这样的事情是十分乐意的,他把灰驴赶得飞快,跑到贵夫人面前说:"美丽的夫人啊,那边那位骑士是我的主人狮子骑士,我是他的侍从,叫桑丘。这位不久前还叫苦脸骑士的狮子骑士叫我前来向您禀告:他一心愿意伺候您这位尊贵美丽的夫人。据他的说法和我的猜测,也就是为至贵至美的您效力尽忠,如蒙慨允,他将会因为受宠而感到不胜荣幸和欢欣。"

那位夫人听了,问道:

"告诉我,桑丘老兄,现在出版了一部《奇情异想的绅士唐·吉诃德·台·拉·曼却传》,书上讲的不就是你的主人吗?"

桑丘一听,连忙回答道:是的,是的,正是我的主人,书上一定会写到侍从桑丘·潘沙吧。"

尊贵的夫人对桑丘说："正是,桑丘老兄。你回去告诉你主人,公爵和我,我们夫妇欢迎唐·吉诃德狮子骑士到我们这儿的别墅里来。真是没有比这更能令我高兴的事情了。"

桑丘喜不自胜地带着这么让人兴奋的回答连忙跑回去,向唐·吉诃德汇报。唐·吉诃德听了,十分高兴,他骑着马来到贵夫人面前,因为激动,差一点从马上跌落下来。唐·吉诃德向夫人行了礼,那夫人说："非常欢迎你,唐·吉诃德先生,勇敢的狮子骑士,我和公爵一定按最高贵的游侠骑士的礼数来款待你。"

唐·吉诃德、桑丘在公爵夫人的陪同下,一起向公爵家的别墅走去。公爵赶在大队人马之前先回家,他要安排接待唐·吉诃德。唐·吉诃德一进大院,立即从里面走出两个漂亮的姑娘,拿出一件贵重的猩红大衣披在唐·吉诃德的肩上,转眼间大院四周的回廊里全都挤满了人,他们齐声高喊道："欢迎英勇的唐·吉诃德狮子骑士光临。"

即使不是所有的人也是大多数人拿着成瓶的香水向唐·吉诃德和公爵夫人身上洒去。这时的唐·吉诃德又惊又喜,他所受到的款待,和他在书上读到的古礼是一模一样的。那一天,他头一次确确实实地觉得并相信,自己是一个真正的而非假想的游侠骑士。

戏弄唐·吉诃德

　　唐·吉诃德和桑丘在公爵家受到了热情的款待。唐·吉诃德经常向公爵夫人讲述各种有趣的事情。经过两天的交谈，公爵夫妇获得了极大的乐趣。公爵夫人觉得唐·吉诃德是个又疯又傻的人。这天，公爵夫人和女管家悄悄商量好，打定了要拿他开点儿像是冒险奇遇一般的玩笑的主意之后要好好捉弄一下唐·吉诃德。

　　这天，唐·吉诃德又对公爵夫人讲起了杜尔西娅娅。公爵夫人对唐·吉诃德说：

　　"杜尔西娅娅一定是着了魔，这都是迫害唐·吉诃德先生的那些魔法师设下的圈套。我们一定要破掉这些魔法师的魔咒，帮杜尔西娅娅小姐解脱魔法。"

　　第二天，公爵夫人很高兴地告诉唐·吉诃德，说："今天晚上，有一群魔法师押着杜尔西娅娅经过一座森林，我们去等，然后逼魔法师为杜尔西娅娅小姐解除魔法。"

　　唐·吉诃德听后一口答应，立即披上盔甲，桑丘也穿了猎装，骑上灰毛驴。公爵和公爵夫人打扮得很漂亮，骑着马，带着仆人和一大群猎狗，和唐·吉诃德、桑丘一起来到两座大山中间的树林里。选好了埋伏与堵截的位置，猎手们分散了开来，相互之间只能听到狗吠与号角的声音。

　　过了不一会儿，树林里传来一片喧闹声，喇叭声、号角声、鼓声接连不断，公爵惊愕，公爵夫人显得神色不安，桑丘更是吓得瑟瑟发抖。就连那些深知内情的人们也都哑然失措。正在大家心惊胆战时，周围忽然变得寂静无声。又过了一会儿，一个像魔鬼似的信使吹着号角骑马而来，那号角是空心的牛角做的，大得出奇，发出的声音阴森恐怖。

公爵走上前问道："报信的老兄，你是谁?要到哪里去?"

那信使大声地说道：

"我是魔鬼，来找唐·吉诃德，前面来的是6队魔法师，带着一辆凯旋车，车上是天下第一美人杜尔西娜娅。她着了魔法。法兰西勇士蒙德西诺斯要我来通知唐·吉诃德，叫唐·吉诃德在这里等他，他会告诉唐·吉诃德，怎样解除杜尔西娜娅的魔法。"

那信使说完，拿起牛角吹了一声号，转身走了。

公爵问唐·吉诃德：

"唐·吉诃德先生，你打算在这儿等吗?"

唐·吉诃德答道："为什么不等!即使地狱里所有的魔鬼都来缠着我，我也要在这儿等。"

夜色一片漆黑，树林中隐隐约约可以看到有点点的星火。犹如一颗颗拔地而起、悬空漂浮的星。这情景实在让人感到恐惧。

过了好长时间，树林里突然传来了号角声、喇叭声、鼓声、炮声、枪声，再加上可怕的车轮声，唐·吉诃德鼓起勇气才挺住，可桑丘却被吓得晕了过去，倒在公爵夫人的长裙边。公爵夫人忙叫人在他脸上洒了些水，桑丘这才醒了过来。

这时，一辆牛车驶来了。4头笨牛拉着车，牛身上的披盖全是黑色，牛角上各缚着一支大蜡烛，车上有个座位，坐着一位老者，他胡子雪白，一直垂到腰带下，赶车的是两个丑鬼，也穿着黑布衣服，模样狰狞可怕。牛车慢慢从他们面前驶过，牛车上的老者起身大声说：

"我是李冈斗法师!"

老者没再说别的，牛车继续朝前走去。过了一会儿，又来了一辆牛车，车上也坐着一位老者。那牛车来到唐·吉诃德面前，那老者也高声对唐·吉诃德说：

"我是阿尔基菲法师。"

老者一边说，一边驾着牛车往前去了。一会儿，又来了一辆牛车，和前面两辆牛车一样，不过车上坐的不是老者，而是个面貌狰狞的壮汉。

3辆牛车在前面不远的地方停了下来，这时，刺耳的车轮声停了，却传来了一阵和谐悦耳的音乐声。

桑丘听到音乐声，立刻高兴起来，认为是好兆头，并把自己的想法告诉给了片刻和寸步未离其身边的公爵夫人，他对公爵夫人说：

"夫人，那边有音乐，就不会有坏事。"

公爵夫人也说道："正好那里有光亮，就不会有坏事。"

唐·吉诃德听了他们的话，就说道："这还得瞧瞧再说。"

随着悦气的音乐，人们看到远方开来了一辆凯旋车。拉车的6头骡子却身披白纱，每头骡子的背上都骑着一个穿着白色衣服的赎罪之人，拿着蜡烛在忏悔，车上有一位美人高高坐在中间，她的身上披着一层层银纱，让人觉得，即使不算华丽至少也是具有奇显的光辉；一方薄的透明的纱巾罩在她的头上，不仅没能遮没她的容颜，反而更加显示了她那少女的娇艳。通明的烛光在展示她的玉容的同时，也让人们看到她的芳龄大不过20、小不过16。在少女的身旁，坐着一个身披长袍、头盖黑纱的人物。

凯旋车开到唐·吉诃德和公爵夫妇面前先是笛管戛然而止，跟着琴瑟也悄然息声，在少女身旁的人掀起长袍，揭去面纱，露出一具可怕的骷髅。这个活死神居然站了起来，对唐·吉诃德说道：

"如果要让美人杜尔西娅娅脱离魔法，只有你的仆人桑丘狠狠鞭打自己3300下。"

桑丘一听忙说："如果要这样才能解救杜尔西娅娅，那就只好让她带着魔法进坟墓了。"

唐·吉诃德一听，忙大骂桑丘，并要桑丘狠狠鞭打自己，可桑丘就是不答应。

这时，那死神又对桑丘说：

"现在你把吃鞭子的事情答应了吧。这件事对你的灵魂和肉体都有好处,仁爱的心对灵魂有益。"

经过死神的一番开导,最后桑丘只好硬着头皮答应了。因为公爵答应桑丘,他准备派桑丘到一个海岛上去做总督,这对桑丘来说实在是太有吸引力了。而且,死神还答应桑丘,3300鞭子不要一下子打完,可以每天打5鞭子。

凯旋车见桑丘答应了,立即又吹起号角,往前驶去。唐·吉诃德高兴地抱住桑丘的脖子,在他的额上和脸上吻个不停。车子开过公爵夫妇面前时,那少女对公爵夫妇行了个屈膝礼。

其实,这场戏全是公爵夫妇一手导演的。车上的那些人全是公爵家的仆人。

公爵夫妇观看了这场戏的全过程,非常高兴,带着唐·吉诃德和桑丘回家去了。

第二天,桑丘要到海岛上去做总督,临走前,他给自己的妻子写了封信,信是这样写的:

泰瑞萨:

我现在是总督大人了,虽然我要赔上3300鞭子。从现起,你出门要乘马车,因为你是总督夫人了。

我做总督,其实只是为了想弄钱,据说新总督上任都是这样。

求上帝多多保佑我们。

你的夫君桑丘·潘沙总督

1614年7月于公爵府

第二天,公爵就通知桑丘收拾行装,准备上任。

公爵对桑丘说:"我给你的那个海岛疆界分明而山水相宜,尤其是土地肥沃,物产丰富。如果你善于经营,完全可以用地上的出产换得天上的享受。我相信,你会走好运的。"

桑丘恭恭敬敬地答道:"我一定会尽力做个好总督。"

这时,唐·吉诃德也来了,他对桑丘说:"桑丘朋友,你先交上好运了。有些人起早贪黑地争夺，还是一场空。"唐·吉诃德又告诫桑丘，做官要公正，待人要宽厚。桑丘听着唐·吉诃德的教诲，觉得他讲的很有道理。确实，唐·吉诃德除了涉及到骑士道时才会发疯，议论别的事时他不但神志清醒，而且还显得见识高明，志趣高尚。

中午，公爵夫妇为桑丘设宴送行。下午，桑丘在许多人的簇拥之下，骑着他的灰驴上海岛当总督去了。那海岛实际上是公爵领地里的一个小镇。公爵派总管跟着桑丘，负责照顾和协助桑丘。

桑丘临行时，吻了公爵夫妇的手，又领受了公爵夫妇的祝福。唐·吉诃德含着眼泪和桑丘告别，桑丘看着唐·吉诃德，鼻子一酸，差点落下了眼泪。似乎还有些依依不舍之情。

总督桑丘

桑丘带着随从来到了一个小镇，它的名字叫"巴拉它了"。那是公爵最好的领地之一。桑丘到了城门口，满城官员都倾巢迎接，居民们也面带欣喜的表情，夹道欢迎桑丘，他们把桑丘送到大教堂去向上帝谢恩，然后又装模作样地举行了敬献城门钥匙的仪式，表示永远奉他为本岛的总督。

第二天，桑丘就碰上了一件让人哭笑不得的案件。有两个人来到公堂告状，其中有一个是裁缝，而另一个为农夫打扮。

那个裁缝对桑丘说道：

"总督大人，我跟这位农夫来找大人评评理。我是个裁缝。昨天，这位老乡到我店里来，拿出一块布，问我：'这块布能不能做一顶帽子？'我说可以，后来，他又要做两顶帽子，最后他竟然要我做5顶帽子，我说可以。今天，他来取帽子，我把帽子交给他，他不但不付工钱，还要我赔他的布钱。"

桑丘听了裁缝的话，就问那位老乡："老哥，有这么回事吗？"

那老乡回答说："是的，总督，可你叫他把那5顶帽子拿出来看看。"

那裁缝答应一声，从口袋里把右手伸出来，只见右手的5个指头上各戴着一顶小帽子。

看到这些小帽子，大家都哄堂大笑。桑丘想了想说：

"大家听我判决：裁缝赔掉工钱，老乡赔掉布，帽子没收，送给牢里的犯人。结案。"

大家听了桑丘的判决，都觉得判决有些糊涂，可总督的命令还是要执行的。

桑丘刚判完这件案子，又来了一男一女。那女的指着男的，朝桑丘说：

"总督大人，这个坏家伙在野地里抓住我，把我强奸了，请总督大人还我一个公道。"

桑丘见那个男的又瘦又小，就问道："你是不是占了这女人的便宜？"

那男的脸红红的，答道："总督先生，今天早上我出城卖掉4头猪，在回家的路上碰到这位大娘，专爱捣乱的魔鬼把我们配成了对，我没有少给她钱，可她贪心不足，抓住我不放，把我直揪到这儿，说我强奸了她。"

桑丘听后，问他身上有没有带钱，那人掏出钱包，钱包里有20杜加。桑丘拿了钱包，交给了那女的。那女的十分感谢总督，向他深深地鞠了几个躬，然后拿着钱包走了。

那女的刚走出门，桑丘就对那个男的说：

"快去，不管她怎么反抗都把她的钱包抢下来。然后带她来见我。"

那男的一愣，立即奔出门去。不一会儿，那男的追上了那女的，要夺她的钱包，可怎么也夺不下来。

两人又吵着闹着来到桑丘面前，那女的对桑丘说：

"天地公道啊！总督老爷，您大人快瞧瞧，这不要脸的混蛋，多无耻，多大胆，在闹市上，竟想夺你判给我的钱包。"

桑丘问道："他夺到了吗？"

那女的回答说："让他抢走，先要了我的命再说吧，这脓包，要对付我啊，叫他休想。"

那男的说："她说得不错，我实在没有那么大力气夺下她的钱包。"

桑丘听了，对那女人说："你真是又有力气，又有志气！把钱包给我。"

那女人把钱包交给桑丘。桑丘把钱包还给那男的，然后说道：

"大姐啊，如果你用保护钱包的一半力气来保护你的身体，那么就是大力士赫尔克利斯也不能把你怎么样！走吧，这座海岛周围6里内不许你露面，再来就抽你200鞭子。"

在场的人都觉得这位新总督十分明鉴，都对这位新总督的理讼断案的方式赞叹不已，非常钦佩。书记员赶紧将这一切过程全都记录了下来，这是公爵大人急着要看的。

桑丘退了堂，侍卫们把他护送到官邸。饭厅里已经摆了一桌饭菜。桑丘觉得有些饿了，就坐上餐桌，准备用餐。

桑丘用餐时，旁边站了一个医师，手里拿着一根鲸鱼骨，站在餐桌旁。

伺候的人掀开洁白的桌布，下面是各种水果和丰盛的菜肴。

桑丘见桌上有盘烤竹鸡，正想吃，那医师用鲸鱼骨敲了一下桌子，伺候的人立即把烤竹鸡撤了下去。那医师对桑丘说：

"我是医师，头一件事就是要负责总督的饮食，总督的健康重于我本人的身体，为此，我日夜钻研和琢磨总督的体质，以便当您一旦染疾的时候能够正确施治。刚才那盘烤竹鸡，吃了对脾脏有伤害，所以总督大人不能吃这盘鸡。"

桑丘只好看着侍从把香喷喷的烤竹鸡撤下。他看到有盘红烧兔子肉，就想吃，那医师又敲了下鲸鱼骨说：

"总督大人，这盘兔子肉你不能吃，兔子是细毛动物，兔子肉是最不容易消化的。"

桑丘没办法，只好把筷子放下来。他看了看餐桌，对医师说：

"这热气腾腾的大盘子是砂锅杂烩，里面杂七杂八的，总该可以找到一两样既对口味又能滋补的东西吧！"

那医师听了，连忙说："赶快打消那个可恶的念头吧，砂锅杂烩最不补人，只有那些乡巴佬才会吃，总督怎么能吃这种菜。"医师又敲了一下鲸鱼骨，侍从又把砂锅杂烩撤走了。最后，餐桌上只剩下几个薄面卷儿和几片木瓜。这是桑丘最不愿意吃的。那医师说：

"总督大人，无论什么地方和什么人，无不认为单味的药品要比合剂好，因为单味药品不会出错，至于合剂，一旦改变了成分的计量，就可能出岔子。据我看，如果总督先生想要身体健康，吃几个薄面卷儿，再加两片木瓜。木瓜能调理脾胃，帮助消化。"

桑丘气得往椅子上一靠，大声骂道：

"你这魔鬼似的医师，快给我滚。从现在起我要把岛上所有的医师都赶走。坏医师是屠杀公众的刽子手，杀了是替天行道。现在快给我吃饭，没有饭吃的总督，做它干吗？"

正在这时，街上传来了一阵号角声。有个人急急忙忙地冲了进来，送给桑丘一封信。这封信是公爵送来的。秘书拆了信，看了看，对桑丘说：

"总督大人，这封信很重要。"

桑丘只好叫其他人都退出去。然后叫秘书把信念给他听。信上是这样写的：

堂桑丘·潘沙先生，听说我的仇人要侵犯海岛，你务必日夜警备。另外，听说已有4个刺客潜入海岛，准备刺杀你，你一定要小心提防。还有一点很重要，你千万别吃人家送的东西，防止有人下毒。

你的朋友公爵

8月16日凌晨

桑丘听秘书念完信，叫秘书立即写封回信给公爵，请公爵放心，又叫大家提高警惕，做好防护，防止敌人前来侵犯海岛。

桑丘刚忙完，恰在这时，又有人前来求见总督。那人是为了他女儿的婚事，请总督做主的。桑丘一直忙到晚上，在医师的同意下，才吃了一片面包，还有一盘凉拌葱头牛肉。

刚吃过晚饭，按规定，总督又要出去巡街。桑丘没办法，只好带了一队公差，拿了执法杖前去巡街。等到巡街回来，桑丘把执法杖一甩，叹了口气说：

"看来，我这个总督是当不长了。"

桑丘做了7天总督，整天审案件、下指示、立法令、出告示等等，忙得他够受。这天晚上，桑丘正准备睡觉，忽然听到外面一片吵闹声，原来是公爵的仇人前来攻打海岛。

有几个卫士跑进来，对桑丘说：

"总督大人，准备战斗，不知有多少敌人来到了岛上，施展你本领的时候到了，带领我们战斗，否则我们全部要完蛋了。"

士兵们说完，七手八脚地为桑丘脱去外衣，拿来两个椭圆形的盾牌，一前一后地扣在他的衬衣外面，接着将他的两只胳膊从事先挖好的窟窿里伸了出来，然后用绳子把两块盾牌牢牢地捆住，使他成了硬木板中的肉馅，像个纺锤似的直挺挺地待在那儿，膝不能弯，脚不能动，挂着人家到他手里的一根长矛才勉强没有跌倒。

桑丘拿了长枪，刚抬脚就"砰"的一声倒在地上，一动也不动了。那些恶作剧的士兵见桑丘倒在地上，暗暗发笑，不但毫无怜悯之心，还在桑丘的身上踩来踩去，甚至有的人还拿剑在桑丘的身上乱刺。这位可怜的总督大人，如果不是他把脑袋缩进盾牌里，恐怕早就没命了。

就这样过了好一会儿，那些士兵才高声喊道："胜利啦！胜利啦！总督大人，起来庆祝吧！"

士兵们扶起桑丘，又给他解开了两块盾牌，然后给他擦了汗，又让他喝了点酒，桑丘刚一坐到床上就由于又惊又怕和所受的折磨，一下子晕倒了。这下，那几个恶作剧的士兵有些后悔了，他们觉得做得有些过分。

过了好一会儿，桑丘才苏醒过来。他一言不发，默默地穿好衣服，然后慢慢地一步一拐地走到马房。那些士兵紧紧地跟在他的后面。桑丘来到毛驴旁，抱着毛驴的脖子含泪说道：

"我的伙伴，我的朋友，咱俩是有苦同吃，有难同当。我和你在一起，只要喂饱你的肚子，就没有别的心事，一年到头都是很快乐的。我攀了高枝，当了总督，原以为春风得意，谁知却无端增添了1000种苦恼、1000种麻烦、4000桩心事。"

桑丘一边说，一边给毛驴套上驮鞍，然后忍痛跨上毛驴，对总管、秘书和士兵等人说：

"各位先生，请让开一条路，让我回去仍然过我逍遥自在的生活。

我拿着镰刀比拿总督的执法杖顺手，无官一身轻。请告诉公爵大人，‘我光着身子出世，如今还是光着身子，我没吃亏，也没占便宜'。换句话说，我上任没带来一文钱，卸任也没带走一文钱，这和别的总督不一样。"

大家这才发觉这桑丘总督不错，极力挽留他。可不管别人怎么说，桑丘坚决要走，最后大家终于一致同意让他离去并表示要送他一程。人们问他路上都会有些什么需要，他说只想带点儿喂驴的大麦和自己吃的半个面包、半块奶酪，反正路途不远，无须准备太多太好的干粮。众人拥抱了他，他也热泪盈眶地回抱了大家。人们对他最后说出的言语和果断而明智的决定颇为赞叹。

唐·吉诃德之死

桑丘离开了海岛,去掉了他所谓该死的总督头衔。他骑着毛驴一路走去,觉得无忧无虑、轻松自在。

可是算他命运不济活该倒霉。这一天,他同毛驴一不小心跌进了一个黑咕隆咚的深坑里。真是叫天天不应,叫地地不灵。可是,无巧不成书,他偏偏遇到了唐·吉诃德,于是桑丘得救了。二人相见,十分高兴,相互诉说着各自的经历……

且说这一天,唐·吉诃德骑着马,全身披挂地来到海边散步。忽然,有一位骑士迎面走来,那位骑士同样全副武装,手持绘有一轮皓月的盾牌朝自己所在的方向走了过来。那骑士见了唐·吉诃德,高声说道:"大名鼎鼎的唐·吉诃德骑士,在下白月骑士,我和你一样,有着惊人的功绩。今天,我为了自己的情人,特地来和你比赛。你不要问我的情人的是谁,反正比你的杜尔西娜漂亮十倍,如果你承认这句话,我就不和你决斗,否则就只好和你决斗了。如果决斗我赢了,你要听我的话,放下你的武器,回老家安安静静地呆一年。"

唐·吉诃德生气地望着白月骑士,他不敢相信,白月骑士居然敢向自己挑战,还污蔑杜尔西娜娅,他怒不可遏地说:"我接受你的挑战,现在就动手吧。"

唐·吉诃德和往常一样,虔诚地祷告上帝和他的杜尔西娜娅保佑,然后掉转马头往回跑,白月骑士也和唐·吉诃德一样,掉转马头往回跑,跑了一会儿,唐·吉诃德和白月骑士同时掉转马头,冲向对方。白月骑士的马跑得快,由于冲力过大而一下把唐·吉诃德和他的马撞倒了。唐·吉诃德狠狠地摔在地上，白月骑士用枪头指着唐·吉诃德说："唐·吉诃德骑士，你输了。如不履行已经讲好的条件，我就要了你的命。"

唐·吉诃德摔得浑身疼痛，他没有掀开面盔，有气无力地说：

"杜尔西娜娅是天下第一美人，而我是世界上最倒霉的骑士，我不能因为自己无能而抹杀了真理，骑士啊，你一枪杀了我吧。你既然已使我失去了尊严，那就连这性命也一起拿去吧。"

白月骑士说："这是我决不会干的，杜尔西娜娅仍然可以保全她美人的名声，我只要伟大的唐·吉诃德实现决斗前的诺言，回家安安静静地呆上一年。"唐·吉诃德没办法，只好答应白月骑士。唐·吉诃德和桑丘一起，灰溜溜地骑着马和毛驴往家里走去。

这位白月骑士到底是谁呢？原来，他就是唐·吉诃德的街坊朋友，那位有名的参孙学士。参孙学士3个月前扮成树林里的镜子骑士，和唐·吉诃德决斗，结果被唐·吉诃德打败了，可参孙学士不甘心。前几天，他从桑丘给老婆的信中知道，唐·吉诃德住在公爵家，所以又打扮成白月骑士，前来找唐·吉诃德。这次，参孙学士终于如愿以偿，打败了唐·吉诃德。

唐·吉诃德和桑丘一边走一边交谈。唐·吉诃德对桑丘说："特洛亚就此灭亡了！我不是没有勇气，只是碰上晦气，把我一生的英名全断送在这里了。我这次倒了霉，没指望再转运了。"桑丘听后很伤感，他安慰唐·吉诃德说："我的主人啊！抬起头来，尽可能地宽宽心吧，您应该感谢苍天，您虽然被打倒在地了，却没有摔断肋骨，您应该知道英雄好汉得意时当然高兴，失意时也要能沉得住气。因为我听说命运女神是个喝醉了酒的婆娘，喜怒无常，推翻谁，扶起准，连自己也不知道。"

唐·吉诃德听后摇摇头说："世界上并没有侥幸的事，我的命运由我做主。桑丘朋友，我们回乡过一年苦修期，在家养精蓄锐，我将重操这一光荣的事业，怎么也能挣来一片江山并赏给你一个爵位。"而桑丘也无话可说了。接下来的日子里，两人在路上又碰到了不少有趣的事。几天后，唐·吉诃德和桑丘走上一个山头，望见了家乡。桑丘望见家乡，双膝跪下说道："我念念不忘的家乡啊，快瞧瞧，你的儿子桑丘回来了!他虽然没有发财,却挨足了鞭子。你的儿子唐·吉诃德也回来了,张臂迎接他吧!他虽然败在了别人手里,却战胜了自己。"

唐·吉诃德这时却显得特别冷静,他对桑丘说:"别这样疯疯癫癫地在那儿说什么蠢话了,到家后,我们该想一想,规划一下以后怎么过牧羊生活。"唐·吉诃德和桑丘走进村,神甫和参孙学士正在念经呢。看见唐·吉诃德和桑丘,他们高兴地张开双臂,和他们紧紧拥抱。这时,村里许多人都跑来了。桑丘的老婆听说桑丘回来了,立即拉着女儿前来看望。她认为当总督应该很有派头,却见桑丘一副狼狈样,就说:"我的丈夫,你怎么这个德行,哪像什么总督,简直像个难民,一副倒霉相。"桑丘也不解释,拉着老婆孩子回家去了。

唐·吉诃德把参孙学士和神甫拉到自己家。告诉他们,自己打了败仗,必须在家呆一年,在这一年中,他打算改行做个牧羊人。神甫和参孙学士听了都很震惊,也很高兴。不过,为了防止他会再次出去行侠,希望他能在这一年的时间里得以康复,他们只得支持他新的想法并答应陪他一起上山去放羊。

可是唐·吉诃德回家不久,就生起病来,一连发了6天高烧,也许是打了败仗,气出来的病,也许是命该如此。神甫、学士还有理发师都很焦急,经常前去看望他。唐·吉诃德的侍从桑丘也经常守在他的床边。

神甫和学士请了一位大夫来给唐·吉诃德看病。那大夫把了把脉,对神甫和学士说:"唐·吉诃德的身体保不住了,救他的灵魂要紧。"

唐·吉诃德听了这话很镇静,可女管家、外甥女和侍从桑丘却伤心得放声大哭。唐·吉诃德对外甥女说:"我从前成天读那些骑士小说,读得神魂颠倒,现在才知道那些书上都是胡说八道,我觉得自己快要死了,我尽管发过疯,却不愿意一疯到死。孩子,我要忏悔,还要立遗嘱,你快去把神甫、学士、理发师等几位朋友请来。"

正在这时,神甫、学士和理发师走进屋来。唐·吉诃德见了他们,对他们说:"我现在不是唐·吉诃德·台·拉·曼却了,我是为人善良、号称'善人'的阿隆索·吉哈纳。我现在觉得读骑士小说是最无聊、最有害的事。感谢上帝慈悲,在身受其苦之后,我如今对那类东西深恶痛绝。"

神甫、学士和理发师听了,都面面相觑,他们见唐·吉诃德忽然头脑这样清醒,猜想一定是临死前的回光返照。神甫叫大家走开,他一个人听唐·吉诃德忏悔。唐·吉诃德忏悔以后,又叫学士找来一个公证人。公证人跟着大伙一起走进房间,先把遗嘱开头的程序写好,唐·吉诃德按照基督徒的规矩,求上帝保佑他的灵魂,然后开始立遗嘱:

(一)我发病的时候,桑丘·潘沙充任我的侍从,受我委托代为保管着部分现金,那笔钱剩下的全归他所有,但愿他拿了大有用处。我发疯时曾答应让他做海岛总督,我现在神志清楚,如有可能真希望叫他做一国之王,我也会叫他做,因为他生性质朴、为人忠诚,接受这样的待遇当之无愧。

(二)我的全部家产,全归外甥女安东尼娅·吉哈纳所有。我外甥女如要结婚,必须嫁一个从未读过骑士小说的人。如果她嫁给读过骑士小说的人,那么,她必须放弃我的财产,由执行人捐赠给慈善机关。

口授遗嘱讲完,接着唐·吉诃德一阵昏厥,直挺挺地僵在了那里。3天以后,立过遗嘱的唐·吉诃德便真的结束了他的生命。亲戚朋友埋葬了唐·吉诃德,参孙学士为他写了一阕铭文:

不畏强暴,

不恤丧身,

谁谓痴愚,

震世立勋,

慷慨豪侠,

超凡绝尘,

一生惑幻,

临殁见真。

读 书 笔 记

_____年_____月_____日